Mi-figue Mi-raison

Tome 1 :
Quand la raison est plus forte

Fanny DL

MI-FIGUE MI-RAISON

Tome 1 :

QUAND LA RAISON EST PLUS FORTE

Fanny DL

ROMANCE

www.soromance.com

Prologue

J'ai toujours pensé que les rencontres que nous faisions étaient le pur fruit du hasard. Qu'elles soient amicales ou amoureuses, bonnes ou mauvaises, elles ont inévitablement un impact sur notre avenir. Certaines sont tellement bénéfiques, qu'on souhaiterait qu'elles ne nous quittent jamais. Quand d'autres, à l'inverse, sont si nuisibles qu'elles peuvent détruire notre vie.

Moi, j'ai fait ces deux types de rencontres, mais avec une seule et même personne. Je n'aurais jamais imaginé qu'un unique être puisse changer notre perception des choses au point d'en modifier le déroulement de notre vie.

Et pourtant… Je suis là ce soir.

Je rallume une dernière cigarette avant de sortir de ma voiture. Malgré la tonne de nicotine que j'ai dans le sang, la peur ne diminue pas.

Quand j'ouvre la portière, je tremble davantage en sentant le vent glacial fouetter mon visage. Bon, il faut dire que je ne suis pas assez couverte pour la saison. Je porte une robe noire en satin avec une petite veste en cuir.

Lentement, je m'approche afin d'être dans son champ de vision et quand son regard finit par se poser sur ma personne, mon cœur rate un battement. Je reconnais bien son expression, à la fois surpris et complètement bouleversé. Et non, je n'ai pas réussi à l'oublier malgré tous mes efforts.

D'un coup de talon, j'écrase mon mégot au sol et prends une profonde inspiration.

Cette fois ça y est, je ne peux plus faire marche arrière. J'avance lentement vers lui en tentant désespérément d'empêcher mes larmes de couler.

Chapitre 1

Depuis toute petite, l'une des choses que j'aime faire le plus est de prendre le train. Sa rapidité, les paysages qui défilent à une telle vitesse, passant des innombrables cages à lapins des banlieues parisiennes aux prairies verdoyantes, j'adore voyager en train.

J'ai toujours l'impression de partir à l'aventure. Un peu comme lorsque j'entreprends une nouvelle relation avec un homme. Oui, je crois que les histoires d'amour sont comme les voyages en train. Que tous ces gens qui attendent sur le quai et flippent d'arriver en retard ont peur de ne pas pouvoir prendre la locomotive en route. De rater l'aventure.

Je crois que je fais aussi partie de ces gens et que prendre le train est pour moi une forme d'aventure. À défaut de vivre cette relation qui me fera voyager.

Voilà pourquoi je vais vivre le voyage d'amour d'une autre. Ma meilleure amie, Mina, se marie aujourd'hui. Dans son Ardèche natale.

Il fait beau et assez chaud pour un mois de mars, idéal pour un mariage. Même si je voyage très peu et que j'aime découvrir de nouveaux endroits, c'est à contrecœur que je suis montée dans le wagon ce matin. Avec la boule au ventre et un énorme sentiment d'hypocrisie.

Bien que je n'aie rien contre le mariage de façon générale, celui-ci m'exaspère tout particulièrement. Peut-être parce qu'il s'agit d'une de mes meilleures amies…

Je respecte et peux comprendre les personnes souhaitant s'unir, même si je trouve que c'est de l'argent jeté par les fenêtres. On n'arrête pas de dire que deux mariages sur trois finissent en divorce, alors pourquoi persister dans cette idée ? Selon moi, on peut être heureux en couple sans avoir obligatoirement à s'unir légalement.

Perdue dans mes pensées, j'envoie un message à mon amie, Fanny :

*Je n'y arriverai pas.

De nous toutes, Fanny est celle qui arrive toujours à trouver les mots justes pour me calmer. Notre bande de trois copines serait bien en peine si nous venions à être séparées. Depuis nos dix ans que nous ne nous lâchons pas. Nous avons tout vécu ensemble, premiers amours, joies et peines d'adolescentes aux hormones en ébullition, premier pas de nos vies d'adultes… bref, tout.

Fanny me répond aussitôt :

*Tu as bien fait de venir Emy, c'est notre meilleure amie et elle ne te l'aurait jamais pardonné. Elle a besoin de nous...

Dès son plus jeune âge, la vision de la famille parfaite, mariage, enfant et belle maison bien sûr, est son rêve le plus cher. Et c'est ce qu'elle a réalisé. Mon amie fêtera bientôt ses cinq ans de mariage avec un homme super, Dorian. À vingt-six ans, ils ont deux merveilleux enfants, Nathan, trois ans et Léa, un an, comme ils l'ont rêvé.

Mina avait exactement les mêmes rêves et elle souffrait beaucoup de ne pas avoir trouvé son prince charmant. Il y a deux ans au Napoli, notre restaurant préféré où nous passons nos soirées à discuter depuis le lycée, elle avait pleuré durant tout le repas, car elle était devenue une catherinette. Incroyable ! Je n'ai jamais réussi à comprendre cette obsession du mariage. Mais après tout, à chacun sa façon d'être heureux.

Non le problème, c'est qu'elle a rencontré son futur mari, Mehdi, il y a à peine six mois. Et voilà qu'ils décident de se marier !

Je ne crois pas au coup de foudre, encore moins au destin. Selon elle, c'est son « Dieu » qui aurait mis Medhi sur son chemin. Il est musulman tout comme elle.

Pour Mina, il était impossible de se marier avec quelqu'un qui ne partageait pas sa religion. Le fait d'épouser un Algérien a déjà été dur à accepter par sa famille. Mina est une jolie Marocaine qui a de nombreuses convictions et croyances. Tout l'inverse de moi. C'est ça qui est beau dans notre amitié, on s'aime malgré toutes nos différences.

Mais là, c'est plus fort que moi, j'ai trop peur pour son avenir ! Et si elle faisait une grosse connerie ? C'est vrai, elle le connaît à peine ce type. Et si c'était le genre d'homme autoritaire qui oblige sa femme à porter le voile et à ne plus travailler ? Il a parfois l'air tellement à fond dans la religion que ça en est flippant ! En plus, Mina nous a toujours dit qu'elle respecterait les désirs de son mari, même s'ils ne lui convenaient pas. *Quelle aberration !* Je ne comprendrai jamais cette soumission au sexe opposé.

C'est vrai quoi, chacun est libre de faire ses propres choix, on est au XXI siècle quand même ! Je ne comprends même pas que certaines personnes vivent encore de cette manière.

Voilà pourquoi j'avais pris la décision de ne pas venir à ce mariage, avant que Fanny ne me harcèle d'appels et de messages en me rappelant ses fameuses règles de l'amitié.

Fanny est le genre de fille toujours joyeuse et pétillante, avec des rêves pleins la tête, qui croit à l'amour et aux amitiés éternelles. J'adore sa positive attitude, mais là... elle ne se rend pas compte des risques que prend notre amie.

Étant elle-même très croyante, elle était présente au mariage religieux de la veille. Pas la peine de préciser qu'il était inconcevable pour moi d'y assister.

Je ne suis pas contre la religion, chacun croit en ce qu'il veut. Leur Dieu leur permet d'avoir de l'espoir et de se sentir mieux. J'ai vraiment du mal à imaginer qu'on puisse croire à de telles choses, mais si ça leur permet d'être plus heureux...

Non, ce n'est pas la religion en elle-même qui m'irrite autant, c'est leur style de vie. Prier cinq fois par jour, porter le voile, ne rien manger de la journée pendant un mois...

Quel est l'intérêt franchement ? Mais ce qui m'insupporte le plus, c'est la soumission de la femme. Alors ça, je ne l'accepterai jamais.

Mina sait que c'est un sujet délicat, qu'il vaut mieux éviter avec moi. D'ailleurs, le jour où elle nous a annoncé qu'elle se mariait et qu'elle porterait le voile à la volonté de son mari, nous nous sommes disputées. Je lui ai même dit que je ne voudrais plus la voir si elle acceptait une telle soumission. Bon OK, j'ai peut-être parlé trop vite, mais franchement, je ne comprends pas pourquoi les femmes doivent se cacher de la sorte.

Fanny me dit qu'on n'y est pas encore, mais aujourd'hui, c'est le début de tout, Mina va se marier !

***

Le taxi me dépose à l'entrée du magnifique gîte loué par la famille de Mina. Fanny me laisse à peine sortir de la voiture pour me sauter dessus.

— Oh, Emy, je suis tellement heureuse et soulagée que tu sois venue ! Tu m'as fait tellement peur…

— Je n'en sais rien je… je ne me sens pas à ma place, dis-je en secouant la tête. Tu sais que je n'approuve pas ce mariage. Je me sens hypocrite !

Sans répondre, mon amie soupire. Je me rapproche pour lui chuchoter à l'oreille :

— Et si c'était un extrémiste ?

— Emilie ! hurle-t-elle avant de regarder autour de nous, affolée. Arrête tout de suite ! Mina est amoureuse et c'est ce dont elle a toujours rêvé. Fais-lui confiance et sois heureuse pour elle, s'il te plaît.

J'acquiesce avec un petit sourire forcé pas convaincant du tout. Je n'arrête pas d'imaginer Mina dans quelques années, voilée, n'ayant aucune activité… prisonnière !

Nous sommes interrompues par la petite sœur de Mina.

— Ha, les filles, vous voilà, Mimi veut absolument vous voir avant la cérémonie. Elle vous attend dans sa chambre.

Je lève les yeux au ciel tandis que Fanny m'entraîne à l'intérieur.

En arrivant devant la chambre nuptiale, nous croisons la maquilleuse et la coiffeuse qui viennent de terminer leur travail. Elles ont l'air épuisées et énervées, ce qui nous provoque un regard complice et un petit rire étouffé avec Fanny. On sait que Mina à un sacré caractère et qu'elles ont dû passer une mauvaise matinée avec notre amie stressée.

Quand nous pénétrons dans sa chambre, les mains de Mina se portent à son visage. Quant à moi, j'ouvre grand la bouche. Elle est époustouflante ! Elle porte une belle robe blanche, cintrée au niveau de la taille puis bouffante au niveau des hanches. Une vraie princesse ! Ses longs cheveux noirs ondulés retombent jusqu'au bas de son dos. Elle nous fixe avec émotion en tentant de retenir ses larmes.

— Oh, vous êtes là !

Quand elle ouvre grand les bras, je me précipite vers elle sans réfléchir. Nous nous enlaçons et elle finit par fondre en larmes.

— Tout est parfait maintenant, sanglote-t-elle.

Sa joie semble contagieuse, car la sentir aussi heureuse m'apaise instantanément. J'attrape la main de Fanny, qui nous regarde tendrement et je lui chuchote « merci ».

— Prête ma beauté ?

Nous arrêtons notre séquence émotion quand le père de Mina fait son entrée. Elle se retourne vivement vers lui en souriant franchement.

— Oui, prête !

— Très bien, je vous attends en bas, annonce-t-il avant de sortir.

Je passe mes doigts sous les yeux de Mina pour effacer les traces de son mascara qui a légèrement coulé avec ses larmes.

— Ça va aller ?

— Oui, répond-elle. Je suis juste un peu stressée, mais c'est normal, non ? Je me marie aujourd'hui !

Nous rions nerveusement et nous nous enlaçons une dernière fois avant de quitter la pièce.

***

Une fois devant la mairie, je suis surprise par certains comportements. Plusieurs invités débarquent dans des voitures de luxe, les fenêtres grandes ouvertes et la musique à fond. Honteuse, je regarde certains passants assez surpris par tant de bruit.

Ça, c'est sûr, on ne passe pas inaperçu !

À l'intérieur, deux places nous attendent à la première rangée à côté des parents de Mina, étant donné que nous sommes demoiselles d'honneur. Pour l'occasion, je porte une longue robe rose pâle que Mina m'a forcée à acheter pour la cérémonie. Pas du tout mon style, mais encore une fois, j'ai voulu lui faire plaisir. Fanny porte la même robe que moi et elle en est ravie. Son enthousiasme me fera toujours autant sourire. Cette fille est l'incarnation du bonheur vivant.

Autour de moi, les gens sont émus au possible lors de l'échange des vœux. Tout le monde sauf moi. Malgré tous mes efforts, je n'arrive pas à ressentir de l'émotion dans un mariage. La seule chose que je ressens est la joie de voir mon amie si heureuse.

Une fois la cérémonie terminée, je me précipite pour la féliciter. Je l'embrasse assez rapidement, car une foule se crée derrière moi. *Mais d'où sortent tous ces invités ?* Je n'ai jamais vu un mariage avec autant de monde !

De retour au gîte, je suis déçue en me rappelant qu'il n'y aura pas une goutte d'alcool ce soir. Ce que j'aime le plus dans les cérémonies officielles, c'est l'alcool à volonté. C'est vrai quoi, un mariage sans champagne ce n'est pas vraiment un mariage !

Je passe la plupart de la journée avec Fanny et ses enfants. On ne connaît pas très bien les autres invités, à part la famille de Mina. Et je dois avouer que la plupart des gens ici ne m'inspirent pas du tout...

Nous passons ensuite aux photos, un moment particulier que j'ai beaucoup apprécié. En fait, c'était même le meilleur moment de la journée. Nous avons pris de nombreux clichés dans l'agréable jardin fleuri. Elles vont être magnifiques. Surtout celle de nous trois où nous tirons la langue.

Quand le soleil commence à se coucher, nous rentrons à l'intérieur. La salle est immense et trop décorée à mon goût. Il y a beaucoup de couleurs différentes et les tables sont surchargées d'objets tels que des bougies, des paillettes, des perles...

Je tente de faire abstraction de la séparation des hommes et des femmes pour le dîner. Je lève les yeux au ciel de désespoir. Heureusement, Mina nous avait prévenues de cette étape. Je lui avais demandé de quel droit les femmes ne pouvaient pas dîner à la même table que les hommes, mais à vrai dire, je n'ai pas vraiment écouté sa réponse.

Certains invités, notamment les plus jeunes, se réunissent à nouveau, après le repas. Nous applaudissons chaque changement de robe de Mina. Fanny et moi les connaissons déjà toutes par cœur, elle nous avait fait un défilé quelques semaines avant son mariage. Ce sont de magnifiques robes orientales. Pas mon genre certes, mais elles lui vont à ravir.

La piste de danse s'ouvre enfin et nous nous défoulons jusqu'à quatre heures du matin. Au moins, les invités savent s'amuser ! J'en oublie mon angoisse et partage la joie de mon amie. On dit que certains couples se forment lors d'un mariage, mais je perds tout espoir me concernant aujourd'hui. Ce n'est sûrement pas ce soir que je trouverai chaussure à mon pied !

À la fin de la soirée, nous sommes nombreux à dormir sur place, dans le gîte qui entoure la salle des fêtes.

***

Après quelques heures de sommeil bien méritées, nous nous rejoignons de nouveau dans la salle pour déjeuner.

Je n'avais pas vraiment prévu de tenue pour ce dimanche et je suis assez surprise de voir tout le monde bien apprêté en arrivant à table. Je m'assois à côté de Fanny et lui chuchote :

— Pourquoi tout le monde est habillé comme ça ?

— Voyons Emy, c'est le troisième jour du mariage !

Merde c'est vrai, Mina nous en avait parlé. Je lève mes yeux fatigués vers la porte qui s'ouvre et tout le monde se met debout pour accueillir les jeunes mariés. Mina porte une belle robe orientale blanche et dorée. *Waouh !* Je trouve ça un peu « trop », mais faut avouer qu'elle est sublime. Je baisse instinctivement les yeux vers ma tenue. Je porte un simple jean noir avec un petit haut beige.

Nous reprenons nos places quand la mère du marié arrive avec un énorme plat de couscous et je me frotte les mains en regardant Fanny.

— J'ai une faim de loup.

Mais quand elle ouvre le plat, je reste bouche bée en la voyant plonger ses mains dans la nourriture. Elle attrape un gros morceau de viande pour servir son fils et sa belle-fille.

Quelle horreur !

Écœurée, je me retourne vers Fanny qui pour la première fois depuis hier, n'arrive pas à cacher son étonnement et ouvre grand la bouche.

La belle-mère de Mina continue à servir les invités de cette manière. Tout le monde fait passer son assiette l'air de rien, comme si tout ça était tout à fait normal !

— Non, mais c'est quoi ce délire ? demandé-je tout bas.

— Euh… l'une de leurs traditions, je crois.

Fanny attrape mon assiette pour la faire passer en tentant de sourire.

— Allez, c'est bientôt fini, tente-t-elle de me rassurer.

Je ferme les yeux et soupire doucement. Il est hors de question que je mange quoi que ce soit ! Bon sang, il y a vraiment des coutumes bizarres…

Quand je rouvre les paupières, je me mets à observer Mina et Mehdi qui dévorent leurs plats en riant. Cette image me calme instantanément. Après tout, ils se ressemblent. Ils ont la même culture et les mêmes traditions. Je comprends mieux maintenant pourquoi elle voulait absolument quelqu'un qui partage ses croyances.

Qui d'autre accepterait tout ça ?

Chapitre 2

Après finalement un agréable week-end en province, retour à la réalité dès lundi matin. C'est, morte de fatigue, que j'arrive au travail, chez FMD, une grande société de distribution dans laquelle je m'occupe de la communication interne.

Je fais la même chose depuis la fin de mes études il y a trois ans et je commence sincèrement à m'ennuyer. J'attends désespérément une perspective d'évolution depuis quelques mois. En définitive, je ne peux me plaindre, mon patron est plutôt sympa et mes collègues très cool.

À peine installée à mon bureau, mon ami Mika, me mitraille de questions :

— Alors ton week-end ? Et ce mariage, comment c'était ? J'imagine que tu n'y as pas rencontré l'homme de ta vie ?

La fin de sa phrase se termine dans un grand éclat de rire.

— Très drôle Mika ! réponds-je en riant à mon tour. Non, ça s'est beaucoup mieux passé que je ne l'aurais imaginé. Mais attends… comment tu es au courant que j'y suis allée ? Vendredi soir, je t'ai pourtant dit que je n'y allais pas !

— Emy… Tout le monde sait que tu ferais tout pour tes deux amies ! Tu n'aurais jamais osé lui faire ça.

Je fais la moue, mais il a raison. Peut-être que c'est dur à imaginer, mais ces filles sont tout pour moi. Faut dire que personne d'autre ne partage ma vie. Personne d'important.

Côté cœur, je vis échec sur échec. J'ai pourtant fait de nombreuses rencontres, mais jamais au point d'avoir une relation sérieuse.

Il y a eu cet homme l'année dernière. Pablo, un bel italien très possessif. Après une relation d'un an très conflictuelle, j'ai décidé d'y mettre fin. Je tenais à lui, mais je ne supportais pas sa jalousie maladive. Il fallait que je justifie mes soirées, mes appels d'amis masculins… un vrai cauchemar ! Je ne suis pas casanière, j'adore m'amuser, sortir et faire la fête. Tout l'inverse de Pablo. Rien ne collait entre nous, mais je voulais éviter une énième déception amoureuse, voilà pourquoi notre relation a autant duré. Je ne sais pas ce qui a été le plus dur, me rendre compte que les relations sérieuses n'étaient pas faites pour moi, ou décevoir ma famille. Je ne crois pas tellement au coup de foudre ni au grand amour, mais qui n'aurait pas envie de quelqu'un contre qui se réchauffer le soir devant la télé ou qui demanderait comment s'est passée la journée et sur qui on pourrait s'épancher ?

Essayant de me sortir ces idées de la tête, j'allume mon ordinateur et commence par consulter mes mails, comme tous les jours. Tiens, le nouveau responsable marketing vient d'arriver. J'espère qu'il est sympa, ce service est en étroite collaboration avec le mien. Sans perdre une minute de plus, je parcours rapidement tous mes mails avant de me mettre au travail.

J'ai une tonne de dossiers en cours et je ne dois pas finir trop tard ce soir. Il faut que je passe voir ma mère. Cela fait plus de deux semaines que je ne l'ai pas vue et je sais déjà à quoi m'attendre si j'ose annuler une fois de plus…

Chapitre 3

— Tu as l'air épuisée ! Alors, comment s'est passé le week-end ?

Tout en m'installant sur le canapé de maman, je lui raconte brièvement le mariage. Je suis coupée à chaque fin de phrase par ses soupirs plus qu'agaçants. Même si elle remarque ma frustration, elle n'arrive pas à se contenir et cacher son indignation. Il faut avouer que son image de la population arabe n'est pas très positive. Elle était d'ailleurs invitée, mais sans étonnement de ma part, elle a catégoriquement refusé. J'ai dû, bien évidemment, inventer une excuse à Mina. Je déteste mentir à mes amies, mais j'ai préféré ça plutôt que de faire passer ma mère pour une raciste, ce qu'à mon sens elle n'est pas.

Maman est une femme forte, devenue dure et terne depuis son divorce. J'avais à peine quinze ans quand mon père décida de partir avec une autre femme. Voilà donc déjà onze ans que je ne le vois plus.

Ma mère a eu beaucoup de mal à s'en remettre et n'a jamais permis qu'un autre homme entre dans sa vie.

Notre relation a toujours été très conflictuelle. Nous sommes rarement d'accord sur un sujet quelconque ou sérieux. Malgré tout, je l'aime et la respecte comme toute fille de bonne famille. C'est pourquoi je fais beaucoup d'effort et évite un maximum les sujets qui pourraient conduire à une dispute.

— Bon et sinon, rien d'autre à me raconter ? Toujours pas d'homme à me présenter ?

Quand on parle de sujet qui fâche...

— Non maman, réponds-je dans un soupir. Mais si ça devait arriver, tu serais la première au courant.

Elle ne comprend pas que je sois toujours célibataire à mon âge. Une fille aussi belle, rabâche-t-elle à chaque fois. Normal, je suis sa fille, donc la plus belle à ses yeux.

C'est drôle qu'elle veuille autant que je trouve quelqu'un, elle qui m'a toujours répété de ne jamais faire confiance à un homme. *Tous des salauds !* scande-t-elle depuis le départ de papa.

En remarquant ma mauvaise humeur, Carole obtempère et se lève pour nous servir un apéritif. En voilà une bonne idée ! Je la remercie d'un sourire avant de savourer mon verre d'alcool, tant désiré tout le week-end.

— Bon et ton travail, comment ça se passe ? demande-t-elle enthousiaste.

— Toujours pareil.

Nos conversations sont de plus en plus dénuées d'intérêts. Je ne sais quoi lui dire sans avoir l'impression de la décevoir constamment et malgré tout, elle tente quand même désespérément de me faire parler.

— Tu dînes ici ce soir ? finit-elle par demander.

— Non merci maman je suis fatiguée, je vais grignoter un truc à la maison et me coucher tôt.

Heureusement, elle n'insiste pas. Ce week-end m'a complètement épuisée et je n'ai qu'une seule envie : rentrer chez moi et dormir.

Chapitre 4

Ce matin, contrairement à tous les autres jours de cette semaine, j'arrive de bonne humeur ! Nous sommes vendredi, il fait beau et je passe la soirée avec mes collègues Mika et Stella.

Stella est également assez proche de nous depuis quelques années. Je l'aime bien, mais notre amitié reste très limitée. Nous n'avons pas vraiment les mêmes centres d'intérêt. Disons que nous profitons l'une de l'autre pour sortir.

À peine suis-je installée, que je me mets rapidement au travail. Je ne décroche pas la tête de mon ordinateur, au point d'oublier ma pause-café avec les autres. En ce moment, mon boulot s'accumule et je dois absolument faire mes preuves si je souhaite évoluer.

Ce n'est que lorsqu'une ombre s'étend sur mon bureau que je m'oblige à lever les yeux de mon écran. Un homme, âgé d'une trentaine d'années au maximum, se tient debout devant mon office, la main tendue vers moi.

— Bonjour, Emilie c'est bien ça ?

— Bonjour, dis-je en serrant sa poigne. Appelez-moi Emy.

Ses sourcils se lèvent et il se met à me fixer avec un air à la fois étonné et amusé. *Merde*. Mes joues se colorent. C'est vrai que tout le monde m'appelle comme ça, mais j'aurais peut-être dû attendre un peu avant de le lui dire…

Sans me laisser démonter, je lui adresse mon plus beau sourire. Il en impose pourtant et je tremble sous son regard. Pas comme je tremblerais sous le regard d'un homme qui me trouverait désirable, non, mais comme je tremblerais sous le regard du PDG de la boîte ! Ben oui quoi, il en impose dans son pantalon à pince noire et sa chemise blanche si impeccablement repassée et moulant aussi bien son torse. Lorsque je prends conscience de la prestance, la stature, l'allure si virile, sauvage et sérieuse de mon interlocuteur, mon sourire tremble un peu. OK. Il va falloir que je bosse avec… ça.

— Enchanté Emilie, je suis Sam, le nouveau responsable marketing.

Même sa voix est sexy au possible !

Le nouveau responsable ? Mon diaphragme remonte dangereusement. *Quelle conne !* Ça m'apprendra à m'adresser aux gens avec autant de liberté.

Je voudrais me mettre debout et bien droite pour lui parler les yeux dans les yeux et surtout montrer une marque de respect, mais je crois que si je le faisais, mes jambes se déroberaient sous moi.

— Enchantée et bienvenue dans l'entreprise.

— À vrai dire, cela fait déjà huit ans que je suis dans la boîte, au service commercial. J'ai changé de fonction la semaine dernière. Apparemment, vous ne lisez pas vos mails…

Oups encore une bourde ! Le fameux mail annonçant sa venue. Ne me laissant même pas le temps de m'excuser, il m'adresse un petit signe de la tête avant de me tourner le dos pour aller saluer mes camarades.

Je me contente de le suivre des yeux, mon sourire idiot toujours affiché sur mon visage. Les rouages de mon cerveau se mettent en marche jusqu'au point de surchauffe : Quel âge a-t-il ? Mince, je n'ai pas regardé s'il avait une alliance… et puis… ne s'est-il pas rasé aujourd'hui ou alors se donne-t-il cet air faussement hipster régulièrement ?

Je me rends compte que cela fait plusieurs mois qu'un homme ne m'a pas autant plu, surtout au premier regard. Faut dire qu'il est vraiment mignon. Une peau mate comme s'il revenait de vacances et un regard brun très perçant… Enfin bref ! Je secoue la tête et me remets au travail sans cesser de regarder de temps en temps si je l'aperçois dans les parages.

Non, mais tu délires ma vieille !

Une fois mes esprits retrouvés et mon travail achevé, je décide de faire une pause cigarette. J'appelle Mika et Stella qui se joignent volontiers à moi sans se faire prier.

— Vous avez vu le nouveau responsable marketing ? Pas mal hein ? s'exclame Stella une fois dehors.

— Ouais ça va, réponds-je nonchalamment en haussant les épaules.

Tu parles qu'il est pas mal !

Pas besoin de lui montrer mon intérêt, elle ne me lâcherait plus ! De plus, cette pause était censée m'aérer l'esprit et non pas me faire penser davantage à cet homme au regard ravageur.

— Tu veux que je te le présente ? demande Mika en souriant fièrement à Stella.

— Tu le connais ? demande-t-elle un peu trop vivement.

— Ouais un peu. On s'est connu il y a cinq ans quand j'étais au commercial. On joue également au foot ensemble tous les samedis matin. Il est un peu réservé, mais assez cool, je suis content qu'il vienne bosser avec nous. Tu veux que je t'arrange le coup, hein Stella ?

Sans répondre, elle lui adresse un sourire coquin qui veut tout dire et je romps immédiatement cette conversation ridicule :

— Bon allez, je retourne bosser !

Qu'est-ce que Stella peut être agaçante, parfois ! Elle saute sur tout ce qui bouge. Dès qu'il y a un nouveau mec, elle tente le coup. Bon OK elle est célibataire et on ne peut pas dire que je sois contre le fait de s'amuser… mais il y a des limites !

— OK à ce soir, me répond Mika.

D'un geste brusque, je jette ma clope au sol et l'écrase avant de remonter à mon bureau.

Chapitre 5

Comme chaque vendredi soir, nous nous installons à la même table près du bar, dans notre pub habituel en plein centre de Paris. J'adore cet endroit ! Il y a toujours de la bonne musique et l'ambiance est assez cool. On y croise souvent pas mal de collègues, mais ce soir, il semble qu'il n'y ait que nous trois.

— Tiens, on dirait que tu lui as tapé dans l'œil !

Stella me donne un léger coup de coude en me montrant un assez joli garçon dont le regard est rivé sur nous.

— C'est sûrement toi qu'il regarde.

— Non, mais tu t'es vue ? répond-elle en ricanant. Tu es superbe ce soir, je n'ai aucune chance à côté de toi !

Elle m'adresse un clin d'œil et je lui souris en guise de remerciement. L'image que j'ai de moi-même n'est pas des plus flatteuses. Il faut dire qu'à part mes yeux verts et la taille que je m'efforce de garder, il n'y a rien d'exceptionnel chez moi qui ne soit déjà chez une autre. De taille moyenne, les cheveux bruns que je porte raide loin du naturel bouclé que personne même pas moi, n'a plus vu depuis des années, je me fonds dans la masse.

Comme depuis plusieurs mois, je n'ai pas envie de me faire draguer. Je n'ai pas envie de me présenter ni de parler de moi. Ma dernière relation avec Pablo m'a carrément refroidie. Huit mois que je n'ai pas fait l'amour, c'est la seule chose qui me manque. Devoir me justifier sur tous mes faits et gestes, ça ne me manque pas du tout.

Tout en ignorant les regards persistants du jeune homme, je me retourne vers Stella qui, elle, fixe tous les hommes susceptibles de l'intéresser. C'est très rare qu'elle reparte d'ici sans être accompagnée et quand ça arrive, elle dit que la soirée est complètement ratée.

— Et deux tequilas pour mes deux collègues préférées !

Mika nous dépose nos verres sur la table avant de s'installer près de moi.

— Tu crois qu'elle m'a entendu ? me demande-t-il, moqueur, en regardant Stella faire les yeux doux à un beau blond près du bar.

En attrapant son verre, elle se retourne légèrement vers nous en haussant les sourcils plusieurs fois de suite.

— Je vous dis à plus tard ?

Notre collègue nous abandonne carrément pour aller s'asseoir près de cet inconnu qui la reluque de haut en bas sans vergogne.

Je ne trouve pas Stella particulièrement belle, mais elle attire beaucoup les regards. C'est une fausse blonde platine avec de jolies formes qu'elle sait parfaitement mettre en valeur.

Mika secoue la tête et nous rions en la voyant flirter délibérément avec autant d'assurance.

— On danse ? demande mon ami en se mettant debout.

J'avale deux bonnes gorgées et l'agréable sensation de ma gorge qui brûle me fait grimacer.

— Avec plaisir.

Enthousiaste, je me lève à mon tour avant d'attraper sa main pour l'entraîner au centre de la piste. Et comme à chaque fois, je finis la soirée en oubliant tous mes soucis et en m'amusant comme une folle.

Ça, c'est la vraie vie…

Chapitre 6

J'ai l'habitude de prendre soin de moi, mais ce matin je fais un effort supplémentaire. Je passe ma petite jupe noire préférée et mon joli chemisier cintré bleu.

Dès mon arrivée, je ne peux m'empêcher de zieuter autour de moi. Je presse le bouton de l'ascenseur en secouant la tête. *Oui, je suis vraiment ridicule.* Lorsque les portes s'ouvrent, je me sens défaillir. Il est là.

Un haussement de sourcil me fait comprendre qu'il est surpris également. Puis comme s'il reprenait ses esprits, il appuie sur le bouton pour me maintenir les portes.

— Bonjour Emilie, vous hésitez à venir travailler ce matin ? demande-t-il moqueur.

— Bonjour Sam.

J'oblige mes jambes figées à faire un mouvement et, raide comme un piquet, je le rejoins dans la cabine. Évidemment, je m'oblige à baisser le regard. Ce serait très mal vu de dévisager un cadre supérieur avec cet air de femme à l'agonie. Mon cœur pulse dangereusement contre mes côtes. Pourquoi me met-il dans cet état bon sang ?! Ce n'est rien d'autre qu'un homme bien sapé et très poli... tout ça enrobé dans une délicieuse peau veloutée qui sens bon l'orange, les épices orientales, la noix de muscade et...

Merde ! Son odeur !

Je me sens défaillir une fois de plus. Malgré moi, je prends une grande bouffée d'air et en inspire plein les narines.

Les portes se sont à peine ouvertes qu'il est déjà dehors.

— Bonne journée Emilie.

— Merci à vous auss…

Il ne me laisse même pas le temps de finir ma phrase, qu'il est déjà au bout du couloir. *Non, mais je rêve !* Il ne m'a même pas laissée sortir de l'ascenseur avant lui. C'est la moindre des politesses, non ?

Faut me rendre à l'évidence, cet homme n'a pas flashé sur moi ! J'arrive à sentir quand je plais à un mec et, manifestement, Sam n'entre pas dans cette catégorie. Ou bien il est pris !

— Salut Emy.

Mika me sort de mes pensées.

— Salut !

— Ça te dit d'aller boire au verre ce soir ? Stella sera également de la partie bien sûr.

Je cherche rapidement une excuse, ce soir il y a un nouvel épisode de Grey's anatomy.

— Allez, viens ! insiste-t-il. Ça va être super sympa, il y aura pas mal de monde ce soir ! Tu n'as qu'à enregistrer ta série…

Il m'adresse un clin d'œil et nous éclatons de rire. Il me connaît si bien ! Vive les box télé avec enregistreur intégré !

— OK pour ce soir, mais je ne rentrerai pas tard !

Ça fait à peine trois ans qu'on traîne ensemble, mais c'est vrai qu'on s'entend vraiment bien ! Il ne m'a jamais rien dit, mais j'ai senti que je lui plaisais au début.

Mika est assez mignon. Il a les cheveux châtain clair et les yeux bleus. Il est vraiment adorable. Je crois d'ailleurs que c'est ça le souci : il est trop gentil ! Parfois, je me demande quel est mon problème. Mika a tout pour plaire, mais il ne me plaît pas à moi, c'est tout. Le genre de truc que je ne contrôle pas. Et puis maintenant c'est devenu un grand ami, donc la question ne se pose même plus.

Souvent, je m'en veux d'être aussi spéciale. J'ai rencontré pas mal d'hommes et j'ai fini par comprendre que le problème venait de moi. Peut-être est-ce dû au divorce de mes parents, comme dit souvent Fanny.

Mon amie a fait des études en psychologie et elle adore m'analyser et sortir ses théories à elle. Mais il n'y a rien à comprendre en fait. Je ne suis pas comme les autres, voilà tout.

Chapitre 7

J'hésite à envoyer un message à Mika pour annuler, mais je sais que je vais avoir droit à ses appels insistants. Et puis, je déteste revenir sur ma décision. Alors je fais un effort et fonce me préparer, sans même me poser cinq minutes. Je finis tout juste de me maquiller lorsque retentit le klaxon.

C'est à peine entrée dans la voiture de mon collègue que je me souviens que je n'ai même pas dîné. Alors, je sors une barre de céréales de mon sac.

— Tu es magnifique Emy, dit Mika en me jetant quelques coups d'œil suggestifs.

Sans rien dire, je le remercie d'un sourire. Il fixe de nouveau la route avant de se tourner vers moi en m'entendant mastiquer.

— Quoi c'est ça ton dîné ?

— Laisse tomber, tu veux ?

Je n'ai pas du tout envie d'écouter sa morale sur la nourriture saine. C'est vrai que je mange mal depuis que je vis seule, mais je n'ai jamais été une bonne cuisinière et je trouve que c'est une perte de temps de préparer un repas.

En arrivant sur place, j'enroule mon bras à celui de Mika et balaie rapidement la salle du regard. J'aperçois tout de suite Stella assise avec certains collègues que je connais seulement de vue puis… un homme qui nous fixe avec insistance. *Bon sang, c'est Sam !*

Dans un énorme effort, je détourne vivement le visage et fais mine de l'ignorer en allant saluer les autres. Il faut absolument que je parvienne à étouffer ce qui se passe en moi dès qu'il se trouve dans les parages.

Je discute avec de nouveaux collègues tout en enquillant quelques verres qui m'ont été gentiment offerts. Certains me draguent ouvertement, mais je reste polie en évitant d'entrer dans de grandes discussions. Même si je tente de faire la fille cool qui passe une bonne soirée, je suis carrément obsédée par la présence de ce beau mec, qui ne m'a plus du tout regardée depuis mon entrée. Je jette de nombreuses œillades discrètes vers lui, mais il est en grande discussion avec un autre homme qui semble également faire partie de la boîte.

Stella me fait limite sursauter en débarquant près de moi tout excitée.

— Tu as fait une belle rencontre à ce que je vois, lui dis-je en lui montrant le garçon de l'autre côté du bar avec qui elle discute depuis un bon moment.

— Ouais, il est sympa, mais pas du tout avenant.

Elle se penche pour me chuchoter à l'oreille :

— Je vais utiliser ma technique pour les timides et lui demander de me ramener chez moi... ça marche à tous les coups !

J'éclate de rire et elle m'adresse un clin d'œil avant de repartir avec deux verres à la main. L'un des collègues en profite pour se rapprocher de moi et me proposer un autre verre, mais je refuse gentiment avant de me lever en m'excusant.

Je me dirige vers les toilettes et Sam lève enfin les yeux sur moi quand je passe volontairement près de lui. Je profite de ce coup d'œil pour le saluer.

— Oh Sam, bonsoir ! lancé-je comme si je venais à peine de remarquer sa présence.

Je suis fière de moi, ma gêne avec lui semble avoir diminué d'un cran et je me sens un peu plus à l'aise. *Hé oui... l'effet de l'alcool !*

— Bonsoir Emilie, lâche-t-il en détournant rapidement le visage.

Quoi c'est tout ?

J'inspire doucement avant de me remettre dans son champ de vision.

— Alors… comment se passent tes débuts dans nos services ?

— On se tutoie ?

Alors que je me mets rire, il hausse un sourcil sans le moindre sourire.

Ah, il était sérieux ?

Mon rire se transforme en toux et je grogne des excuses en essayant de ne pas m'étouffer dans ma gêne.

— Euh… dans l'entreprise on se tutoie tous… je…

— Ça se passe très bien, me coupe-t-il. Votre équipe est accueillante et… très fêtarde à ce que je vois !

Quand il se met enfin à sourire, je suis obligée de l'imiter. *Bon Dieu ces lèvres !* Peu charnues, mais bien dessinées. Sa beauté est vraiment très spéciale. Il n'a pas ce visage parfait qu'ont les hommes dans les publicités. Non, en fait, c'est son charisme qui fait tout. Un charme exceptionnel à en tomber par terre.

— Je ne vais pas tarder, je te souhaite une bonne fin de soirée, Emilie.

Soulagée qu'il me tutoie, je sens tout de même la déception m'envahir qu'il mette fin à notre discussion aussi rapidement.

— Tu pourrais me déposer ?

Bon sang, c'est moi qui ai demandé ça ? Sans répondre, il se met à me fixer plus que surpris.

— Je comptais rentrer tôt et j'habite à seulement deux rues d'ici..., tenté-je de me justifier.

— Tu ne rentres pas avec ton petit ami ?

Il n'y a pas de jalousie ni d'envie dans sa voix, juste une forme de... retenue.

— Oh, tu parles de Mika ? Non, c'est juste un ami.

— Étonnant.

— Pourquoi tu dis ça ? demandé-je les sourcils levés.

Sans répondre, il se met debout et attrape sa veste.

— Je pars maintenant si tu veux.

J'acquiesce malgré son air plus qu'agacé. Apparemment, la technique de Stella ne fonctionne pas toujours ! Je récupère rapidement mes affaires avant de sortir du pub et je me rends compte une fois dehors que je n'ai même pas prévenu Mika. J'hésite à retourner à l'intérieur, mais Sam ne m'a pas attendue et commence déjà à marcher vers sa voiture. Tant pis, je lui enverrai un texto une fois à la maison.

J'accélère le pas pour le rattraper et grimpe dans sa caisse, une superbe BMW coupé cabriolet ! Un peu trop tape à l'œil à mon goût, mais je dois avouer qu'elle est classe.

— Jolie voiture.

— Merci.

Je n'ai aucune idée de ce qu'il se passe dans sa tête. Pourtant, je voudrais connaître tout ce qui lui traverse l'esprit à cet instant même. Mais son attitude impénétrable ne laisse absolument rien percevoir.

Nous parcourons une centaine de mètres avant que je ne finisse par rompre le silence devenu gênant.

— Tu n'es pas bavard…

— Pas trop non.

OK…

Discrètement, je me mets à l'observer, mais quand il me jette un bref coup d'œil, je m'oblige à me pencher vers mon téléphone, un rien gênée qu'il m'ait surprise à le contempler.

— Écoute, dis-je doucement. Je suis désolée de t'avoir demandé de me ramener, j'ai vu que ça te dérangeait et… excuse-moi.

Pas de réponse. Je m'attendais vraiment à ce qu'il me dise que ça ne le dérange pas ou un truc dans le genre de ce que disent les gens normaux quoi… mais non. Au lieu de ça, il continue de regarder la route en fronçant les sourcils.

Embarrassée et un brin vexée cette fois, je me mets à gigoter maladroitement sur mon siège, ce qui le fait lâcher la route des yeux pour planter ses prunelles dans les miennes. Juste deux secondes. Mais suffisamment pour que j'en sois troublée.

Quel putain de regard ! Ça ne devrait pas exister des yeux aussi déstabilisants…

Je suis tellement déboussolée que je ne remarque pas tout de suite que nous sommes arrivés devant chez moi.

— Tu veux boire un dernier verre ? demandé-je sans réfléchir.

Cette fois, je suis allée trop loin. Pas moyen de ravaler mes paroles.

— Je ne bois pas Emilie et il me semble que tu as assez bu comme ça.

— Qui t'a parlé d'alcool ? demandé-je agacée à mon tour qu'il se permette de faire une remarque de ce genre à une femme libre et indépendante comme moi.

En plus, je n'ai bu que quelques verres…

— Écoute, Emilie… ça ne va pas le faire.

Rouge de honte, je finis par baisser le regard sur mes doigts entrelacés, nerveusement. Hé bah, on peut dire qu'il est direct !

— Ah… j'aurais dû m'en douter, dis-je en secouant la tête. Une petite amie ou peut-être une femme ?

Je sais que je m'enfonce encore, mais il faut que j'en aie le cœur net. Il faut que je sache ce qui ne va pas. S'il a une femme, ce n'est peut-être pas qu'il ne me trouve pas attirante.

Tout en soupirant, il se tourne une nouvelle fois vers moi et, comme s'il voulait m'humilier davantage, il attend que je relève les yeux pour me répondre :

— Non, rien de tout ça. Bonne nuit Emilie.

Choquée, mais surtout blessée dans mon amour propre, je sors rapidement de la voiture en claquant la porte.

Vexée à en mourir, je reste quelques secondes sur le trottoir en le regardant partir et c'est quand sa voiture a totalement disparu de ma vue que je me rends compte de la situation.

Une putain d'humiliation ! Je viens de me faire jeter comme la plus vieille des chaussettes.

Mais qu'est-ce qu'il m'a pris d'insister comme ça ? C'est la première veste que je me prends de ma vie et on peut dire qu'elle était violente !

Moi qui m'étais promis de ne plus entreprendre de relation hasardeuse, voilà que je viens de faire du gringue à un boss !

Il dit qu'il n'a personne dans sa vie, mais il ne veut clairement pas de moi… Pourquoi ?

Je ris presque tellement ma question idiote.

Tout simplement, car tu ne lui plais pas !

Même si ce qui vient de se passer m'a clairement contrariée, je tente de me calmer en inspirant profondément.

Allez Em, tu le connais à peine ce mec. N'y pense plus.

Mais malgré mes efforts, je passe le reste de ma soirée à ressasser cette conversation dans les moindres détails. J'en viens même à me demander si j'ai dit ou fait quelque chose de mal…

Oh non ! J'espère qu'il ne va pas penser que je suis le genre de fille à coucher pour obtenir une promotion ou être dans les bonnes grâces de la direction… Cette idée me rend malade.

Sans prendre la peine de me démaquiller, je vais me coucher et mets un temps fou à m'endormir.

Chapitre 8

Plus tard dans la matinée, je suis arrivée au bureau à reculons et honteuse. J'ai même hésité à ne pas venir travailler, c'est pour dire…

À fond dans mon travail, j'ai évité de faire des pauses cigarette. C'est pourtant habituellement très difficile. Je fume depuis mon adolescence et bien que je connaisse les conséquences néfastes sur ma santé, je n'ai jamais réussi à arrêter. J'ai pourtant essayé à plusieurs reprises.

En fin de matinée, le manque de nicotine commence à se faire sentir et je me sens tellement nerveuse que j'ai de plus en plus de mal à me concentrer. Je décide alors de descendre rapidement pour fumer une clope.

En sortant, j'aperçois Mika et Stella qui discutent et je me rends alors compte qu'aucun d'eux ne m'a appelée de la matinée pour nos pauses habituelles. *Tiens ?*

Aïe... j'ai oublié de prévenir Mika hier soir !

Un peu gênée, je m'approche doucement afin de les saluer. J'ai uniquement droit à un léger signe de tête de Stella.

— Mika excuse-moi pour hier soir, je comptais t'écrire en rentrant, mais…

— Ça va, ne te fatigue pas Emilie.

Emilie ? OK, il est fâché. Je jette un œil à Stella qui parait également d'accord avec lui. Il écrase sa clope à moitié entamée avant de repartir vers le bâtiment.

— Attends Mika ! dis-je en le rattrapant. Désolée vraiment, j'étais fatiguée alors je suis rentrée.

Il s'arrête de marcher et se retourne en ricanant.

— Tu étais surtout tellement obnubilée par qui tu sais que tu as oublié ton ami. Laisse tomber, j'ai l'habitude !

— Hein ? Comment ça ? L'habitude de quoi ?

Son ton accusateur commence à m'énerver, *il n'exagère pas un peu là ?*

— Que tu ne penses qu'à toi ! crie-t-il presque.

Sa réponse me laisse bouche bée. Mika ne m'a jamais parlé de cette manière. Il baisse les yeux avant de continuer son chemin et cette fois, je le laisse partir sans rien dire.

Quelle journée ! Déjà que je n'étais pas au top, là je me sens vraiment mal. Mon premier réflexe en retournant à mon bureau est d'envoyer un message à mes amies :

* *Salut les filles, toujours OK pour ce soir ?*

Elles me répondent quasiment simultanément.

Fanny : *Bien sûr, à ce soir !*

Mina : *OK même heure chez Fanny.*

On se rejoint toujours chez Fanny afin d'embrasser Nathan et Léa avant d'aller au Napoli. C'est toujours un petit moment très agréable. Court certes, mais plein de bonne humeur, de rires, de câlins…

C'est sûr, cette soirée va me faire du bien et j'en ai vraiment besoin aujourd'hui. Je remets ma tête dans les dossiers et travaille toute l'après-midi en tentant d'oublier tous mes tracas du moment.

Chapitre 9

Gino, le patron du restaurant, nous accueille chaleureusement comme à son habitude. Il fait une bise à Fanny et à moi avant de serrer la main à Mina. Encore une règle bizarre. Elle n'embrasse pas d'autre homme que son mari et son père. Je ne cherche plus vraiment à comprendre.

À peine installées que j'interroge vivement Mina :

— Alors, ton voyage de noces ?

— Très bien, comme je vous l'ai déjà raconté la semaine dernière.

Ah oui c'est vrai...

— Qu'est-ce qui ne va pas Emy ?

Étonnée, je jette un œil à Fanny, mais elle m'interroge également du regard. Je fais la fille qui ne comprend pas, mais elles continuent de m'observer comme si elles lisaient en moi.

— Bon ça va ! dis-je en levant les mains. J'ai rencontré un mec au boulot.

Tout excitée, Fanny saute déjà sur place en tapant des mains.

— Oh non, laissez-moi finir.

Je prends sur moi avant de leur raconter dans les moindres détails ma soirée déprimante avec Sam et rien que d'y repenser me retourne l'estomac.

— Toi, tu t'es pris un râteau ? s'exclame une nouvelle fois Fanny plus que surprise.

— Ça va Fanny, arrête de crier s'il te plaît !

— C'est que c'est une première ! chuchote Mina avant de ricaner.

— Je vous assure qu'il m'a carrément jetée.

— Arrête ! répond Fanny. C'est impossible ! Une fille comme toi, se prendre une veste ? Emy, tous les mecs te regardent dès que tu entres quelque part. Je ne peux pas y croire.

Fanny m'a toujours surestimée. Il est vrai que je plais, mais pas à ce point-là. J'évite la fameuse discussion sur mon manque de confiance en moi et me contente de secouer la tête.

— Il est peut-être gay, lance Mina.

Elles éclatent de rire et je soupire d'exaspération. Cette histoire ne me donne vraiment pas envie de rire !

— Hou là ! dit Fanny, il te plait vraiment celui-là ! Franchement, un mec secret qui n'a personne dans sa vie et te dit juste que ce n'est pas possible...

Elle réfléchit en faisant mine de se frotter le menton.

— Peut-être qu'il ne veut pas de relation amoureuse au travail ! poursuit-t-elle.

— Tu crois ?

— J'en connais beaucoup qui ne veulent pas de relation au boulot, d'autant plus qu'il s'agit d'un chef.

Mina acquiesce à son tour.

— Oui, enfin ce n'est pas mon chef, dis-je. Il gère l'équipe marketing.

— L'amour impossible entre une assistante et son manager... s'exclame Fanny, rêveuse. J'adore !

— La vie n'est pas une romance, Fanny ! Et puis je ne suis pas une assistante ! dis-je en levant le ton pour plaisanter.

Mes copines rient et cette fois, je me joins à elles, un peu plus détendue. Le fait d'avoir un petit espoir me console. Après tout, peut-être que Fanny a raison et qu'il ne souhaite pas mélanger travail et plaisir.

— Comment savoir si c'est vraiment ça ?

— Demande-lui à l'occasion, répond Fanny en sirotant son cocktail à peine arrivé.

— Tu n'as pas entendu ce que je t'ai dit ? Ce mec m'ignore ! C'est à peine s'il me dit bonjour.

— Vous travaillez ensemble, renchérit-elle. Vous allez être amenés à vous voir souvent donc ne t'inquiète pas, tu verras bien s'il s'agit de ça ou non.

Les lèvres retroussées, je hoche la tête en jetant un œil à Mina pour avoir son avis.

— Exactement… enfin… à moins qu'il soit gay ! me taquine-t-elle.

Nous rigolons franchement et ainsi se passe notre soirée, dans la bonne humeur. Voilà ce qu'il me fallait, un agréable moment avec mes deux meilleures amies.

Je rentre chez moi un peu plus apaisée et m'endors en pensant à Sam malgré moi…

Chapitre 10

Je me rends compte que ma honte ne s'est pas totalement envolée lorsque j'aperçois Sam à la cafétéria. Il boit son café tout en lisant des documents qu'il tient dans son autre main. J'accélère le pas afin qu'il ne me voie pas, mais quand il relève la tête et que nos regards se croisent, je n'ai pas d'autre choix que de le saluer.

— Bonjour, lui dis-je assez sèchement avant de continuer mon chemin.

— Bonjour Emilie.

Il ne s'attarde pas non plus et remet son nez dans ses dossiers. Comment un mec aussi distant peut-il me mettre dans un tel état ?

J'attrape vite mon café à la machine et sors fumer ma clope en faisant comme si sa présence ne m'atteignait pas. À travers la porte vitrée, je remarque qu'il me suit des yeux et ceci me rappelle les paroles de Fanny… elle avait peut-être raison. Malgré moi, j'esquisse un sourire.

Sam vient de me mater !

J'ai presque terminé ma cigarette quand il sort à son tour, pour passer un coup de fil. Son téléphone collé à l'oreille, il balaie la cour des yeux et ma respiration se bloque quand son regard s'arrête clairement sur moi. Alors que je m'attends à ce qu'il détourne le visage, il se met à me fixer avec insistance.

Non, mais à quoi il joue là ?

Nous sommes à plusieurs mètres l'un de l'autre, mais il arrive tout de même à me déstabiliser.

Je ne peux pas rester comme ça à me demander pourquoi il ne veut même pas essayer d'apprendre à me connaître. Et surtout, je ne veux pas qu'il pense une seconde qu'il y avait un côté intéressé dans mon approche. Cette horrible idée me pousse à agir. Maintenant !

J'attends qu'il finisse sa conversation pour le rattraper avant qu'il ne retourne à l'intérieur.

— Sam ?

— Oui, Emilie, me répond-il dans un soupir en se retournant.

— Sache tout d'abord que je n'ai pas l'habitude de faire ça…

Il sourit légèrement, l'air amusé.

— Je comprends tout à fait que ça te gêne de sortir avec l'une de tes collègues et sache que je ne suis pas le genre de fille à…

— Tu penses que c'est à cause de ça ? me coupe-t-il le sourcil levé.

— Euh… je croyais… enfin… je ne sais pas… est-ce-que tu es gay ?

Il se fige si vite que j'en suis déstabilisée. Puis, il écarquille lentement les yeux et je me fustige intérieurement. *Merde!* Qu'est-ce qui m'a pris de dire ça !

Mina, je jure que je vais te tuer!

— Tu me demandes si je suis gay ? répète-t-il, choqué.

Morte de honte, je m'éclaircis la gorge sans rien dire. Son air surpris laisse place à un léger sourire en coin.

— Non, répond-il en secouant la tête. Je ne suis pas gay, Emilie.

— Excuse-moi je… OK… j'ai compris.

Tout en me détournant pour rejoindre l'entrée du bâtiment, je lui adresse un léger signe de tête en me promettant de ne plus jamais me ridiculiser de la sorte.

Au moins là, les choses sont claires !

— Si tu lisais correctement tes mails, lance-t-il avant que je ne rentre. Tu aurais compris depuis longtemps.

Je m'arrête net en l'interrogeant du regard. *Qu'est-ce que ça veut dire ?*

— À ce soir Emilie, ajoute-t-il avant de me tourner le dos, son téléphone de nouveau collé à l'oreille.

À ce soir ? Alors il veut me revoir ? Là je dois dire que je ne comprends plus rien…

Malgré tout, je sens mon cœur qui joue à la corde à sauter dans ma poitrine.

Mais c'est quand je passe les portes que je me rends compte que je ne suis invitée nulle part ce soir.

Mince, Mika ! On ne s'est pas reparlé depuis la dernière dispute et c'est lui qui est au courant de toutes les soirées organisées par la boîte.

En remontant à mon bureau, je passe rapidement par celui de mon cher collègue…

— Hey Mika !

— Salut, répond-il en levant à peine les yeux de son écran.

Je soupire et m'avance pour me planter devant son bureau.

— T'en as pas marre de bouder, franchement ?

Il lâche enfin son ordinateur et s'adosse à sa chaise en croisant les bras contre son torse. Puis, il me fixe silencieusement les sourcils froncés.

— OK ! Excuse-moi pour l'autre soir… ça te va ?

Tout en haussant les épaules, il lutte pour ne pas sourire. Je fais le tour de son bureau et me penche pour lui faire un bisou sur la joue.

— Désolée pour l'autre soir, vraiment.

— Hum… je ne sais pas trop…

Mika fait mine de réfléchir avant de tendre l'autre joue en la tapotant avec son doigt pour que je l'embrasse à nouveau. J'éclate de rire et je m'approche encore, mais cette fois, je lui donne un coup de coude dans les côtes.

— Même pas en rêve espèce de profiteur !

Il fait mine d'avoir mal en éclatant de rire.

— C'est oublié Emy. Merci d'être revenue vers moi.

Ce n'est pas dans mes habitudes et il le sait parfaitement.

Nous discutons quelques minutes avant qu'il ne me propose de sortir ce soir. Invitation que j'accepte vivement… J'ai un peu honte de moi, car il y a un petit côté intéressé dans ce que je viens de faire. Mais pour ma défense, Mika m'a vraiment manqué et je suis contente d'avoir fait un pas vers lui.

Finalement, ce n'est pas si compliqué de s'excuser…

De retour à mon bureau, je recherche le mail sur l'annonce de Sam, tout en pensant à ce que je vais porter ce soir…

Ah ça y est, je l'ai retrouvé. Je commence à le lire attentivement et reste bouche bée dès le début du message.

Chers collaborateurs, chères collaboratrices,

Nous avons le plaisir d'accueillir notre nouveau responsable marketing Samy Belaoui…

Oh, mon Dieu, Sam est arabe !

Chapitre 11

Je lisse impeccablement mes longs cheveux bruns, me maquille en insistant sur les yeux et passe une belle robe marron très courte. J'adore le résultat, je me sens plus sûre de moi quand je suis bien apprêtée comme ça.

Avant de quitter l'appartement, je me contemple quelques minutes dans le miroir. Pourquoi me suis-je faite si belle ? Tu sais que c'est impossible Emy. Un Arabe ? Manquerait plus que ça. Je crois que ma famille préfèrerait me voir finir seule, ou avec une femme à la limite ! Ma déception envahit tout mon corps, telle une angoisse. Il n'est peut-être pas musulman... Ce dernier petit espoir me rassure.

Peu importe que ce ne soit pas possible, j'ai juste envie de lui parler !

Mika passe me prendre comme à son habitude et nous arrivons ensemble dans un pub un peu plus loin de chez moi cette fois. Je vais pour lui attraper le bras avant d'entrer, mais me refrène au dernier moment.

Mon cœur s'emballe immédiatement quand je le vois accoudé au bar vêtu d'un jean foncé et d'un polo blanc. Je me mords la lèvre inférieure pour m'éviter de sourire aussi largement que je le pourrais. *C'est fou l'effet que cet homme me fait !*

Attentivement, il m'observe entrer et pour la première fois, il me regarde de haut en bas. Quand son regard s'attarde sur mes jambes, je suis contente d'avoir opté pour du court !

Je salue mes collègues en leur faisant une bise et quand j'arrive enfin à lui, j'hésite une seconde, mais il me tend immédiatement sa main.

OK...

— Bonsoir Emilie.

— Bonsoir Samy.

Je lui souris en haussant les épaules.

— Alors Sam, c'est ton surnom ?

— Pas vraiment, mais tu m'as demandé de t'appeler Emy quand on s'est rencontrés alors j'ai fait la même chose.

Cette fois, il me rend mon sourire et Dieu ce qu'il est beau quand il sourit ! Il a l'air beaucoup plus détendu et moins autoritaire que d'habitude. Comme s'il était soulagé d'un poids.

— Tu es de quelle origine ? demandé-je.

— Tunisien.

Son regard balaie la pièce, ce qui me pousse à faire de même. Je suis surprise de voir que plusieurs collègues nous observent, dont Mika l'air réprobateur.

— Bon, eh bien… je te souhaite une bonne soirée Emilie.

Quoi, c'est tout ?

— Alors le fait que tu sois Tunisien t'empêche de discuter avec une collègue ? demandé-je un brin vexée.

Les yeux plissés, il se met à me fixer avec insistance et je jure que mes jambes vont lâcher à tout moment.

— Va t'amuser, finit-il par dire en regardant une nouvelle fois autour de lui. Je te dis quand je pars et je te ramène chez toi.

J'acquiesce, mais en réalité ça n'était même pas une question, ça sonnait plutôt comme un ordre. Et si je n'en avais pas envie ? Mais bien sûr que j'en meurs d'envie et il le sait. Même si ce mec est une vraie girouette, j'ai envie de lui parler. *Ça craint!*

Je l'abandonne à contrecœur pour aller danser avec quelques collègues. Bien que je fasse mon maximum pour ne pas le regarder, la tâche s'avère impossible. Je n'y arrive pas !

Depuis la piste, je ne peux m'empêcher de l'observer de temps à autre et dès que ses yeux se posent sur moi, c'est tout mon corps qui s'enflamme.

Mais il y a ce quelque chose de très étrange dans son regard. Comme si je l'attirais, mais que je l'agaçais à la fois. C'est tellement bizarre que je ne sais pas quoi en penser ! Cette façon de toujours souffler le chaud et le froid est tellement déstabilisante. Aussi, son attitude de mec indifférent est en totale opposition avec l'ardeur que je lis dans ses yeux.

Après m'être suffisamment défoulée, je décide d'aller boire un verre et rejoins Stella, assise de l'autre côté du bar. À peine arrivée, qu'elle me raconte sa relation avec Marc, le collègue qui l'a ramenée l'autre soir. Je tente réellement de m'y intéresser, mais en vérité, une seule chose m'obsède. C'est la première fois de ma vie que je suis aussi pressée que la soirée se termine.

J'écoute à moitié Stella déblatérer son histoire quand je vois Mika assis tout seul dans un coin alors je m'excuse auprès d'elle pour aller le rejoindre.

— Tout va bien Mika ?

— Ah ?! … je t'intéresse tout à coup ?

— C'est quoi ton problème au juste ?

— Laisse tomber Emy, répond-il froidement en détournant son visage.

— Quoi, je ne pense qu'à moi c'est ça ? Excuse-moi de m'amuser, il me semble qu'on est là pour ça !

— OK continue de t'amuser alors, bonne soirée !

Nous sommes obligés de lever le ton pour nous entendre avec la musique, mais sa dernière phrase était carrément un hurlement. *Non, mais pour qui il se prend ?* Je serre les dents avant de lui répondre le plus calmement possible :

— Je ne rentre pas avec toi ce soir, au moins tu es prévenu d'avance !

C'est plus qu'énervée que je retourne au bar pour me prendre un autre verre, mais je n'ai pas le temps de passer commande que la voix de Samy me surprend derrière moi.

— Prends tes affaires, on se retrouve dehors.

J'aurais vraiment besoin d'un petit remontant, mais rentrer avec lui est bien plus tentant. Je hoche la tête et m'exécute sans rien dire.

Une fois dans la voiture, je dois une nouvelle fois rompre le silence.

— Tu habites où ?

— Pas loin.

— C'était une question comme ça, pour parler. Je ne compte pas débarquer chez toi, tu sais ? dis-je pour plaisanter.

Sans la moindre réaction, il continue de fixer la route. *Merde.*

Je n'avais pas l'intention d'être indiscrète, pourtant c'est exactement l'effet que ça donne. Je voulais juste faire la conversation, mais au lieu de ça, j'ai créé un nouveau malaise. Alors que je cherche désespérément quelque chose d'autre à dire, c'est lui qui rompt le silence.

— Pourquoi tu tortures ton ami ainsi ?

— Je te demande pardon ?

— Mika, tu sais qu'il te veut.

— Pas du tout ! C'est un ami et il le sait.

— Tu lui as déjà dit ?

— Pas la peine de le lui dire, il le sait très bien.

— Non, il ne le sait pas et ton comportement n'est pas clair.

— Quoi ? De quel comportement parles-tu ?

Ses doigts se resserrent sur le volant et sa mâchoire se crispe. Le pire, c'est qu'il ne semble réellement pas jaloux de Mika. Non le problème semble venir… de moi ?

— Tu sais quoi, m'emporté-je. Laisse tomber ! Je ne suis pas venue avec toi pour parler de Mika ! Encore moins me disputer.

— C'est ça une dispute pour toi ? se moque-t-il.

— OK… allez dis-moi clairement, c'est quoi ton problème ?

Il reste silencieux quelques secondes avant de me répondre plus calmement :

— Tu es mondaine, Emilie.

— Mondaine ? répété-je, outrée.

— Tu fumes, tu bois, tu es vulgaire, tu…

— Vulgaire ? C'en est trop, ça suffit !

Cette fois, c'est moi qui lui coupe la parole. Je tourne mon visage vers la vitre et croise les bras sur ma poitrine. *Non, mais quel crétin !*

— Tu voulais absolument savoir quel était le problème, déclare-t-il comme s'il ne venait pas de m'insulter.

— Je ne t'ai jamais demandé la liste de mes défauts. Et je ne suis pas vulgaire !

— Ta robe est plus que vulgaire.

Quand je l'observe de nouveau, il grimace carrément en me reluquant ! Je baisse alors les yeux sur mes jambes et ma position assise fait que ma robe remonte très au-dessus de mes cuisses. Je tente de la baisser maladroitement tellement je suis énervée.

— Emilie, reprend-il. Beaucoup de femmes sont comme toi et je m'en contrefiche, chacun son style de vie.

Je détourne une nouvelle fois le regard vers la vitre en l'écoutant à moitié.

Vulgaire moi ? On me l'avait jamais faite celle-là !

— Le problème… c'est que tu me plais.

Attends... Quoi ?

Bouche bée, je me retourne vivement vers lui.

— Je te demande pardon ?

— Tu me plais, Emilie.

Je sens ma poitrine se serrer et ma rage s'évaporer. Pourtant, il vient carrément de m'insulter là. À croire que je n'ai retenu qu'une seule chose : je lui plais !

Putain je lui plais ?!

— Je t'avoue que je ne comprends pas…, murmuré-je.

En soufflant, il continue de regarder droit devant lui.

— Entre toi et moi, ce n'est pas possible.

— Pourquoi ça ? Tes origines ne me dérangent pas.

Bizarrement, y croyant à peine moi-même, je le pense. Je ne sais presque rien de lui, mais j'ai envie de le connaître. Le connaître tout entier. Je ne sais pas pour quelle raison, mais c'est ce que je veux. Et après tout, les Arabes ne sont pas tous pareils… C'est drôle, j'avais pensé tout le contraire il y a quelque temps.

— Désolé Emilie, ça va bien plus loin que ça. Il vaut mieux que tu laisses tomber, maintenant.

Une profonde déception réapparaît aussitôt, mais je tente de ne pas le lui montrer et décide de garder le silence.

Une fois arrivés devant chez moi, je cherche quelque chose d'intelligent à dire avant de me faire jeter une nouvelle fois.

— On peut au moins être amis ?

Tu parles d'un truc intelligent ! Il se met légèrement à rire avant de répondre franchement :

— Je ne crois pas non.

— Tu ne crois pas ? demandé-je surprise.

— Emilie… répond-il en soupirant, rentre chez toi s'il te plaît.

Son ton est tellement dur que j'ai carrément envie de pleurer, mais évidemment, je ne le ferai pas. Je ne suis pas du genre à chialer pour un rien, encore moins pour un mec. À part mon père, je n'ai jamais pleuré pour aucun homme. Et ce n'est sûrement pas aujourd'hui que ça arrivera.

— OK…, dis-je en ouvrant la portière. Le message est bien passé ne t'inquiète pas. Tu peux être sûr que je ne te dérangerai plus. Bonne nuit.

Faussement désinvolte, je sors calmement de sa voiture.

C'est en arrivant à l'entrée de mon immeuble que j'entends une portière claquer, ce qui me fait me retourner vivement. Samy s'avance vers moi, lentement. Mes yeux s'écarquillent. Pour une fois depuis que je le connais, il parait désorienté. Ou torturé, je dirais.

Bien décidée à ne plus me ridiculiser, je croise les bras contre ma poitrine en attendant qu'il parle. S'il compte s'excuser, il peut aller se faire voir !

Mais quand il s'approche encore, c'est moi qui me retrouve complètement déstabilisée. Mes bras se relâchent le long de mon corps quand il pose doucement ses mains de part et d'autre de mon visage avant de planter son regard dans le mien.

Oh-mon-dieu!

Les battements de mon cœur emplissent mes oreilles. La respiration haletante, je continue de le fixer sans rien dire. Il fait très sombre, mais le lampadaire situé juste au-dessus de nos têtes me permet de voir clairement les traits de son visage. Vu d'aussi près, ses pupilles sont encore plus troublantes et pour la première fois, je remarque qu'un anneau doré encercle ses iris foncés. Ça ne devrait pas exister des prunelles pareilles !

Il arrête de soutenir mon regard pour faire un va-et-vient entre mes yeux et ma bouche. Quand il se mordille légèrement la lèvre, je sens une énorme pulsion dans mon bas ventre. *C'est de la torture!* J'ai tellement envie qu'il m'embrasse que ça en est douloureux ! Ses lèvres m'appellent. Légèrement entrouvertes, offertes à moi. Je n'ai qu'un seul mouvement à faire pour les toucher, mais…. Même si j'en meurs d'envie, il est hors de question que je fasse le premier pas. Pas après tout ce qu'il m'a dit.

Si tu veux de moi Belaoui, va falloir me le montrer!

Hésitant, il inspire profondément avant de poser ses lèvres sur les miennes.

Oh purée c'est trop fou, il m'embrasse!

Je ne me souviens pas d'une fois où un baiser m'aurait fait un tel effet. Je ne me souviens pas d'une fois où j'aurais eu l'impression de sentir mes pieds se soulever du sol rien qu'au contact de lèvres masculines. Je me sens voler. Je me sens vivre.

Est-ce le fait qu'il me résiste ? Je ne saurais l'expliquer, mais jamais je n'ai autant désiré un homme de toute ma vie.

Je m'approche davantage afin de coller mon corps au sien, mais il m'en empêche. Seules nos bouches et ses mains sur mon visage se touchent. Alors que je tente d'y introduire ma langue, il s'arrête lentement en finissant par un petit baiser sur le coin de ma lèvre.

— Tu as changé d'avis ? demandé-je dans un souffle les yeux encore clos.

— Je ne change jamais d'avis, répond-il en me relâchant.

— Mais tu…

— On est déjà allé beaucoup trop loin.

Alors que j'ai limite envie de rire (comment peut-on aller trop loin avec un simple smack ?), il recule de quelques pas en grimaçant presque, comme s'il venait de faire la plus grosse connerie du monde.

— Je dois y aller Emilie.

Je n'ai même pas le temps de répondre qu'il est déjà reparti dans sa voiture en démarrant à une telle vitesse, que tous les voisins ont dû l'entendre.

Mes jambes tremblent encore et je reste quelques minutes devant chez moi, à réfléchir à ce qu'il vient de se passer. Cet homme vient de me donner le plus beau baiser que je n'ai jamais eu.

Chapitre 12

Je crois que c'est la première fois de ma vie que je suis déçue que l'on soit déjà vendredi ! Je n'ai pas croisé Samy de la matinée et après l'avoir lamentablement cherché dans tous les recoins du bâtiment, j'en ai déduit qu'il avait pris sa journée. Je risque de ne pas le revoir jusqu'à lundi étant donné que je n'ai même pas son numéro !

Comment vais-je faire pour tenir jusque-là ? Je ne pense qu'à notre incroyable baiser depuis qu'il s'est produit. Et je suis persuadée que nous devons parler de tout ça.

Je pense brièvement à Mika qui doit sûrement avoir ses coordonnées, mais il est hors de question que je lui reparle après son attitude. Cette fois il a dépassé les bornes et je ne reviendrai pas vers lui.

— Alors cette fin de soirée avec Marc ? demandé-je à Stella en la croisant à la cafète.

Je regrette immédiatement cette question quand je la vois partir dans un monologue interminable.

— Dis, la coupé-je presque. Tu pourrais me rendre un service ?

— Bien sûr !

— J'ai besoin d'un numéro que Mika doit sûrement avoir… mais on est un peu en froid en ce moment.

— Oui j'ai vu ça… il te faut quel numéro ?

— Celui de Samy Belaoui, dis-je en détournant le regard.

— Oh, la Française fait une entrave à la règle ? Le beau Samy t'a fait changer d'avis sur les Arabes ?

— Je n'ai jamais été contre les Arabes Stella ! réponds-je totalement agacée. De toute façon il n'y a rien, il m'a ramenée chez moi hier et j'ai oublié quelque chose dans sa voiture.

— Ah oui, tu as oublié quoi ?

Elle me fixe l'air moqueur en attendant une réponse. Irritée, je soupire d'exaspération. *Elle est de la police ou quoi ?*

— Je vais te trouver le numéro, lâche-t-elle. Mais ne me mens pas s'il te plaît !

— Je te remercie.

***

Il est bientôt l'heure de rentrer chez moi quand Stella passe enfin me voir dans mon bureau pour me déposer un post-it sur mon écran.

— Voilà m'dame !

— Oh merci Stella !

Je lui réponds spontanément avec enthousiasme et le regrette aussitôt en voyant son air surpris, et un peu moqueur…

— Tu sais Emy, je ne crois pas que ce soit un mec pour toi.

— Je te l'ai dit, il n'y a rien entre nous ! Je ne vais pas tarder, passe un bon week-end et encore merci !

Je l'expédie, car je n'ai pas du tout envie de parler de ça avec elle. D'ailleurs, je n'ai envie d'en parler avec personne. Sauf avec lui évidemment. Je meurs d'impatience qu'on discute de ce qu'il s'est passé devant chez moi. Il faut que je sache ce qu'il en est. Pourquoi agit-il ainsi si je lui plais ?

Je ne perds pas de temps et lui envoie un message, la main tremblante.

Salut Sam. J'espère que tu n'es pas souffrant, je ne t'ai pas vu aujourd'hui. Tu es libre ce week-end ? J'aimerais qu'on discute. Signé : la mondaine.

En me relisant, je me demande si je ne vais pas passer pour l'hystérique de service qui n'accepte pas qu'on lui dise non. Je ne suis pas du tout du style à insister, je déteste d'ailleurs ce genre de comportement. Mais là, c'est différent. Je ne saurais comment l'expliquer, mais je vois bien qu'il ressent la même chose que moi. Il s'est vraiment passé quelque chose de spécial ! Quelque chose que je n'ai jamais ressenti auparavant.

Je passe la fin de l'après-midi à regarder mon portable, mais en vain, aucune réponse…

Chapitre 13

Je fais le tri dans mon assiette et même si tout me semble très bon, j'ai du mal à manger.

— Qu'est-ce qu'il ne va pas ma chérie ?

— Je t'ai déjà dit que j'étais fatiguée maman, j'ai eu une semaine intense au boulot.

— Pourquoi tu n'arrêtes pas de regarder ton téléphone ? Tu attends un appel urgent ?

Elle sourit alors qu'habituellement, elle déteste que je ramène mon portable à table. Je hausse les épaules, mais elle attend une réponse en me fixant avec insistance.

— Je me suis disputée avec Mika…

Je ne sais pas pourquoi j'ai sorti ça, mais c'est la seule idée qui me soit venue. Je n'ai pas d'autre choix que de lui mentir, elle me connaît trop bien pour voir que quelque chose me tracasse. Surtout que l'absence de réponse me rend de plus en plus folle. Je me suis encore trompée à son sujet. Peut-être que je suis la seule à avoir ressenti ce tourbillon d'émotion et que pour lui, il s'agissait seulement d'un simple baiser.

— Que s'est-il passé ? m'interroge maman.

— Quoi ?

— Avec Mika ! Pourquoi vous êtes-vous disputés ?

Ah oui Mika… Je m'aperçois que je n'ai même pas eu le temps de repenser à lui.

— Oh, c'est une histoire débile. Nous sommes allés en soirée ensemble et j'étais fatiguée donc je suis rentrée plus tôt.

Ma mère me fixe, perplexe.

— Laisse tomber !

— En tout cas, je vois que ça te trouble. Peut-être que tu te rends compte de ce que tu ressens vraiment pour lui ?

— Maman ! crié-je presque. Je t'ai déjà dit qu'il n'y avait rien entre nous.

Voilà qu'elle m'énerve, je le lui ai déjà dit un millier de fois. Maman connaît bien Mika et selon elle, c'est le mec idéal. Je crois qu'au fond, elle sait que j'ai un souci avec les hommes.

Je décide de couper court à la conversation et je reste froide durant le reste du dîner. Un peu comme d'habitude en fait.

Nous prenons tranquillement notre café dans le salon quand je reçois un message qui me fait bondir du canapé. Bon sang, c'est lui ! Il m'a répondu !

Bonsoir Emilie. On peut dire que tu es du genre obstinée. J'étais en déplacement aujourd'hui. On se voit demain, quatorze heures au café du centre commercial à côté de chez toi.

Ce simple message vient bizarrement d'émerveiller ma journée ! Je souris sans même m'en rendre compte et je sautille carrément sur place.

— Alors ma chérie, Mika t'a enfin écrit ? demande maman avec un petit sourire en coin.

— Oui ! C'est arrangé !

Elle ne me dit rien, mais je sais très bien ce qu'elle pense. Peu importe ! Je préfère qu'elle s'imagine qu'il y a quelque chose entre Mika et moi plutôt que de lui parler de mon flirt avec un Tunisien.

Oh là, là, j'ai rendez-vous avec Samy demain ! Je me rends soudainement compte de l'effet qu'a cet homme sur moi. C'est pire que de l'attirance là, il m'obsède carrément !

Je relis plusieurs fois son texto avant de m'apercevoir qu'il ne me demande même pas mon avis. Non, mais j'hallucine ! Et si l'heure et l'endroit ne me convenaient pas ?!

Je pourrais le remettre à sa place c'est sûr… Mais j'ai tellement envie de le revoir que je lui réponds simplement :

OK à demain.

Chapitre 14

J'arrive pile à l'heure devant le café où il m'a donné rendez-vous, mais en réalité, je suis déjà prête depuis ce matin. Après avoir essayé toute ma garde-robe, j'ai opté pour un simple jean avec un haut blanc.

À sa vue, installé à cette table, mon cœur s'accélère. Je l'observe quelques instants en pleine lecture d'un petit livre noir et doré. C'est la première fois que je le vois avec des lunettes et ça lui donne un côté très sexy ! De toute façon un homme qui lit, c'est forcément sexy.

Je m'approche lentement jusqu'à lui faire face, mais il est tellement concentré qu'il ne me remarque même pas.

— Salut…

Il relève enfin la tête et retire ses lunettes qu'il pose sur la table.

— Bonjour Emilie.

Sa voix est plus douce que d'habitude, mais son regard reste toujours aussi dur. J'attends quelques secondes avant de lui demander :

— Je peux ?

Je lui montre une chaise en face de la sienne et il me fait signe de m'asseoir tout en rangeant son livre dans la poche de sa veste.

— Excuse-moi d'avoir demandé ton numéro, mais tu n'étais pas au boulot hier et…

— Oui j'ai compris, m'interrompt-il. Emilie, je n'aurais pas dû t'embrasser. Il est clair que nous avons une attirance l'un envers l'autre, mais comme je te l'ai déjà dit, ce n'est pas possible entre nous.

Sam ne me laisse même pas répondre qu'il poursuit déjà :

— Je ne suis pas du style à tourner autour du pot. Je suis musulman et comme tu peux t'en douter, tu n'es vraiment pas le style de fille que je recherche dans ma vie.

— Oui j'ai bien compris quand tu m'as fait la liste de mes défauts ! J'ai le droit de commander un café s'il te plaît ?

Il ne s'excuse même pas de son impolitesse, à vrai dire, il s'en moque complètement. Cependant, il fait signe à la serveuse qui vient rapidement prendre ma commande.

Lentement, je bois mon café tout en réfléchissant. Il est musulman. Voilà qui est sûr, on ne peut vraiment pas être ensemble. Je connais assez bien cette religion pour savoir que c'est impossible. Tous mes espoirs avec cet homme qui me fait autant d'effet sont perdus.

Samy m'observe sans rien dire et je finis par rompre le silence :

— Alors, dis-moi, quel est ton style de fille ? Sans minijupe, qui ne boit pas et ne fume pas c'est ça ?

Ma voix dégouline de sarcasme, mais je ne le contrôle pas. Pourquoi m'avoir donné rendez-vous si c'est pour me jeter une nouvelle fois ? Un simple texto aurait amplement suffi !

— Je suis très pratiquant, répond-il. Oui, ma future femme ne sortira pas habillée comme tu le fais. Elle ne sortira pas en soirée sans moi, d'ailleurs.

Sa future femme ? J'imagine une autre avec lui et cela me fait un pincement au cœur. *N'importe quoi !* C'est plutôt son autre phrase qui devrait me déranger. « Elle ne sortira pas sans moi ». *Non, mais au secours !*

Je ne peux m'empêcher de soupirer en secouant la tête.

— Tu ne peux pas comprendre, lâche-t-il.

— Oh si, ma meilleure amie est musulmane, figure-toi !

Il ricane.

— Tous les blancs ont un ami musulman.

— Qu'est-ce que tu veux dire par là ?

— Ça vous persuade de votre tolérance envers les Arabes. Vous dites respecter notre façon de vivre, mais vous n'en pensez pas moins.

J'ouvre grand la bouche, totalement abasourdie.

— Ne fais pas ta choquée, Emy. Tu crois que vous êtes les seuls à pouvoir nous mettre tous dans le même sac ? Sois réaliste, tout ça est normal. Nous avons des cultures différentes.

Même si je suis surprise par son manque de tact, je dois reconnaitre qu'il n'a pas tout à fait tort…

Après plusieurs secondes de silence, il reprend :

— Écoute, on est juste attirés physiquement l'un par l'autre, rien d'autre, on ne se connaît même pas.

J'acquiesce d'un hochement de tête. Il prêche une convaincue là, je ne vais pas me mettre à croire au coup de foudre tout à coup !

— Je suis donc d'accord pour qu'on soit amis, continue-t-il. Et si tu en veux plus, il faut établir certaines règles.

— Pardon ? Comment ça, si j'en veux plus ?

Mes sourcils levés le font légèrement sourire, mais il reprend vite son sérieux.

— Une relation sans lendemain, explique-t-il. Juste pour assouvir nos envies mutuelles. Tu connais ce genre de relation, n'est-ce pas ?

Euh… il me prend pour une conne là ou quoi ?

Les mots me manquent pour exprimer ce que je ressens alors je me contente de le contempler en écarquillant les yeux. Une chose est sûre, il ne tourne pas autour du pot !

— Emilie, reprend-il. Sois juste objective. Toi non plus tu ne veux pas de mon style de vie. Je ne suis pas l'homme idéal pour toi.

OK, il marque un point... mais alors pourquoi j'ai autant de mal à l'accepter ?

La gorge sèche, je me mets à déglutir sans savoir quoi dire ou faire. Ce qu'il remarque très vite, car il se redresse vivement.

— Tu vas rentrer chez toi et réfléchir. On en reparle la semaine prochaine.

Malgré tout ce qu'il vient de me dire, je n'ai pas envie de partir, ça craint !

Mais il se met à m'ignorer en ressortant le livre de sa poche pour reprendre sa lecture. Évidemment, il s'agit du Coran...

OK, alors il est vraiment à fond dedans !

— Rentre chez toi et réfléchis, répète-t-il sans me jeter le moindre regard.

J'inspire un bon coup avant de terminer mon café d'une traite et m'apprête à me lever quand il rajoute :

— Ne me donne pas de réponse avant la semaine prochaine. Tu dois bien réfléchir.

Sans répondre, je lui adresse un léger signe de la tête avant de lui tourner le dos.

C'est l'esprit emmêlé que je marche lentement vers chez moi. J'ai du mal à croire ce qu'il vient de se passer. Un homme vient-il réellement de me proposer un plan cul ? Car il a beau avoir mis les formes, c'est bien de ça dont il s'agit. *Un putain de plan cul !*

Ça alors, ça ne m'était jamais arrivé auparavant. Pourtant, j'en ai connu des mecs tordus ! Le pire dans tout ça, c'est que je n'aurais jamais cru hésiter face à une telle proposition un jour.

Le reste de l'après-midi, je le passe à réfléchir. Dès que je pense qu'il n'y aura jamais rien entre Sam et moi, une boule se forme dans mon estomac. Cette sensation se calme uniquement quand je nous imagine ensemble.

Bon sang, Emy, tu ne vas tout de même pas accepter ça ?!

Lorsque mon téléphone sonne, je fonce le récupérer. Mais à la vue du nom de Mika, la déception m'envahit.

*Salut, Emy, on peut parler s'il te plaît ?

Je suis encore énervée contre lui, mais je ne peux pas lui en vouloir continuellement, surtout que notre dispute était ridicule. Je réponds tout de même assez brièvement :

*OK, on s'appelle demain.

Je n'ai pas le temps ni l'envie de penser à Mika ce soir, j'ai besoin de réfléchir. Encore.

À vingt-trois heures, sur un coup de tête, j'envoie un message à Samy :

*Si je refuse ta proposition, pourrons-nous tout de même être amis ?

Je garde mon téléphone en main jusqu'à ce qu'il me réponde une dizaine de minutes plus tard :

*Bien sûr. Mais dans ce cas, il n'y aura jamais rien entre nous. Ce qu'il s'est passé vendredi ne se reproduira pas.

Merde ! Cette idée me donne carrément la nausée. Notre dernier baiser envahit mes pensées et je n'arrive pas à me dire que ça ne se reproduira plus. Je lui écris sans réfléchir :

*Et si j'accepte, me rejoindrais-tu ce soir ?

Vivement, je me redresse dans mon lit et fixe mon portable le cœur battant en attendant une réponse.

J'hallucine de lui avoir demandé ça ! S'il dit oui, qu'est-ce que je fais ? Une chaleur inexplicable monte en moi rien que d'imaginer qu'il vienne me rejoindre, maintenant !

Sa réponse instantanée calme mes ardeurs :

Je ne veux pas de réponse avant la semaine prochaine, je te l'ai déjà dit, je ne changerai pas d'avis. Bonne nuit Emilie.

Mon excitation laisse place à de la déception, encore une fois. Je m'aperçois que je ne pourrai pas lui dire non, je n'en suis pas capable.

Ma décision est prise et il le sait.

Chapitre 15

Mika est déjà installé à une table quand j'arrive à la crêperie près de chez lui. C'est ici que venons souvent le dimanche après-midi, surtout quand le soleil n'est pas au rendez-vous comme aujourd'hui.

À peine installée en face de lui que mon ami enveloppe mes mains dans les siennes en inspirant légèrement.

— Écoute Emy, je suis désolé d'avoir réagi comme ça l'autre soir…

Son regard de chien battu me fait de la peine et je n'ai pas envie d'endurer ça plus longtemps.

— Laisse tomber Mika, excuses acceptées !

Je lui souris largement tout en retirant mes mains des siennes.

— Attends… J'aimerais t'expliquer pourquoi j'ai agi de cette manière.

Oh non Mika, ne me fais pas ça. J'ai rapidement accepté ses excuses pour éviter ce sujet de conversation. Je crains le pire là, et si Samy avait raison à son sujet ? Je tente à nouveau de passer à autre chose en levant légèrement le ton cette fois.

— Pas besoin, Mika. On oublie tout ça OK ?

Il hésite une seconde et finit par acquiescer avec un léger sourire en coin. Il a compris qu'il ne valait mieux pas insister. Je n'aime pas me prendre la tête et je préfère vraiment qu'on passe à autre chose.

Avec un large sourire aux lèvres, j'appelle la serveuse et nous commandons deux crêpes au chocolat.

— Bon alors comme ça, Samy Belaoui te plaît ?

Je manque de recracher mon cidre tellement sa question me surprend.

— Pas du tout ! réponds-je instantanément.

— Arrête Emy, ça crève les yeux !

— Samy est un collègue sympa et peut-être un futur ami, mais rien d'autre.

— OK je me disais aussi... toi avec un Arabe ?

Il rigole. *Mais qu'est-ce qu'ils ont tous avec ça ?* J'ai l'impression d'être une raciste à leurs yeux alors que pas du tout. Je ne comprends pas certains aspects de leur religion, c'est tout !

— Pourquoi tu dis ça ? demandé-je tout de même un peu agacée.

— Bah, tu sais bien...

— Non je ne sais pas, réponds-je en croisant les bras sur ma poitrine.

— Tu me fais quoi là ? me demande-t-il, surpris.

Je suis vraiment déçue d'avoir donné cette image de moi durant tout ce temps, mais je ne veux pas qu'il se doute de quoi que ce soit avec Samy.

— Rien, laisse tomber ! dis-je en secouant la tête.

Nos crêpes arrivent enfin et nous les dégustons en parlant de tout et de rien. Nous rions beaucoup et c'est comme s'il ne s'était jamais rien passé. Et ça me va comme ça.

Chapitre 16

Même si je ne le croise pas de la matinée, j'ai du mal à déstresser. Rien que de m'imaginer devant lui me met carrément mal à l'aise !

Après avoir déjeuné rapidement dans mon bureau, je me remets au travail. J'ai une réunion d'équipe cette après-midi et ensuite, un entretien avec mon patron concernant mon évolution. Cela fait tellement de temps que j'attends ce moment, que je suis gonflée à bloc !

— Tu viens Emy ? m'interrompt Mika.

Surprise, je jette un regard sur l'horloge au-dessus de ma porte, il est déjà quatorze heures ! Je prends rapidement mon bloc-notes et le suis jusqu'à la salle.

En rentrant, Edward, mon patron, est déjà installé aux côtés de tous mes autres collègues et à ma grande surprise… de Samy ! J'en ai le cœur retourné de le voir là, devant moi.

Qu'est-ce qu'il fiche ici ?

Je détourne vivement le visage et m'installe sur l'une des chaises libres, à côté de Mika.

— Bon nous sommes tous là, commence Edward en se levant pour projeter un diaporama. Nous allons donc pouvoir démarrer. Comme indiqué dans le mail d'invitation, j'ai également convié Samy Belaoui, notre nouveau responsable marketing, afin qu'il nous fasse un point sur les projets en cours.

Oups, il va vraiment falloir que je lise correctement mes mails…

Mon boss commence par faire un point habituel sur les chiffres de notre équipe tandis que je jette un coup d'œil embarrassé vers Samy. Quand il se met à me fixer avec insistance, ma respiration se bloque.

Non, mais à quoi il joue là ?

Son regard est trop pénétrant, trop intense. Putain, ce mec est trop ! Trop pour qu'on puisse lui dire non...

Quand mon chef termine sa présentation, que je n'ai absolument pas écoutée, il laisse enfin place à Samy. Une fois celui-ci debout, je ne peux m'empêcher de l'observer de haut en bas. Il porte un pantalon noir avec une chemise bleue. CA-NON.

D'une voix grave et très calme, il commence à nous décrire les futurs projets à venir avec une confiance en lui incroyable. Son assurance nous pousse tous à le suivre sans aucun ennui.

—... et pour tout cela, notre service a besoin de votre étroite collaboration. Il ne s'agit plus seulement de faire le travail que l'on vous demande, mais d'imaginer bien plus. Si vous le voulez bien, je vais vous demander de faire un petit exercice très simple. Chacun de vous va écrire une idée originale de communication interne ou externe qui améliorerait l'image de notre société. J'analyserai vos idées et reviendrai ensuite vers vous.

Toute la table s'exécute en écrivant quelque chose sur un post-it. Je n'ai jamais eu beaucoup d'imagination et je n'arrive même pas à réfléchir tant je suis déstabilisée par son discours et ses regards sur moi. C'est alors qu'il me vient une idée qui me fait sourire. J'écris tout simplement « oui » sur mon papier avant de le plier et de le lui faire passer.

Edward reprend la parole et Sam se met à tout déplier afin de lire l'ensemble des idées. Quand il arrive au mien, il relève délicatement les yeux vers moi avec un léger sourire en coin. Mon cœur tambourine si fort que j'ai peur qu'on puisse l'entendre ! En tout cas, je suis fière de moi et soulagée surtout. Moi qui avais honte et ne savais pas comment lui annoncer ma décision, voilà qui est fait.

À la fin de la réunion, j'ai à peine le temps de sortir de la pièce que Mika m'attrape par le bras, l'air énervé.

— Ça va, tu as bien écouté ?

Le rouge me monte aux joues et je tente de me dégager de sa poigne, mais il serre un peu plus fort.

— Emilie ?

Mika me lâche immédiatement en voyant Samy s'approcher de nous.

— Euh… oui ?

— Pouvez-vous venir à mon bureau, que l'on discute de votre idée ?

— Bien sûr, j'arrive tout de suite.

Samy darde sur mon collègue et ami un peu trop démonstratif, un regard glacial. Il fronce les sourcils très sérieusement avant de nous tourner le dos. Je hausse les épaules et fais un signe de la main à Mika avant de le suivre dans le couloir.

Tremblante et anxieuse, je pénètre à sa suite dans son bureau et referme derrière moi. Mais mon souffle se bloque dans ma gorge et je manque la syncope lorsqu'il me retourne vivement pour me coller à la porte de tout son corps. D'une main, il se saisit de mon visage tandis que l'autre se balade le long de mes côtes.

Et son regard brûlant se plante dans le mien. C'est si soudain et si… intense ! Mon corps entier en est électrisé.

Puis, ses yeux se posent sur ma bouche. Bon sang, s'il continue de me contempler de cette manière sans rien faire, je vais exploser !

Toujours immobilisée par son corps pressé contre le mien, j'avance mon visage pour poser mes lèvres sur les siennes. Elles sont toujours aussi douces et même si j'aimerais qu'il mette plus de force à ce baiser, je sens la chaleur se propager dans tout mon corps. Complètement enivrée, je lâche un léger gémissement incontrôlé.

Merde. Ce n'est ni le moment ni l'endroit, mais c'était plus fort que moi. C'est trop bon !

Alors que j'ouvre la bouche en haletant, il recule légèrement pour me regarder une nouvelle fois dans les yeux.

— Tu es sûre de ta décision ? Tout ça ne te fait pas peur ? murmure-t-il.

— Oui sûre, réponds-je rapidement en rapprochant mon visage du sien pour l'embrasser à nouveau.

Mais il m'en empêche et se détache complètement de moi. C'est alors que je comprends le but de cet aparté. Il me testait !

Déçue et le souffle encore coupé, je l'observe reculer pour s'asseoir au bord de son bureau.

— Ça sera tout pour aujourd'hui, Emilie, lâche-t-il moqueur.

— Tu te fiches de moi ? demandé-je un peu trop vite.

Il se met à rire et je crois que c'est la première fois que je le vois le faire. C'est extraordinaire ! Son rire est grave et sincère.

— On ne va pas faire ça ici, si c'est ce que tu crois. Sors maintenant, on se voit plus tard.

Abasourdie, je reste collée contre la porte à le fixer.

« Sors maintenant » ?!

— Emy, reprend-il plus calmement. Il vaut mieux que tu y ailles pour ne pas éveiller de soupçons. Je t'appelle plus tard, OK ?

J'acquiesce d'un hochement de tête et cette fois, il contourne son bureau pour s'asseoir sur sa chaise. Tandis qu'il se met alors à pianoter sur son clavier, je m'en vais sans rien dire de plus.

Une fois dehors, je fais tout pour avoir l'air naturel et non… coupable. Il me semble que si je tombais sur l'un de mes collègues, il le verrait de suite. Il discernerait la fébrilité qui m'habite.

Allez, on se calme…

Quand je retourne à mon poste, un mail d'Edward me sort de ma transe :

Emilie, je dois annuler notre entretien de cette après-midi, je vous reconfirmerai un rendez-vous dans les prochains jours.

Bordel, il ose annuler encore une fois ? Je soupire carrément de désespoir.

Heureusement, grâce à Sam j'ai un peu la tête ailleurs et me sens bizarrement très bien. Ma déception habituelle est tout de même là, mais beaucoup moins importante.

Malgré tout le travail qui m'attend, il m'est impossible de ne pas penser à ce qu'il vient de se passer. Ce remarquable avant-gout n'a fait qu'augmenter mon envie de lui. Je n'ai plus aucun doute sur ma décision maintenant et je ne pense qu'à une chose : quand va-t-on se revoir ?

Chapitre 17

Cela fait plus de cinq minutes que je suis figée devant mon réfrigérateur. J'ai décidé de me préparer à dîner ce soir, mais je n'ai tellement pas d'idée que je suis à deux doigts de changer d'avis.

En sortant de ma cuisine, je sursaute et m'arrête lorsque mon téléphone sonne. Le message de Samy que j'y découvre me fait esquisser un grand sourire.

Tu es seule ?

Je lui réponds dans la seconde :

Oui.

Pourquoi cette question ? Est-ce qu'il compte venir ? Je n'ai pas le temps de stresser plus longtemps qu'il me répond :

Je suis là.

Quoi ? Oh mon Dieu ! Je me précipite vers ma porte d'entrée et l'ouvre à la volée. Samy secoue la tête en riant tandis que je tente de reprendre mon souffle et me recoiffe précipitamment avec les doigts.

***

— Pourquoi tu ne lui demandes pas clairement, Emy ?

— Lui demander quoi ? Que je souhaite évoluer ? Cela va de soi ! Il le voit très bien. Je ne sais plus quoi faire.

— Eh bien… Tu n'as qu'à coucher avec lui.

Je lève les yeux de mon assiette pour le fusiller du regard, mais vois tout de suite à son air amusé qu'il blague.

Heureusement, car ce n'est pas parce que j'ai accepté cette proposition, que je suis une fille facile.

Est-ce ce qu'il pense ?

— Sérieusement, reprend-il. Tu devrais le lui demander clairement, tu seras fixée. Et au pire, tu lui montreras ta motivation.

Sans répondre, je hoche la tête. Nous avons presque fini nos plats et je suis étonnée que l'on ait autant discuté. Je n'avais pas du tout imaginé une soirée comme celle-là ! Je pensais plutôt qu'il allait me sauter dessus en arrivant, mais au lieu de ça, il a proposé que l'on dîne ensemble et nous avons commandé une pizza.

Au départ, je me sentais un peu anxieuse, mais il a vite su me mettre à l'aise. C'est la première fois qu'il s'intéresse vraiment à moi. Je veux dire, à ce que je fais dans la vie et ce que je souhaite pour l'avenir. Je m'étonne moi-même de lui avoir raconté autant de choses sur ma personne.

Une fois le repas terminé, il s'installe sur mon canapé pendant que je finis de ranger la cuisine. C'est en remplissant mon lave-vaisselle que je me rends compte qu'il ne m'a même pas proposé son aide. Je ne suis pas fan des types machos, mais je suis tellement excitée qu'il soit là que je ne fais aucune remarque à ce sujet.

La table débarrassée, je m'installe timidement près de lui et Samy lâche instantanément la télé du regard pour me fixer. Seigneur, je suis tellement mal à l'aise que j'ai tout à coup envie de disparaitre !

— Emy, dit-il tout bas. Tu as accepté ma proposition, mais on n'ira pas plus loin sans avoir établi quelques règles.

— Des règles ? répété-je en riant. Tu vas me la jouer à la Christian Grey ?

Tout en secouant la tête, il rit légèrement du nez avant de reprendre :

— Je suis sérieux.

— Très bien, je t'écoute. Quelles sont vos règles monsieur Belaoui ?

Je tente de détendre l'atmosphère, mais il reste froid et impassible.

— Premièrement, on ne passera jamais de nuit ensemble. On peut passer la soirée chez toi ou chez moi, mais ensuite on rentrera chacun chez soi.

Hum... ça ne me semble pas si terrible.

— OK... quoi d'autre ?

— Personne ne doit être au courant. On se fera passer pour des collègues et amis.

J'acquiesce d'un hochement de tête, ce qui ne semble pas le satisfaire.

— Emilie, tu ne dois en parler à personne, c'est compris ?

— Oui.

— Nous ne sommes pas un couple, continue-t-il. Chacun de nous est libre de fréquenter d'autres personnes.

— Qu'est-ce que ça veut dire ?

— Que tu es libre de faire ce que tu veux avec qui tu veux. D'ailleurs, tu peux arrêter quand tu veux avec moi, je ne t'en voudrais absolument pas.

Je ne suis pas très convaincue, mais j'accepte tout de même.

— Quant à moi, je tiens à être clair. Je n'aurai jamais deux relations en même temps. J'ai déjà vingt-huit ans et je ne cherche plus à m'amuser. Je recherche quelqu'un pour me marier et fonder une famille. Une fois cette personne trouvée, tout sera terminé entre nous.

Comme si nous étions au travail, il parle fermement et ça me contrarie. Même si finalement je m'attendais à ce type de règles, je n'arrive pas à l'imaginer. Aussi, je n'ai pas envie qu'il me parle d'autres femmes.

— Comment ça, tu cherches ? demandé-je tout de même.

— Je suis un homme très exigeant, Emy. Je rencontre beaucoup de femmes musulmanes jusqu'à trouver la bonne.

Comme je ne dis rien, il reprend en employant un ton moins ferme :

— Le but est de profiter l'un de l'autre sans perdre une opportunité si elle se présente, tu comprends ?

— Ouais… enfin… je crois.

— Il n'y aura pas de baiser sur la bouche, lâche-t-il.

Hein ?! Je hausse un sourcil interrogateur.

— Jamais avec la langue, précise-t-il.

Là, je suis bouche bée.

En y repensant, c'est vrai que nos baisers n'ont jamais été profonds, seules nos lèvres se sont touchées. Mince alors, c'était si fort que je ne m'en étais même pas aperçu !

— Dernière chose, rajoute-t-il alors que je n'ai même pas eu le temps de tout mettre au clair dans ma tête. Il ne doit y avoir aucun attachement entre nous. Cette règle est primordiale. Si je détecte chez toi la moindre faille, j'arrêterai tout.

T'inquiète mon chou, je ne suis pas le genre de fille qui tombe amoureuse aussi facilement !

— Et si c'est toi qui ne respectes pas cette règle ? demandé-je en haussant les sourcils plusieurs fois de suite.

Il ricane carrément.

— Crois-moi Emilie, ce n'est vraiment pas possible. Comme je te l'ai dit, je suis très exigeant et j'ai des critères bien précis.

— Parle-moi de tes critères.

Il pose alors son visage sur son poing, accoudé sur le siège de mon canapé et se met de nouveau à fixer mes lèvres, le regard brûlant.

— Si les règles sont claires pour toi et que tu les acceptes, je préfère faire autre chose que de discuter…

Un long frisson me parcourt le dos et même si je devrais sûrement réfléchir à tout ça avant de m'engager dans un truc pareil, j'acquiesce sans ciller.

Lentement, il s'approche de moi afin de poser sa main sur ma joue. Quand il se met à caresser mes lèvres des siennes, je me rends compte qu'il vient de déclencher en moi une obsession : l'embrasser pour de vrai !

Malgré toutes les règles imposées, c'est celle-ci qui me tue le plus à l'instant même.

Tout en me déshabillant, il continue ses baisers gourmands le long de mon cou. Pour la première fois, sa langue touche ma peau et c'est… c'est trop bon !

Bon sang ! C'est si bon que j'ai l'impression que tout s'enflamme à l'intérieur de moi !

Généralement très avenante, cette fois-ci je me laisse pourtant faire, telle une gamine sans expérience. Une fois totalement nue, il recule légèrement afin de contempler mon corps entier, en se mordant la lèvre.

Je suis extrêmement gênée, mais en même temps, je trouve cela tellement excitant ! J'ai toujours eu pas mal de complexes et je crois que je n'ai jamais laissé personne me regarder de cette manière et surtout, aussi longtemps. Non, même pas mon ex ! Mais même s'il ne dit rien, la façon qu'il a de me regarder me fait me sentir plus que désirable et j'adore ça.

Lorsqu'il se relève lentement pour se dévêtir à son tour, je ne peux m'empêcher de manger du regard chacun des muscles sur lesquels j'ai fantasmé ces dernières semaines. Un torse bien bâti et un joli ventre très ferme sans que ça fasse trop « tablette de chocolat ». Je n'ai jamais aimé le style « bodybuilder », mais là, c'est juste ce qu'il faut. Par contre, ses jambes elles, sont carrément plus que développées. Et ce que j'aime le plus chez lui, c'est sa magnifique peau hâlée.

Il rit. Honteuse, je me couvre les yeux des mains, mais très vite Samy les retire et me repousse pour allonger son corps brûlant sur le mien tout en maintenant mes mains de part et d'autre de ma tête.

— Prête ?

Oh oui plus que prête ! Je me contente d'opiner du menton, car j'ai tellement le souffle coupé qu'aucun son ne veut sortir de ma bouche.

Mais bizarrement, il hésite. Sans bouger, il continue de me fixer avec un air… coupable.

Peut-être a-t-il peur que je ne sois pas suffisamment forte pour assumer une telle relation ?

Pour le persuader du contraire, je prends un peu plus les devants et lui embrasse langoureusement le cou. J'enroule mes jambes autour de lui et le serre fermement comme pour le maintenir prisonnier. Lui, me relâche la main afin de me caresser doucement l'épaule avec son pouce. Il y a tellement de tendresse qu'on dirait presque un couple normal. Je sens les battements de mon cœur qui s'emballent. Mais je ne sais exactement pour quelle raison. Ce n'est pas juste la tension sexuelle entre nous et ce que nous nous apprêtons à faire, ce n'est pas juste sa façon de me toucher. C'est tout à la fois et ce que je lis dans son regard encore plus.

Puis nous y sommes. Au grand moment. Celui qui me retire toute culpabilité pour un bref instant. Celui qui me donne la sensation d'être vivante. De me fourvoyer et de me gracier en même temps. L'amour a cette qualité de faire disparaitre la pire honte en nous dans un tourbillon de plaisir que nul ne saurait arrêter. Je m'y noie. Je le laisse m'atteindre là et partout ailleurs. Dans les recoins les plus intimes de mon corps et de mon âme qui ne demande qu'à être aimée. Puis vient l'apaisement du désir en même temps que celui de l'âme. Ce moment où on se dit qu'on ne sera jamais aussi bien ailleurs qu'en cet instant.

Mais la paix de l'esprit est illusoire et je reprends vite les miens.

J'avoue que quand il m'a proposé cet accord, je m'attendais plutôt à ce qu'il débarque, que l'on fasse nos affaires et qu'il se rhabille avant de rentrer rapidement.

Ouais je sais, carrément malsain ! Mais à ma grande surprise, ça ne s'est pas du tout passé de cette manière. Je ne m'attendais vraiment pas à ce que l'on passe un excellent moment à discuter autour d'un repas et encore moins à ce qu'il reste là à me câliner et à faire durer le plaisir. Finalement, notre relation parait tout à fait banale…

Comme s'il lisait dans mes pensées, il met fin à cet instant en me poussant délicatement afin de se relever.

— Je dois y aller, Emy.

Il y a de la douleur dans sa voix. Et des regrets j'ai l'impression.

— Attends… tu… tu ne veux pas rester encore un peu ?

Sans répondre, il se met debout et commence à se rhabiller en m'ignorant, me faisant me rappeler toutes ces règles absurdes qui m'étaient complètement sorties de la tête.

Je me redresse à mon tour, mais il me fait signe de rester avant que je n'aie le temps de me lever.

— Je sais où est la sortie… à demain Emy.

Il ramasse rapidement le reste de ses affaires avant de sortir comme un voleur sans prendre la peine de m'embrasser. Le claquement de la porte est comme un coup de massue qui me fait prendre conscience de ce qu'il vient réellement de se passer.

Je soupire franchement avant de me rallonger sur mon canapé.

Et là… je me sens tout à coup très, très mal ! Un peu dégoûtée de moi je dois l'avouer…

J'essaie de me rassurer en me disant que ce n'est pas vraiment un plan cul, que nous avons passé une excellente soirée… Nous sommes comme deux amis qui se font plaisir, voilà tout ! Mais j'ai beau essayer de me convaincre, les choses ne sont pas ce qu'elles paraissent être et je sais parfaitement que je viens de me lancer dans une histoire dont je vais avoir du mal à me sortir.

Est-ce que je devrais arrêter maintenant avec que cela ne dégénère ? Pourquoi je me pose cette question, maintenant que j'y ai goûté, je sais que je n'arriverai pas à m'en détacher aussi facilement, du moins pas tout de suite. Car pour l'instant, je ne pense qu'à une seule chose : recommencer.

Chapitre 18

C'est complètement lessivée que je me prépare pour rejoindre mes amies. Je n'ai pas beaucoup dormi la nuit dernière et la journée a été compliquée au boulot. Les dossiers ennuyeux s'enchaînent et Edward ne m'a toujours pas proposé de nouveau rendez-vous. Je commence sérieusement à désespérer.

Je reçois un message de Samy juste avant de sortir de chez moi et mon cœur s'accélère automatiquement alors que je n'ai même pas encore lu son contenu.

Libre ce soir ?

Je me mords instinctivement la lèvre. Je meurs d'envie de le revoir, mais impossible d'annuler mes amies. Ça fait deux semaines qu'on a prévu cette soirée et avec Fanny et ses deux enfants, c'est dur de s'organiser au dernier moment. Je lui réponds à contrecœur :

Je dîne avec mes amies ce soir, mais tu peux passer après ?

Je fixe mon téléphone durant quelques secondes en espérant qu'il accepte puis je finis par le ranger dans mon sac en secouant la tête, me rendant compte que je suis ridicule.

***

— Waouh t'es canon ce soir, t'as rendez-vous avec quelqu'un après ? me taquine Fanny.

C'est vrai que dernièrement, je prends beaucoup plus soin de moi, on se demande pourquoi… Je lui souris en guise de réponse.

— Bon les filles, lance Mina un peu stressée. Je dois vous dire quelque chose.

— Tout va bien ? demande immédiatement Fanny, inquiète.

— Oui, oui… Je sais ce que vous allez penser et je vous demande juste d'être heureuse pour moi.

Elle se met à me fixer, limite gênée.

— Enfin, surtout toi Emy.

Hein ? J'arrête de mâcher le morceau de pizza que j'ai dans la bouche et hausse les sourcils en la fixant.

— Tu es enceinte ? hurle Fanny.

Mina nous regarde l'une après l'autre, la bouche grande ouverte.

— Quoi ? Mais comment tu as….

— C'est ça ? Tu es enceinte Mina ? répète-t-elle hystérique.

— Oui…

Sans étonnement, Fanny sautille déjà sur place et attrape Mina pour la serrer contre elle, les larmes aux yeux.

— Je suis trop heureuse pour toi Mimi ! S'écrit-elle.

Ma première pensée est effectivement qu'il est trop tôt, beaucoup trop tôt. Ils se connaissent à peine et viennent de se marier, quelle folie ! Puis tout à coup je pense à ma situation, à la relation dans laquelle je me suis mise malgré moi. Qui suis-je pour la juger ?

— Je suis ravie pour toi ma chérie ! m'exclamé-je.

À mon tour, je la prends dans mes bras et une fois notre étreinte terminée, je remarque qu'elles me fixent totalement choquées.

— Tu… pas de leçon de morale ? me demande Mina. Pas de « c'est trop tôt » ou « tu es inconsciente » ?

Je ris à sa taquinerie.

— Non ! Juste félicitations !

Je suis heureuse de la voir si joyeuse et c'est tout ce qui compte. Après tout, chacun sa folie, non ?

— Bon OK Emy, dis-nous ce qu'il se passe ? insiste Fanny.

Elle rigole, mais j'ai l'impression qu'elle attend tout de même une réponse de ma part.

Je ne réfléchis même pas, je ne peux absolument pas leur dire. Premièrement, c'est une des règles à respecter, je ne dois en parler à personne. Deuxièmement, je me vois mal raconter à mes amies que j'ai une relation sans lendemain avec un Arabe. Elles n'y croiraient même pas ! Je n'ai pas envie d'entendre leurs leçons de morale et surtout, je sais qu'elles feraient tout pour m'empêcher de le revoir.

— Tout va bien ! les rassuré-je. Je trouve que c'est un peu tôt, mais vous êtes mariés et c'est la suite logique. Et puis, tu nous avais prévenues que tu aurais rapidement un bébé. J'y étais préparée !

Heureusement pour moi, elles n'insistent pas et Fanny se met à mitrailler Mina de questions sur sa grossesse auxquelles elle répond volontiers. La seule chose qu'elle ne nous dira pas, c'est le prénom qu'ils ont choisi. Nous tentons tout de même de le deviner avec diverses propositions, mais en vain.

— Dis, Mina, demandé-je en changeant complètement de sujet. J'ai une question à te poser… Tu n'as jamais couché avec Mehdi avant le mariage ?

Horrifiée, elle ouvre grand la bouche.

— Bien sûr que non ! Je vous l'ai déjà dit, ça ne se fait pas chez nous.

— Excuse-moi, c'est juste pour savoir. Je me dis que ça a dû être difficile…

— Oui, mais avec la foi on peut y arriver !

— Mais avant toi, il avait eu d'autres femmes ?

— Mais non Emy ! braille-t-elle. Chez nous on ne couche pas avant le mariage. Mais pourquoi toutes ces questions enfin ?

Elles me regardent toutes les deux, suspicieuses. Elles ne doivent sûrement pas comprendre mon intérêt soudain pour ce sujet qui a pour habitude de m'exaspérer.

— Euh… c'est… c'est cette amie au boulot.

— Tu as d'autres amies que nous ?

Fanny prend son air vexé en sirotant son soda. Je souris avant de poursuivre :

— Ouais, enfin c'est plutôt une collègue avec qui je m'entends bien…

Elles restent silencieuses en attendant la suite.

— Oui donc cette collègue, elle sort avec un musulman, mais que pour… enfin vous voyez ?

— Quoi ? demande Fanny.

— Bah… ils couchent ensemble, mais c'est tout.

Mina ne réagit pas, mais je peux voir sa surprise dans son regard.

— Tu veux dire que c'est son plan cul ? crie Fanny.

Mina secoue la tête en grimaçant tandis que je regarde brièvement autour de nous lui faisant remarquer le niveau sonore de sa question.

— Ta copine est tombée sur une mauvaise personne, Emy, lance Mina. La religion ne nous permet pas du tout de faire de telles choses.

Perplexe, je baisse les yeux dans mon assiette.

— Il va profiter d'elle jusqu'à ce qu'il trouve ce qu'il cherche, poursuit-elle.

Cette révélation me va droit au cœur. J'essaie de me dire que ce n'est pas le cas de Samy, mais je sais qu'elle a raison. Il a été très clair avec moi.

— Et quand il aura trouvé quelqu'un, il la lâchera comme une vieille chaussette.

Je sursaute presque tellement cette phrase me fait mal. Je ne peux pas en entendre davantage. Je ne sais pas pourquoi étant donné que je sais parfaitement que c'est ce qu'il va se passer, mais… l'entendre de la bouche de quelqu'un d'autre m'est insupportable.

Quand la serveuse nous apporte nos desserts, Mina s'arrête enfin de parler pour le déguster. Fanny, elle, ne détourne pas le regard. Elle continue de me fixer avec insistance.

Je m'apprête à lui demander si elle veut ma photo quand mon portable se met à vibrer au fond de mon sac. Et voilà que mon cœur se remet à valser en le découvrant…

Passe chez-moi si tu rentres avant minuit.

Vu tout ce que viennent de me dire les filles, il serait sans doute beaucoup plus sage de rentrer chez moi ce soir, mais au lieu de ça, je cherche déjà une excuse pour m'esquiver.

— Les copines, désolée de vous interrompre, mais je ne vais pas trop tarder. Vous savez, je bosse dur en ce moment.

Bon jusque-là, ce n'est pas un mensonge…

— Ah oui c'est vrai, et ton évolution, ça en est où ? Tu as vu ton chef ? me demande Mina.

— Je compte justement aller le voir demain matin à la première heure pour en discuter, je vous tiendrai au courant.

Elles me sourient respectivement et je culpabilise de leur cacher la vérité. Mais je tente de me rassurer en me répétant que c'est bien mieux comme ça.

Chapitre 19

Il est déjà plus de minuit et demi quand je frappe à sa porte. J'aurais pu arriver plus tôt si Mina m'avait directement déposée ici, mais je ne voulais pas éveiller de soupçons, surtout après cette histoire débile que je leur ai racontée sur ma collègue. Et puis, j'habite à peine à quatre stations de métro de chez Sam, même pas besoin de prendre la voiture !

Quand il m'ouvre les yeux à moitié endormis, je m'attends à ce qu'il me fasse une remarque sur l'heure tardive, mais il me sourit légèrement en ouvrant grand la porte pour me laisser entrer.

— Désolée du retard…

Je le frôle légèrement au passage et je me sens rougir de ce simple échange. Gigotant maladroitement, je regarde autour de moi nerveuse, mais les coins de sa bouche se relèvent lentement lorsqu'il comprend mon malaise. Il s'approche de moi pour m'aider à retirer ma veste et je commence déjà à regretter d'être venue. S'il compte vite passer à l'acte afin de m'expulser rapidement de chez lui, ça ne va pas le faire ! J'ai envie d'être avec lui, mais je me rends compte que cette situation va être trop compliquée à gérer.

— Je te fais visiter ? me surprend-il.

Oh ?

— Avec plaisir.

Son appartement est grand et lumineux. La pièce à vivre est spacieuse et donne directement sur la cuisine. Il y a du parquet dans toutes les pièces, ce qui apporte un côté chaleureux que j'aime beaucoup.

— C'est magnifique, dis-je une fois de retour dans son salon.

Il s'assoit sur son grand canapé en cuir en me faisant signe de le rejoindre. Bon ça y est, il doit se dire qu'on a assez perdu de temps.

— Parle-moi de tes amies, me surprend-il une fois de plus.

— Mes amies ?

— Oui, celles avec qui tu étais ce soir.

— Ce sont mes meilleures amies depuis le collège. Nous sommes vraiment très proches. L'une d'entre elles est d'ailleurs musulmane.

— Ah oui, de quelle origine ?

— Son père est marocain et sa mère, française.

— Hum, hum, fait-il d'un air coquin.

Il se fout de ma gueule ou quoi ?

— Elle est mariée et vient de nous annoncer qu'elle est enceinte ! annoncé-je en levant le ton.

— Dommage, répond-il pour me taquiner.

Je sais qu'il blague, mais ce genre de remarque m'agace. Je continue de lui parler un peu d'elles et il a vraiment l'air de s'y intéresser, ce que je trouve étrange.

— Et toi, des amis proches ?

Il se contente de hocher la tête et je n'insiste pas.

— Sam… j'ai quelques questions à te poser sur tes fameuses règles.

— Bien sûr, dit-il en se redressant légèrement.

Gênée, je baisse les yeux sur mes doigts entremêlés.

— Emy, tu peux tout me dire. Je préfère que tu sois franche avec moi. Je veux que tout soit clair entre nous.

— As-tu déjà fait ça ? l'interrogé-je alors.

— Fait quoi ?

— Ce genre de relation.

Il se sert un verre d'eau, posé sur la table basse avant de répondre :

— Non jamais.

— Mais tu as déjà couché avec des filles ?

Quelle question ! Vu comment il sait y faire, ce n'est sûrement pas un vierge à qui j'ai affaire.

— Oui, souffle-t-il.

— Non musulmanes ?

— Oui ça va de soi ! grogne-t-il.

Même s'il ne veut pas le montrer, mes questions l'agacent. Ou le stressent, je ne sais pas trop. En tout cas, il n'a pas l'air à l'aise dans ses baskets tout à coup.

— Mais tu as couché avec d'autres femmes ?

— Je t'ai déjà répondu ! Emy, qu'est-ce que tu veux réellement savoir ?

— Ta religion elle... tu n'es pas censé faire ce que tu fais, je me trompe ?

Il soupire avant d'avaler encore quelques gorgées d'eau.

— Non tu ne te trompes pas. Je me dis juste que c'est mon point faible.

Je hausse un sourcil interrogateur en attendant la suite.

— Je suis très pratiquant et respecte toutes les règles. La chair, c'est mon point faible. Je me dis que Dieu pourra peut-être me pardonner cette faiblesse.

Il pose enfin son verre d'eau et m'attrape vivement par la taille pour m'asseoir sur ses genoux. Sa main se balade alors sur ma nuque puis il m'attire vers son visage.

— Tu es ma tentation, chuchote-t-il contre ma bouche avant de l'aspirer avec la sienne.

Tout mon corps se met à trembler de désir. Il m'embrasse doucement les joues, le cou puis nous finissons nus sur son canapé, me faisant totalement oublier tout signe de culpabilité.

***

Je suis allongée sur lui dans le même état de bien-être et de honte que l'autre soir.

— Tu as soif ? me demande-t-il.

Enfin un peu de courtoisie…

— Oui.

Quand il se détache de moi pour aller dans la cuisine, je regrette de ne pas lui avoir répondu non. Il revient avec deux cannettes de coca.

— Merci.

Sans me toucher, il se réinstalle près de moi.

— Dis-moi… commencé-je.

J'attends qu'il me regarde avant de poursuivre :

— Pourquoi jamais avec la langue ?

— Mes baisers ne te suffisent pas ? répond-il en souriant légèrement.

Tout est tellement bon avec lui que je ne peux effectivement pas me plaindre, mais tout de même ça me trotte dans la tête. Et surtout… ça m'obsède ! J'ai tellement envie de gouter sa langue que j'en rêve la nuit.

— J'aimerais juste savoir, tu as un problème avec ça ?

— Non Emy, je n'ai pas de problème avec ça.

J'insiste en le fixant.

— Pour moi, embrasser rime avec amour, m'explique-t-il alors. Je réserve ça à ma future femme. C'est tout.

Étrange comme explication. Même si le fait qu'il parle de sa future femme me retourne les tripes, je trouve ce qu'il vient de dire assez romantique, finalement.

— Tu rencontres des femmes actuellement ? demandé-je nonchalamment.

— Pas depuis quelques semaines, mais j'ai rendez-vous avec une femme vendredi soir, une collègue à ma sœur qu'elle veut me présenter.

Aïe, est-ce que j'aurais vraiment dû poser la question ? Et il me dit ça tout naturellement comme s'il parlait à une copine. Je ne montre pas ma déception et continue de le questionner :

— Elle porte le voile ?

— Bien sûr.

— Pourquoi est-ce si important pour toi ?

Mon ton est devenu accusateur, malgré moi. Il lève vivement les yeux vers moi, mais me répond très calmement :

— Il y a deux raisons. La première est qu'il s'agit d'un commandement de Dieu, c'est une question de piété.

Il se rapproche de moi et me caresse doucement le bras.

— La deuxième raison est que la femme conserve sa pudeur, elle ne dévoile son corps qu'à son mari. C'est important pour moi. Je suis quelqu'un de très jaloux et je ne pourrais supporter qu'un autre homme désire ma femme.

Très lentement, il relève le drap afin de découvrir le bas de mon corps.

— Je dois être le seul à qui tout ça est dévoilé.

Mon corps s'enflamme une nouvelle fois sous son regard. Le sang dans mes veines se change en lave. Je brûle qu'il me touche encore. Je sais que c'est terrible, mais… il vient de donner un sens à ce que je trouve injuste et sexiste. J'ai limite envie…

Non, mais attends, je délire complètement là !

D'un geste brusque, il me recouvre en mettant fin à toutes mes ardeurs.

— Rhabille-toi Emy, il est tard. Je vais te ramener chez toi.

Chapitre 20

— Hey Emy !

Tout en l'ignorant, j'entre rapidement dans l'ascenseur, mais Mika arrive si vivement qu'il bloque les portes avec son bras pour m'y rejoindre.

— Salut, dis-je.

— Tu es libre ce soir ?

— Je ne sais pas.

Samy ne m'a pas encore proposé de le voir et je préfère rester libre, au cas où…

Mika cherche désespérément quelque chose à dire, mais les mots lui manquent clairement et c'est tant mieux. Il m'a beaucoup déçue dernièrement et je ne compte pas passer si vite à autre chose, cette fois.

Quand les portes s'ouvrent, je sors vivement de l'ascenseur, mais il me rattrape à nouveau.

— Emy…

Je me retourne en soupirant.

— J'ai du boulot Mika !

— OK, on se voit ce soir alors ? insiste-t-il.

Plus lourd tu meurs! J'ai envie de l'envoyer paitre, mais son regard de chien battu m'en empêche.

— Bonjour.

Edward nous interrompt en nous saluant poliment et comme je m'étais promis, j'en profite pour l'interpeller :

— Edward ?

— Oui, Emilie ?

— J'aimerais vous parler, s'il vous plaît.

Mika fait la moue avant de disparaitre sans rien dire. *Enfin!*

— Oui Emilie, je ne vous ai pas oubliée, c'est juste que je n'ai pas eu le temps de caser un nouvel entretien avec vous.

— Je serai brève. S'il vous plaît.

Hésitant, il regarde sa montre durant quelques secondes avant de me faire signe d'entrer dans son bureau.

— J'ai cinq minutes à vous accorder, pas une de plus.

Je lui souris en guise de remerciement et le suis, tout excitée, jusqu'à son bureau. À peine assise, je démarre mon discours tant répété.

— Edward, je vous remercie de m'accorder un peu de votre temps. Tout d'abord, je tiens à ce que vous sachiez que j'adore mon travail. La communication interne m'a beaucoup apportée, mais comme vous le savez...

— Emilie, me coupe-t-il.

— Oui?

— Vous êtes une personne sérieuse et responsable, mais malheureusement je n'ai pas d'autre poste pour le moment.

— Je croyais qu'un poste de chef de produit était disponible?

— Oui, mais je ne vous ai pas recommandée pour l'instant. Vous êtes investie, mais je pense que vous avez encore beaucoup de progrès à faire.

Encore des progrès? Mais ça fait des mois que je tourne en rond sans rien apprendre de nouveau! Il regarde l'heure pour la énième fois, montrant son envie d'en finir au plus vite, avant de poursuivre:

— Écoutez Emilie, étant donné votre force de volonté je vais tout de même réfléchir à la question et je vous apporterai ma réponse définitive dans quelques jours.

Maintenant si vous voulez bien m'excuser, j'ai une réunion assez importante.

Je me contente de hocher la tête tout en ravalant ma déception. À peine je suis sortie, qu'il a déjà attrapé son téléphone pour passer un coup de fil. Même si ce n'est pas complètement fichu, j'avais espéré qu'il aurait pensé à moi pour ce poste. Là, j'ai vraiment l'impression que mes efforts ne servent à rien, qu'il ne me juge pas à ma juste valeur.

— Bonjour Emy.

Une jolie voix grave me sort de mes pensées.

— Salut Sam, dis-je en le regardant de haut en bas.

Il porte une chemise bleu clair qui lui va incroyablement bien au teint.

— L'entretien ne s'est pas bien passé ? demande-t-il craintif.

— Je ne sais même pas si on peut appeler ça un entretien, réponds-je en soupirant.

— Il te teste Emy ! Continue tes efforts, ne relâche pas. Tu verras, fais-moi confiance.

Je lui souris tendrement et il secoue légèrement la tête comme s'il regrettait de m'avoir dit tout ça.

— Tu es libre ce soir ? me demande-t-il.

— Oui.

Toujours libre pour toi beau gosse...

— Viens dîner. Vingt heures.

Sans me laisser le temps de répondre, il repart vivement en direction de son bureau.

Le fait que Samy m'invite à dîner me fait tellement plaisir que j'en oublie ce début de journée merdique.

***

Je lâche un bâillement incontrôlé en arrivant sur le parking du boulot. J'ai finalement travaillé toute la journée d'arrache-pied en écoutant les conseils de mon bel amant. Je ne vais rien lâcher et tenter le tout pour le tout ! Et je dois avouer que c'est sans difficulté que je diminue les pauses avec Mika que je ne supporte clairement plus depuis quelque temps.

— Emy, attends !

Eh merde, quand on parle du loup !

Je continue de marcher jusque ma voiture en ignorant ses appels.

— Hey, Emy, attends-moi !

Les sourcils froncés, je finis par me retourner.

— Écoute Mika, je n'ai pas envie de me prendre la tête ce soir. La journée a été dure.

— Tu n'avais pas l'air si triste tout à l'heure.

— C'est quoi ton problème exactement ?

— On en reparlera tranquillement ce soir.

— Non, je suis prise ce soir.

— Pourquoi tu m'esquives comme ça ?

Je soupire longuement. Très longuement.

— Mika… tu es censé être mon ami et à part me prendre la tête en ce moment, tu ne m'aides pas !

C'est vrai quoi, il ne m'a même pas demandé une seule fois comment s'était passé mon entretien avec Edward. Pourtant, il savait que je devais le voir et que ça compte pour moi. Même Samy s'intéresse plus à mes problèmes que lui, c'est dingue !

— Et moi, tu m'as demandé si j'allais bien en ce moment ?

— Non effectivement. C'est sûrement ma fâcheuse tendance à ne penser qu'à moi !

J'ouvre ma portière, mais Mika me surprend en la refermant violemment.

— Arrête avec ça, je t'ai dit que j'étais désolé, lâche-t-il en serrant les dents.

— Laisse-moi partir Mika, maintenant !

Je tente à nouveau d'ouvrir la porte, mais il appuie fortement dessus pour m'en empêcher.

Putain, mais il me fait quoi là ? Il sait parfaitement que je déteste qu'on me mette la pression. Il se place alors devant ma voiture en croisant les bras contre son torse et son regard mauvais commence à me faire peur. Je ne l'ai jamais vu comme ça !

— Pas avant qu'on ait parlé Emilie, je ne te laisserai pas partir d'ici tant que...

— Bonsoir, nous interrompt une voix grave.

Je sursaute presque avant de me retourner sur Samy qui nous observe. Il a l'air plutôt calme, mais sa mâchoire contractée le trahit. Mika lui fait un léger signe de tête avant de l'ignorer pour reporter son attention sur moi, mais Samy ne bouge pas d'un poil.

— Nous sommes en pleine conversation et c'est assez personnel, lâche froidement Mika.

— Je n'ai pas l'impression qu'Emilie a très envie de discuter, répond Samy très calmement.

Je baisse les yeux au sol, gênée à en mourir. Même si je dois avouer que la réaction de Samy me plait terriblement, je n'ai pas envie de créer une dispute entre les deux hommes. Et surtout pas par ma faute ! Sam ne lâche pas Mika du regard et je commence carrément à flipper.

— Ça va aller Samy, Mika s'apprêtait tout juste à partir.

Je fixe Mika droit dans les yeux, lui faisant comprendre qu'il ferait mieux de partir maintenant. Il secoue fermement la tête avant de s'exécuter et je lâche un soupir de soulagement.

— Désolée, dis-je une fois Mika disparu. Je ne sais pas ce qui lui prend dernièrement, je...

— Tout ça est de ta faute, tu en as conscience ?

— Quoi ? demandé-je, surprise.

— On en reparle ce soir, tu devais y aller, il me semble.

— Oui, mais attends...

— À tout à l'heure Emilie.

Même s'il reste calme, on voit bien qu'il est énervé. Mince alors, je n'ai rien fait pour mériter ça ! Ce n'est tout de même pas de ma faute si Mika pète un plomb ces derniers temps.

Malgré ma colère, je me rends compte que je souris bêtement en m'installant derrière mon volant. Sam vient de prendre ma défense ! Étant donné la relation que nous entretenons, j'ai du mal à comprendre comment il a pu se montrer aussi protecteur à mon égard.

Ça veut peut-être dire qu'il tient un peu à moi, non ?

Chapitre 21

Je cours comme une folle afin d'échapper à la pluie et me couvre la tête avec mon écharpe avant de ressembler à un vrai caniche. Je vais pour la retirer, mais une idée me vient alors...

Quand Samy ouvre la porte, il me fixe les yeux écarquillés.

— Bonsoir... je me dévoile rien que pour toi ce soir.

Il secoue la tête en me souriant et me fais signe d'entrer avant de m'aider à ôter ma veste et l'écharpe de ma tête.

— Tu vois comme ça peut-être excitant ? demande-t-il les yeux plissés.

— J'avoue...

Je m'approche de lui pour l'embrasser, mais il m'en empêche.

— Un peu de patience... Tu n'as pas faim ?

Je fais la moue, mais en réalité, je suis tellement contente qu'il m'ait invitée à dîner. On dirait un couple tout à fait ordinaire et... j'adore ça !

— Si, je meurs de faim.

— Tant mieux, il faut que tu manges plus.

— Qu'est-ce que ça veut dire ?

Sans répondre, il secoue la tête, mais j'insiste en me plaçant devant lui pour l'empêcher d'accéder à la cuisine. Mon orgueil de femme ne compte pas le laisser s'en tirer comme ça.

— Qu'est-ce que ça voulait dire Sam ?

— Que tu es un peu maigre, lâche-t-il trop facilement.

— Moi, trop maigre ?

Je rigole presque là !

Mais quand je remarque qu'il est on ne peut plus sérieux, ma mâchoire s'en décroche. Moi qui complexe avec mes formes, je ne sais pas comment prendre sa réflexion.

— Tu voulais connaître mes critères, en voilà un.

— Alors tu aimes les grosses ? demandé-je en riant.

— Disons que j'aime les formes.

— Alors pourquoi tu couches avec moi dans ce cas ?

Alors que je m'attends vraiment à ce qu'il me rassure…

— Emy, tu ne respectes aucun de mes critères, tu crois vraiment que je vais m'attarder sur celui-là ? Assieds-toi, on va passer à table.

Euh attends qu'est-ce que ça veut dire ? Je sais parfaitement que je ne corresponds pas à son idéal féminin, mais je lui plais tout de même un peu, non ?

Je décide de laisser tomber. Samy n'est pas du genre romantique et je ne suis pas du style à courir derrière les compliments.

— Tu t'es fait livrer ? demandé-je en voyant de la nourriture emballée.

— Je ne cuisine pas Emy.

— Ah oui, c'est ta femme qui cuisinera pour toi, j'ironise.

— Exactement.

Il sourit largement et Dieu ce qu'il est beau quand il sourit de cette manière ! Ses dents sont bien blanches et parfaitement alignées.

Une bonne cuisinière… Encore un critère qui ne me correspond pas du tout.

— Tu fais quelque chose samedi soir ? l'interrogé-je en commençant à manger.

— Oui, avec mes deux frères.

— Tu as beaucoup de frères et sœurs ?

— Trois frères et deux sœurs.

— Ah oui, chez vous c'est des familles nombreuses.

Il rit légèrement.

— Encore un stéréotype, mais tu as raison. Et toi ?

— Je suis fille unique.

— Je m'en doutais.

J'arrête de mâcher le riz que j'ai dans la bouche pour le fixer en l'interrogeant du regard, mais il change de sujet :

— Et tes parents ?

— Je ne parle jamais de mes parents. Pourquoi tu t'en doutais ?

— Pourquoi tu ne parles jamais de tes parents ?

Son regard prouve à lui-même qu'il ne lâchera rien alors je réponds simplement :

— Je ne parle plus à mon père depuis mes quinze ans.

— Pourquoi ? demande-t-il surpris.

J'arrête carrément de manger. Je ne parle jamais de mon père et quand je ne dis jamais, ça veut dire JAMAIS. Je hausse les épaules sans répondre.

— Réponds-moi, Emy.

Malgré sa voix douce et son regard insistant, je secoue négativement la tête.

— C'est compliqué…

Il continue de me fixer pour me montrer qu'il ne passera pas à autre chose, ce que je ne comprends pas. Pourquoi ça l'intéresse autant ?

— Il a trompé ma mère, dis-je avec difficulté.

Je me racle la gorge encore étonnée de lui avoir révélé une chose pareille. Seules mes deux amies sont au courant et le reste de mon entourage pense que mon père est mort.

— C'est tout ? demande-t-il un sourcil levé.

— Je te demande pardon ?

— Il n'a rien fait d'autre ?

— Si pour toi la tromperie est normale et bien sache que...

— Non Emy je ne trouve pas ça normal et je peux t'assurer que je ne tromperais jamais une femme de ma vie.

Bon sang ! J'ai comme l'impression d'envier sa future femme... dingue !

— Ce n'est pas toi qu'il a trompé, reprend-il.

Je soupire et tente de changer de conversation.

— Et toi, tes parents ?

J'ai peur qu'il revienne dessus, mais au vu de mon changement de couleur, il a dû se dire qu'il valait mieux arrêter là.

— Ils sont tout pour moi.

— Alors tu t'entends bien avec eux ?

— Ils sont plus âgés, je les respecte beaucoup. Ma mère est une femme vivante et adorable. Mon père est plus réservé, il ne parle pas beaucoup.

Il avale quelques bouchées de riz avant de demander :

— Et avec ta mère ?

— On ne s'est jamais très bien entendues.

— Depuis son divorce ?

J'ouvre grand les yeux, comment peut-il savoir ça ? Et pourquoi s'intéresse-t-il tellement à ma famille ?

— Oui c'est ça.

Ma gorge se resserre et il remarque enfin mon mal-être. Là je pense qu'il a enfin compris que le sujet de conversation « famille » devait être banni.

— On passe au dessert ? demande-t-il gaiement.

— Oui, qu'as-tu commandé de bon ?

— Rien, Emy.

Oh! Mes jambes commencent déjà à trembler. Pleine de désir, je l'observe se lever de sa chaise afin de se positionner derrière moi. Doucement, il passe ses mains dans mon cou et ce geste suffit pour que mon corps entier se mette à frissonner. Il se penche afin de me murmurer à l'oreille :

— Je t'attends dans ma chambre.

***

Tout est silencieux lorsque j'ouvre les paupières et je suis un instant désorientée.

— Salut, belle au bois dormant.

J'ouvre alors grand les yeux et me relève soudainement.

— Je me suis endormie ?

— Oui, tout de suite après, me répond-il avec un large sourire.

Assis à côté de moi, il est torse nu en train de pianoter sur son clavier d'ordinateur.

— Oh non, je suis désolée, dis-je en me frottant les yeux.

— Il est une heure du matin, je vais te ramener.

Quoi déjà ? Je me rhabille en vitesse, énervée contre moi-même.

Un quart d'heure plus tard, nous sommes dans la voiture en direction de chez moi.

— Tu n'aurais pas dû me laisser dormir.

— Tu étais fatiguée et j'avais du travail à finir. On se couche trop tard en ce moment.

— Ce serait plus simple si je pouvais rester chez toi…, tenté-je.

— Emilie, je ne reviendrai pas sur les règles, si tu as un problème avec ça, dis-le maintenant, grogne-t-il.

— Ça va, pas besoin de s'énerver !

Je crois que nous avons tous les deux grand besoin de sommeil !

Même si je suis épuisée, c'est à grand regret que nous arrivons devant chez moi. C'est bête, mais à chaque fois que je suis avec lui, le temps passe trop vite et je n'ai pas envie de le quitter.

— Passe une bonne nuit, lance-t-il sans me regarder.

— J'ai droit à un bisou ?

Le regard interrogateur, il se retourne vers moi.

— Ce n'est pas mon style de faire « des bisous », Emy, rentre chez toi.

Il se remet à regarder droit devant lui en attendant que je sorte. Je me penche légèrement sur lui en détachant ma ceinture et sans qu'il ne s'en rende compte, je lui colle un rapide baiser sur la joue.

— Désolée, mais ça ne fait pas partie des règles, fallait le dire avant !

Il secoue la tête en riant.

— Bonne nuit, Emy, dit-il tout bas ses iris plantés dans les miens.

— Bonne nuit Sam…

Chapitre 22

Mes bâillements répétitifs me forcent à prendre une pause-café. Je sors une cigarette de mon sac en espérant croiser Samy, que je n'ai pas vu de la matinée.

Fonçant rapidement à la cafétéria, j'attrape mon arabica tout en scrutant autour de moi. Il n'est pas là.

Je sors fumer ma clope et tombe nez à nez avec Mika et Stella. *Mince, je l'avais oublié celui-là.* Je n'ai pas vraiment eu le temps de réfléchir à sa réaction excessive, mais ce que je sais, c'est que je suis toujours énervée contre lui. Je reste figée, à me demander ce que je vais bien pouvoir faire, mais Stella me fait de grands signes pour que je les rejoigne. J'avance à contrecœur tout en fermant ma veste.

— Salut, dis-je assez sèchement sans même jeter un coup d'œil à Mika.

Une tension insupportable s'installe et alors que je m'apprête à repartir...

— Désolée, je dois vous laisser, j'ai une réunion ! lance Stella.

Qu'elle peut être cruche parfois ! Je la suis, agacée par cette mise en scène, mais Mika me retient.

— Emy...

Sa voix est si triste que je me retourne pour lui faire face. Son regard est cerné et vide, comme s'il n'avait pas dormi de la nuit.

— Je suis désolé, vraiment. Je peux tout t'expliquer.

Il m'en faudra plus pour lui pardonner sa conduite. Alors je ne réponds pas.

— Il y a une raison à tout ça, tu sais. Le problème, c'est que tu ne me laisses jamais l'occasion de te parler.

C'est vrai que je ne l'ai pas vraiment laissé s'expliquer dernièrement, mais c'est que j'ai bien peur de connaître la raison…

— Passe la soirée avec moi s'il te plaît.

— Je vais voir ma mère ce soir, je ne peux pas reporter, ça fait une éternité que je ne l'ai pas vue.

J'hésite à lui proposer un rendez-vous demain, mais déjà que je ne vois pas Samy ce soir…

— Je peux peut-être t'accompagner voir ta mère ?

Il sait que maman l'adore, il est d'ailleurs déjà venu plusieurs fois chez elle, mais j'hésite tout de même… sa réaction était si excessive l'autre soir ! Il me fixe comme s'il attendait la plus grande nouvelle de sa vie et son regard suppliant me fend le cœur.

— Bon OK, je la préviens.

— Je passe te chercher à quelle heure ? demande-t-il le visage un peu plus illuminé.

— On se rejoint là-bas à vingt heures.

— OK.

Je lui adresse un léger sourire forcé avant de lui tourner le dos, mais il me rattrape par la main.

— Merci, Emy, ton amitié me manque.

Le fait qu'il me parle d'amitié me rassure alors je décompresse et lui serre la main en souriant largement.

— À ce soir Mika.

Je passe de nouveau par la cafétéria pour rentrer et lorsque j'aperçois Samy, mon cœur manque un battement. Il porte une chemise bleu foncé et je me dis qu'en réalité, toutes les couleurs vont parfaitement à son teint ! Ses cheveux sont faussement décoiffés et cet air sexy et très calculé du mec qui vient à peine de sauter du lit me rend toute fébrile. Il est vraiment magnifique.

Plus je m'approche de lui, plus j'ai l'impression que son regard est accusateur.

— Tout va bien ? demandé-je une fois à son niveau.

— Après tu te demandes pourquoi il réagit comme ça avec toi ?

— Quoi ?

— Je t'ai dit que c'était ta faute.

Il finit le fond de son café avant de me tourner le dos.

— Attends Sam, qu'est-ce que ça veut dire ? Tu parles de Mika ?

— Je ne compte pas parler de ça ici Emilie, retourne travailler.

Je n'y crois pas, il me donne un ordre là ? Je tente de lui répondre le plus calmement possible même si je bous de l'intérieur.

— Tu comptes esquiver encore une fois ?

Il se retourne en ricanant.

— Emilie, ai-je déjà esquivé une de tes questions ? C'est toi qui évites le sujet, car ça ne t'arrange pas. On reparlera de ça si tu le souhaites, mais pas ici.

Là, il n'a pas tort. Si j'évite le sujet, c'est parce que je ne l'assume pas, voilà tout. Mika est mon ami et j'aimerais que rien ne change.

— Très bien !

— Très bien, retourne travailler maintenant.

Il me sourit légèrement malgré son ton assez ferme. Je le prends comme un conseil et acquiesce d'un hochement de tête.

Je soupire en m'installant derrière mon bureau. Cet homme me rend complètement folle !

Chapitre 23

— Salut maman, dis-je en la bousculant presque pour entrer chez elle.

— Bonjour Emy.

Elle se rapproche pour m'embrasser pendant que je pose mes affaires dans l'entrée.

— Maman j'ai complètement oublié de te prévenir ! Mika va passer.

— Oh génial !

Je remarque son petit sourire en coin. Finalement, ça m'arrange qu'elle pense qu'il y ait quelque chose entre nous, au moins elle ne me posera aucune question sur ma vie sentimentale.

Nous sommes maintenant toutes les deux installées sur son canapé et comme d'habitude, nous n'avons rien à nous dire. Maman finit tout de même par rompre le silence.

— Comment vont tes amies ?

— Ça va.

— Comment se passe la vie de jeune mariée de Mina ?

— Elle semble très heureuse et nous a annoncé une grande nouvelle, réponds-je en souriant largement.

— Ce n'est pas vrai, me dis pas qu'elle est déjà enceinte ?

— Et si !

Je lève les yeux au ciel en voyant son air horrifié.

— C'est n'importe quoi ! D'abord elle épouse cet… Arabe qu'elle connaît à peine.

— Maman ! protesté-je, consternée. Mina est musulmane, je ne vois pas le mal en épousant quelqu'un qui partage ses croyances.

— Tu ne vois pas le mal ? répète-t-elle horrifiée.

Je hausse les épaules sans répondre.

— Bref, tu as raison, qu'ils restent entre eux ces gens-là.

Je la fixe, abasourdie. Je sais que je devrais laisser tomber, mais je n'y arrive pas.

— Ces gens-là ? Maman, tu parles de ma meilleure amie !

— Ta meilleure amie qui a un mode de vie absurde.

— Ça suffit ! dis-je en haussant le ton.

Carole me fixe quelques secondes, surprise avant de reprendre son calme.

— Pourquoi on se dispute ? Du moment que tu n'épouses pas un Arabe, pour moi tout va bien.

Je me lève vivement en l'entendant ricaner et pars m'asseoir dans la cuisine. Je sais que ça n'ira jamais plus loin entre Samy et moi, mais la réflexion de ma mère me fait tout de même du mal. Je me rends compte que j'ai toujours pensé être tolérante, mais en fait je ne l'étais pas. *Comment ai-je pu accepter ce genre de critiques auparavant ?*

Maman me rejoint assez rapidement, sans étonnement de ma part.

— Qu'est-ce qu'il se passe Emy ?

— Rien maman, laisse tomber.

— Je ne comprends pas tes sautes d'humeur avec moi. Tu ne veux jamais me parler de ta vie privée, pourquoi ?

— Parce que ça finit toujours comme ça.

— C'est toi qui provoques les disputes, je te signale.

Je soupire en me prenant la tête entre mes mains.

— Chérie, je ne cherche pas la guerre, au contraire. Parle-moi s'il te plaît, tu sais que tu peux tout me dire.

La sonnette de la maison retentit.

— Sauvée par le gong ! dis-je en me levant rapidement pour aller ouvrir à mon ami.

Je lui saute carrément dessus tellement je suis heureuse qu'il soit là finalement. Quand je remarque son air surpris, je le relâche rapidement en regrettant mon geste.

— Bonsoir Mika, dit maman d'un ton jovial.

— Bonsoir, Carole, comment allez-vous ?

Il lui tend un joli bouquet de fleurs.

— Oh merci, tu es adorable.

Nous passons la soirée à discuter de tout et de rien. Non, en fait Mika et maman discutent de tout et de rien. Moi, je reste silencieuse, encore très choquée des propos de maman. D'aussi loin que je me souvienne, c'est-à-dire mon enfance sous ce toit, j'ai toujours eu l'impression de la décevoir. Quelle serait alors sa réaction si elle apprenait que je fréquente un Arabe ? Je ne sais même pas si elle accepterait encore de me parler.

— Emy ? me sort Mika de mes pensées.

— Oui, excuse-moi.

— Tout va bien ?

— Oui, je suis juste fatiguée. D'ailleurs on va y aller si ça ne te dérange pas.

Maman n'insiste même pas pour que je reste et je sais très bien pourquoi.

— Amusez-vous bien les enfants, lâche-t-elle avec un sourire très suggestif.

Je me dépêche de mettre ma veste avant d'exploser.

— Félicite Mina pour moi, ajoute-t-elle gentiment en m'embrassant la joue. J'espère que tout se passera bien pour elle.

Je lui souris avant de l'embrasser à mon tour.

— Merci maman.

Je sais qu'elle ne le pense pas vraiment, mais son effort me touche tout de même.

En sortant de chez ma mère, Mika bien décidé à ne pas en finir là, se place fermement en face de moi, me barrant le passage.

— Tu veux qu'on aille chez toi ou chez moi ?

Merde ! Moi qui pensais esquiver la discussion.

— Mika, je suis désolée, je vais rentrer…

— Emy, il est à peine vingt-deux heures et je voulais te parler, tu te souviens ?

— Oui et bien je t'écoute.

— Quoi, ici ?

— Pourquoi pas ?

Il hésite une seconde avant de s'approcher de moi.

— Tu es sûre ? demande-t-il dans un murmure.

Je recule d'un pas et croise les bras contre ma poitrine.

— Bon, que voulais-tu me dire ?

Il se rapproche à nouveau et, sans même que je m'en rende compte, ses lèvres se posent sur les miennes. *Nom de Dieu !* Je me recule et le repousse de toutes mes forces, l'obligeant à faire un pas en arrière.

— Mika, bon sang qu'est-ce que tu fais, ça ne va pas ? hurlé-je avant d'essuyer ma bouche avec mes doigts.

— Quoi, je te dégoûte ?

Je suis tellement choquée que je ne sais même pas quoi répondre.

— Qu'est-ce que tu veux Emy ?

— Que tu arrêtes ça ! Je ne veux que ton amitié et tu le sais très bien !

— Comment pourrais-je le savoir ? Il va falloir m'expliquer. Sois tu me sautes dessus, comme quand je suis arrivé tout à l'heure, soit tu me repousses.

— J'étais contente de te voir Mika ! Contente de retrouver mon ami, voilà tout !

Ses épaules s'affaissent et ses yeux se mettent à briller.

— Emy, je suis fou de toi.

Oh putain, non...

— Ne me fais pas ça Mika, s'il te plaît.

— Quand je t'ai connue c'était trop tôt, ensuite tu es sortie avec ce Pablo. Puis, tu étais tellement mal et tu disais ne vouloir personne dans ta vie alors j'ai attendu que tu sois prête. Et maintenant que tu l'es...

Sans finir sa phrase, il se passe la main sur le visage.

— Qu'est-ce qui t'a fait croire que je l'étais ?

— Tu t'es laissé draguer par Samy ! Je ne t'ai jamais vue flirter avec quelqu'un depuis ton ex.

J'ai envie de lui répéter qu'il n'y a rien entre Samy et moi, mais apparemment, mon attirance pour lui ne passe pas inaperçue.

— Écoute, reprend-il. J'ai insisté, car je sais très bien que ce n'est pas possible entre Sam et toi et...

— Pourquoi tu dis ça ? le coupé-je.

Quelle question ! Mais c'est sorti tout seul...

— Bah, c'est un musulman et toi... antimusulman !

— Je ne suis pas antimusulman ! braillé-je, excédée.

Je ne supporte plus cette image que les gens ont de moi. Mais après tout, peut-être que je le mérite, finalement...

— Écoute Mika, je t'aime beaucoup. Tu es un vrai ami pour moi et... ça s'arrête là. Je suis désolée.

Son expression triste me fend le cœur et j'aimerais que ce moment s'arrête vite.

— Pourquoi tu ne nous laisses pas une chance ? Je peux être patient.

— Je suis désolée Mika, tu dois passer à autre chose.

Tout en essayant de contrôler ses émotions, il hoche tristement la tête. J'aimerais le prendre dans mes bras pour le consoler, mais ce ne serait pas approprié.

— Au moins là c'est clair, dit-il en baissant les yeux au sol.

Il me fait un léger signe de la tête avant de repartir. J'hésite une seconde à le rattraper avant qu'il ne rentre sans sa voiture, mais ça vaut mieux comme ça.

Pauvre Mika ! Je me sens tellement mal d'être la cause de ses souffrances. Je m'assois sur le trottoir et envoie un message à Samy.

On peut se voir ?

J'attends quelques minutes avant de recevoir une réponse.

Il est tard, demain plutôt.
S'il te plaît Samy...
Tout va bien ?
Non
OK, j'arrive.

Son dernier message me fait sursauter. Je me lève rapidement et cours jusqu'à ma voiture. Si jamais il arrive avant moi, je sais qu'il ne m'attendra pas.

***

J'ai à peine le temps de me repoudrer le nez qu'il frappe déjà à la porte alors je fonce lui ouvrir et sans réfléchir, je me jette dans ses bras. J'ai besoin de réconfort et d'être câlinée. Mais bien qu'il ne me rende pas mon étreinte et reste là sans bouger, les bras ballants, je me sens bien. Sa simple présence m'apaise.

— Merci d'être venu, je suis tellement contente de te voir, dis-je le visage collé à sa poitrine en savourant son odeur.

— Tu me laisses entrer ? demande-t-il en tentant de se libérer de mon étreinte.

Il me fait son fameux petit sourire en coin qui me fait craquer. Je lui fais signe de me suivre et il s'installe sur mon canapé avant de tapoter dessus.

— Viens par ici.

Je m'exécute et en profite pour me coller à lui. Je commence doucement à déboutonner sa chemise, mais il m'en empêche en attrapant mon poignet.

— Je croyais que ça n'allait pas ?

— Justement, j'ai besoin de réconfort.

Je tente une nouvelle fois de le déshabiller, mais il retire de nouveau mes mains.

— Dis-moi d'abord ce qui ne va pas, Emy.

Je me jette en arrière en soupirant.

— C'est Mika. Il m'a embrassée ce soir.

— Attend… quoi ? s'exclame-t-il les yeux écarquillés. Il a tenté de t'embrasser ou il t'a embrassé ?

— Euh… qu'est-ce que ça change ?

— Ce sont deux choses différentes, répond-il en haussant le ton.

Il se décale légèrement sur le côté.

— Je n'ai pas vraiment eu le temps de réagir, je l'ai repoussé tout de suite.

— Tu n'as pas vu qu'il allait t'embrasser ?

OK, là c'est sûr, il est énervé.

— Attends, c'est quoi le problème ? Je croyais que j'avais le droit de faire ce que je voulais !

— Le problème est que tu le cherches, à aucun moment tu lui as montré que ce n'était pas possible !

— Je le cherche ? répété-je vexée en croisant les bras.

— T'es toujours collée à lui ! Tu crois qu'il comprend quoi lui ?

Je sens que notre conversation vire à la dispute et je n'ai pas du tout envie de ça. Pas maintenant. Pas avec lui. En plus, je sais qu'il a raison au fond. Malheureusement, je m'en suis rendu compte un peu trop tard…

— Serais-tu jaloux ? demandé-je pour le taquiner.

Il éclate carrément de rire et j'ai du mal à cacher ma déception.

— Moi, jaloux ? Emilie, je te dis uniquement ce que je pense. Il n'y a aucune jalousie.

Le pire, c'est qu'il le pense. Je le sens.

— Très bien, alors laisse tomber.

OK je suis vexée. J'ai toujours détesté ce sentiment, mais bizarrement j'aurais aimé qu'il le soit.

— Bon écoute, ne t'inquiète pas. Il s'en remettra. Mais à l'avenir, essaie de faire attention quand tu vois qu'un mec a le béguin pour toi.

— Je ne veux pas perdre son amitié, me justifié-je

— Ça, c'est le problème de l'amitié entre une femme et un homme, ça n'existe pas !

— Tu ne crois pas en l'amitié entre sexes opposés ?

— Absolument pas.

— Tu n'as donc aucune amie de sexe féminin ?

— Uniquement toi et regarde comment ça finit.

Il sourit largement et j'éclate de rire.

— Jamais eu de meilleure amie ? demandé-je tout de même, troublée.

— Si bien sûr... Mon ex-petite amie. C'était ma meilleure amie. Ma prochaine meilleure amie sera ma femme.

Bordel ! Ce qu'il vient de dire parait absurde, mais je trouve ça tellement… beau ! Je le fixe en me pinçant les lèvres.

— Qu'est-ce qu'il y a Emy ?

— Rien… J'aime ta façon de penser, parfois.

Il se mord légèrement la lèvre avant de s'approcher de moi et quand il pose sa main sur ma joue j'ai l'impression que ma peau brûle à son contact.

— Tu aimes quoi d'autre ? murmure-t-il à mon oreille.

— Je vais te montrer…

Chapitre 24

Je tape plusieurs fois sur mon réveil afin qu'il s'arrête de sonner.

En ouvrant les yeux, je ressens un léger mal-être en repensant à ma soirée d'hier. Je suis vraiment déçue de ce qu'il s'est passé avec Mika. J'ai l'impression d'avoir perdu un ami. Puis, je me sens mieux en me rappelant la fin de ma soirée avec Samy. Nous avons une nouvelle fois, passé un merveilleux moment, même si ce n'était que quelques heures. J'ai insisté pour qu'il reste dormir, étant donné l'heure tardive. J'ai même proposé de dormir sur le canapé si c'est le fait qu'on dorme ensemble qui le gêne, mais il a catégoriquement refusé.

En arrivant à la cafétéria, j'aperçois tout de suite Mika, debout avec son gobelet à la main, le regard dans le vide. Bon tant pis, je prendrai mon café plus tard ! L'idée de devoir passer ma vie à l'esquiver m'exaspère, mais il ne me laisse pas le choix. Je me dirige vers l'ascenseur quand je sens une main m'attraper par le bras.

— Emy...

Le regard emplit de tristesse de Mika me fend cœur, mais malgré tout, je me dégage de sa poigne.

— Écoute, dit-il en passant sa main derrière la tête, embarrassé. Je suis désolé pour hier soir. J'aimerais qu'on oublie tout ça... que l'on redevienne amis.

Évidemment, c'est ce que je veux moi aussi. Mais je ne lui montrerai pas.

— Tu es sûr que c'est possible ? demandé-je septique.

— Oui, bien sûr que oui ! Tu sais, je ne vais pas très bien en ce moment, je crois que j'étais perdu. Je te promets que j'ai compris et que ça ne se reproduira plus !

Il essaie de sourire, mais je vois bien que sa bonne humeur est fausse.

— Emy, je ne veux pas te perdre, insiste-t-il.

Je lui rends son sourire. Bien évidemment que je veux toujours être son amie !

— OK je veux bien essayer…

Il a l'air rassuré, mais toujours tendu.

— Bon, à tout à l'heure à la pause-café alors ! lancé-je gaiement pour détendre toute tension.

— Avec plaisir, me répond-il.

Je lui fais un petit signe de la main avant de lui tourner le dos. Je me sens soulagée d'un poids, même si je sais que je vais devoir faire attention à mon comportement dorénavant.

J'accélère le pas quand j'aperçois Samy dans le couloir, le nez dans des documents.

— Bonjour, dis-je tout sourire.

Il lève le regard et me salue brièvement avant de continuer son chemin tout en reprenant sa lecture.

Merde alors, qu'est-ce que j'ai encore fait ?

— Sam…

— Hum ? demande-t-il en se retournant.

— Tout va bien ?

— Oui, répond-il comme si ma question était la plus débile qui soit.

— Je ne sais pas c'est que tu as l'air…

— Occupé ?

Évidemment ! Je ris nerveusement.

— Je ne te dérange pas plus… est-ce que…. On se voit ce soir ?

— Hum… OK à une condition.

Cette fois, c'est moi qui l'interroge du regard.

— Tu cuisines.

Il me sourit enfin et ça suffit pour que mon cœur s'emballe.

— Je vais essayer…

— À ce soir, Emilie, je vais être pas mal occupé au boulot aujourd'hui.

— OK…

— Je serais chez toi vers vingt heures, m'informe-t-il.

Il ne me laisse même pas le temps de répondre qu'il est déjà reparti, le nez dans ses documents. Je sautille discrètement sur place avant de retourner au travail.

Vivement que la journée se termine !

***

Je passe à la boucherie près de chez moi avant de rentrer. Je n'ai aucune idée de ce que je vais bien pouvoir cuisiner, mais j'aimerais vraiment l'impressionner !

Sur les conseils du boucher, j'opte pour un filet mignon ! En rentrant, je me mets directement en cuisine pour préparer le repas en respectant bien tout ce que le vendeur m'a expliqué sur la cuisson. Ça n'a jamais été mon truc de cuisiner, mais j'avoue que ça ne me déplaît pas de le faire pour lui.

Au moment de sortir le plat du four, je constate avec horreur qu'il est déjà vingt heures ! *Oh non ! Je* ne suis pas du tout prête et avec mon manque total de savoir-faire, j'en ai partout sur moi ! La panique me submerge davantage quand on frappe à la porte. Impossible qu'il me voie comme ça !

Je fonce jusqu'à la salle de bain et tente désespérément de me refaire une beauté rapide, mais il frappe encore plus fort. Je traverse l'appartement et lui ouvre sans prendre la peine de le regarder.

— Entre, installe-toi, j'arrive !

Je retourne rapidement dans ma salle de bain et commence par tenter de me recoiffer quand je le vois apparaître dans le reflet du miroir. Il ne me laisse pas le temps de me retourner et se place derrière moi en posant ses mains de part et d'autre de l'évier. Le sentir si près de moi ébouillante mon bas ventre. Samy colle son corps au mien avant de m'embrasser le cou. Mon ventre papillonne et mes jambes tremblent tellement qu'elles risquent de me lâcher à tout moment.

— Reste comme ça, murmure-t-il dans mon cou. Allons dîner, je meurs de faim.

Il se détache de moi et sort rapidement de la salle de bain avec son léger sourire en coin que je lui connais bien. Il a très bien vu que j'étais déboussolée, mais c'était si intense et sexy !

Quand j'arrive dans la salle à manger, il est déjà assis à table, que je n'ai pas eu le temps de dresser.

— Désolée, je n'ai pas eu le temps de…

— Tu vas t'habituer, me coupe-t-il.

Je m'arrête une seconde pour le regarder. Je ne comprends même pas pourquoi je ne suis pas en colère avec toutes ces réflexions. Je me concentre plutôt sur les traits de son visage. Sa mâchoire est plutôt carrée et son nez assez fin. Mais ce que j'aime le plus… c'est son regard à couper le souffle !

— Je n'ai pas fini de t'impressionner…, dis-je fièrement.

Mais lorsque je dépose le plat chaud à table, son sourire s'efface.

— Qu'est-ce qui ne va pas ? Tu n'aimes pas le filet mignon ?

— Emy, souffle-t-il. Tu sais ce que c'est comme viande ?

Il a à peine le temps de finir sa phrase que je comprends immédiatement la boulette que je viens de faire. Cramoisie de honte, je me plaque la main sur le front.

— Oh non ce n'est pas vrai !

Je viens vraiment de préparer du porc à un musulman ?! Quelle idiote ! Je n'en rate pas une ! Il pourrait croire que je l'ai fait exprès, peut-être pour le provoquer…

— Ce n'est pas grave, tu le sauras pour la prochaine fois.

— Je suis vraiment désolée Sam…

Je suis déçue et me sens vraiment bête d'avoir fait une telle gaffe, mais le fait qu'il me parle d'une prochaine fois me rassure. Il y aura une prochaine fois alors !

— À vrai dire, j'étais persuadé que tu ne cuisinerais pas et je suis tout de même impressionné. Ce n'est rien, on va commander quelque chose.

Son sourire calme les nerfs que j'ai contre moi même. J'attrape mon téléphone pour commander quelque chose, tout en secouant la tête.

— Putain, quelle conne je suis !

Son sourire s'évapore de nouveau. *Quoi encore ?*

— Ne parle pas ainsi.

— Quoi ?

— Ne sois pas vulgaire.

— Vulgaire ?! Je ne comprends pas… excuse-moi pour le repas, ça ne sert à rien d'être désagréable.

Il se lève et s'approche de moi en retirant un bout de pomme de terre de mes cheveux. *La honte !*

— Emilie, je m'en fiche du repas et je m'en fiche que tu ne sois pas préparée ce soir.

Il marque une petite pause avant de poursuivre :

— Mais je ne pourrai pas accepter qu'une femme parle aussi mal. Ça ne te va pas du tout.

J'ai envie de lui répondre que je parle comme je veux ! Que ce n'est pas sûrement pas lui qui va me dire comment je dois m'exprimer ! Mais en réalité, je n'en ai pas envie. À vrai dire, j'ai l'impression que venant de lui, c'est limite un compliment. « Ça ne te va pas du tout ».

Je ne comprends toujours pas l'effet que ses paroles ont sur moi, mais dans un élan de folie, je m'approche vivement afin de coller ma bouche contre la sienne. Je passe mes bras autour de son cou et pour la première fois depuis notre « relation », j'en veux plus. Je meurs d'envie de toucher sa langue avec la mienne, mais il m'en empêche clairement et je n'insiste pas.

Je continue mes baisers gourmands en descendant dans son cou, tout en ouvrant sa chemise. Il me laisse la lui ôter puis m'attrape fermement les poignets pour me stopper. J'ai remarqué qu'il n'appréciait pas tant que ça que je prenne les devants. Il préfère être maitre de nos ébats et je dois avouer que cela m'excite comme une dingue.

Je pousse un petit cri étouffé quand il m'attrape fermement par les cuisses pour me soulever. J'enroule mes jambes autour de sa taille en reniflant son cou pendant qu'il se dirige jusqu'à ma chambre où bien sûr, nous allons finir essoufflés et enivrés de désir.

***

Nous sommes allongés l'un contre l'autre comme d'habitude, sauf que cette fois, il fait durer le plaisir pour mon plus grand bonheur. Même si je dois avouer qu'avec lui tout est bon, ça reste mon moment préféré.

— C'était si bon, dis-je en le serrant un peu plus fort.

Je sens qu'il sourit, mais ne répond pas.

— C'est vrai, tu es un Dieu au lit !

Il se lève délicatement en m'écartant sur le côté.

— Ne dis pas ça, lâche-t-il en grimaçant.

Quand il commence à se rhabiller, je tente de me rattraper en comprenant ma bourde.

— Excuse-moi, c'est juste une expression.

Il s'arrête de reboutonner sa chemise pour me fusiller du regard.

— Peu importe, ne dis plus jamais ça.

Je hoche la tête sans rien dire. Bien que je ne comprenne pas la plupart de ses réactions, je m'en accommode parce que… eh bien, je craque complètement pour ce mec ! Ce n'est pas raisonnable et si j'écoutais la petite voix de la raison qui tente de se faire entendre dans ma tête, je freinerais sans doute des quatre fers, mais il se trouve que c'est plus facile à dire qu'à faire.

— Allons manger, me lance-t-il.

Ouf, il reste !

✳✳✳

Comme d'habitude, il part s'installer sur le canapé à la fin du repas, pendant que je débarrasse la table. Nous avons dévoré notre pizza au saumon en silence, une tension étant clairement installée entre nous.

Une fois terminé, je me pose à côté de lui et lui tends son café qu'il prend sans me regarder, les yeux rivés sur la télé.

— Sam… je suis désolée pour le repas et tout ce que j'ai pu dire…

En fait, jamais je ne me suis sentie aussi mal. À vouloir tout faire pour lui plaire, je me rétame complètement.

— Laisse tomber OK ?

Son visage se referme rien que d'y repenser. Je ne vois pas vraiment ce que j'ai dit de mal, mais ça a l'air d'être si important pour lui.

— C'est quoi tout ça ? me demande-t-il en pointant deux tableaux accrochés au mur de mon salon.

L'un d'eux représente la tour Eiffel, l'autre l'arc de triomphe en plein soleil.

— Ça… ce sont des photos… des photos de monuments.

— Pourquoi tu es gênée ?

— Je ne suis pas gênée ! rétorqué-je en me sentant rougir. Tu veux voir un film ?

— Emilie. C'est toi qui as pris ces photos, n'est-ce pas ?

Je le fixe, abasourdie. Jamais personne ne m'avait demandé une telle chose ! Pourtant, ces photos sont là depuis mon emménagement.

— Oui, dis-je en baissant les yeux sur mes mains, tu as remarqué le manque de professionnalisme.

Je me mets à rire doucement, mais il continue de me regarder sérieusement.

— Non, ils sont très beaux. J'ai vu ton appareil photo dans la chambre.

— Samy… fais-je en secouant la tête. Je n'aime pas parler de ça.

— Pourquoi ?

— C'est que… c'est juste une passion. Je ne suis pas du tout bonne photographe.

— Une passion ? Plutôt un don.

— Non crois-moi je…

— Explique-moi, me coupe-t-il.

— Que je t'explique quoi ?

— Qu'est-ce que tu aimes photographier ? Pourquoi tu en as honte ?

Je soupire et m'adosse sur le coin du canapé.

— J'ai toujours aimé les photos, depuis toute jeune. J'avais à peine dix ans, je crois. J'aime surtout photographier les paysages et les monuments. Mon rêve serait de photographier la ville de Rome, notamment la fontaine de Trevi que je trouve magnifique. Voilà, tu sais tout ! Et toi, tu as bien une passion ?

— Tu n'as pas répondu à l'autre question.

Je lève les yeux au ciel avant de poursuivre :

— C'est lui qui… je veux dire, c'est avec mon père que je partageais ça.

— Continue.

Calmement, j'inspire avant de poursuivre :

— Il m'a dit un jour que je n'étais pas douée et qu'il ne valait mieux ne pas en faire mon métier, que je n'irais pas loin. Alors j'ai arrêté, ou du moins j'ai arrêté de montrer… mes « œuvres », dis-je en faisant signe d'ouvrir les guillemets avec mes doigts.

Je ris une nouvelle fois de moi-même, mais il continue de me fixer avec ce regard brûlant qui me déstabilise.

— J'aimerais qu'on parle d'autre chose s'il te plaît, le supplié-je.

— Dis-moi juste une chose… Pourquoi la fontaine de Trevi ?

Je jette un œil à mes tableaux sans répondre.

— À Rome, il y a le Colisée, l'une des merveilles du monde. Pourquoi la fontaine, Emy ?

Il se penche sur moi en attendant ma réponse.

— Je la trouve magnifique. C'est à la fois son style baroque et sa signification.

Il continue de me regarder sans rien dire.

— Tu sais pourquoi elle s'appelle ainsi ? lui demandé-je alors.

Tout en secouant la tête, ses lèvres s'étirent en un léger sourire.

— Eh bien, une femme dénommée Trevi aurait révélé l'emplacement de cette source à des soldats romains afin de sauver sa virginité.

Il remarque mon enthousiasme et se met à rire.

— C'est ridicule, hein ?

— Pas du tout, Emy. Continue.

— Au fil du temps, cette fontaine est devenue le rendez-vous par excellence des amoureux et des couples désirant un enfant.

— Tu es une romantique, finalement.

J'éclate de rire.

— Pas du tout, mais j'adore cette histoire.

Il sourit tellement fort que j'en ai le souffle coupé. Et tout à coup, sans comprendre pourquoi, son visage se referme et il se lève précipitamment.

— Je dois y aller, annonce-t-il d'une voix lasse.

— Non… reste !

— J'ai une dure journée demain.

Il enfile sa veste en se dirigeant vers l'entrée.

— S'il te plaît, il est encore tôt.

Je me surprends moi-même de le supplier de la sorte, mais c'est plus fort que moi.

— Bonne nuit, Emilie.

Je dénote de la tristesse dans sa voix. Pourquoi ?

— On se voit demain soir ? demandé-je avant qu'il ne sorte.

— J'ai déjà quelque chose demain soir.

— Attends…

Je n'ai pas envie qu'il parte sans m'embrasser, je n'aime pas ça. Je le contourne afin de me mettre face à lui, le dos collé à ma porte d'entrée.

— Demain c'est vendredi, on peut peut-être se voir après ce que tu as de prévu ?

— Non, je ne pense pas…

Désorienté, il détourne le regard et tout à coup, je comprends enfin.

— C'est demain ton rendez-vous avec cette femme.

Mon ton est presque agressif. Il acquiesce d'un hochement de tête et sans que je ne le contrôle, des larmes viennent remplir mes yeux. Quand il le remarque, il recule d'un pas et pose ses mains derrière sa nuque.

— Emilie, non…

— Je suis désolée, dis-je en faisant tout pour les retenir.

— Écoute, j'ai été très clair avec toi dès le début.

— Je sais, mais…

— Il n'y a pas de « mais » Emilie ! On arrête là.

Énervé, il me tourne le dos et pose sa main sur la poignée de la porte.

Oh mon Dieu, non ! Mon cœur se met à battre à cent à l'heure et j'ai carrément le tournis.

— Non attends ! Écoute-moi s'il te plaît…

Mon ton est tellement suppliant que je me sens ridicule. Il reste immobile, mais toujours les yeux rivés sur la porte, comme s'il ne pouvait plus me regarder.

— Sam je… c'est mon père !

Il se retourne enfin pour me considérer, surpris.

— Tu as touché un sujet sensible ce soir, c'est pour ça que je suis dans cet état. S'il te plaît, on n'arrête pas. Fais ce que tu as à faire demain, il n'y a aucun problème, OK ?

Je le fixe, le regard suppliant.

— Tu es sûre ?

— Oui, je te le promets.

— Aucun sentiment Emilie, c'est l'une des règles. Tu te souviens ?

Il reste ferme et sûr de lui, mais moins autoritaire qu'il y a deux minutes.

— Aucun sentiment, répété-je doucement.

— Très bien, alors je te dis à lundi. Je suis en déplacement demain.

Finalement, je ne l'embrasse pas afin de lui prouver que j'en suis capable. Je lui adresse un léger signe de tête avant de refermer la porte derrière lui et de m'y adosser.

Et là, sans que je m'y attende, je me mets à pleurer comme une madeleine, à pleurer comme jamais. Je ne sais même plus à quand remonte la dernière fois que j'ai versé autant de larmes. *Mais qu'est-ce qu'il m'arrive ? Pourquoi je me mets dans cet état ?*

Et tout à coup, la réalité me frappe de plein fouet. C'est à cet instant que je me rends compte à quel point je souffrirai lorsque cet homme me rejettera.

Chapitre 25

Libres ce soir ?

Il est déjà seize heures et je regrette de ne pas avoir envoyé ce message plus tôt. Je n'ai pas vraiment envie de sortir ou de voir du monde, mais je sais que si je reste seule chez moi, je vais me morfondre et c'est pire que tout.

La journée a été terriblement longue, je n'ai pas passé une minute sans penser à lui. J'ai entendu parler d'une soirée organisée avec le boulot, mais je n'ai pas du tout envie d'y aller.

Comme je m'en doutais, elles me répondent l'une après l'autre qu'elles avaient déjà quelque chose de prévu ce soir. Elles me demandent si tout va bien et les larmes me montent immédiatement aux yeux. *Oh non pas ici, pas au travail !*

Je leur réponds sans réfléchir que ce n'est pas la forme, mais que ça ira mieux demain. Est-ce que j'irai vraiment mieux demain ? Et s'il ne me rappelait pas ? Et si la femme qu'il rencontrait ce soir lui convenait parfaitement ? Mon estomac se noue et je tente désespérément d'ôter cette idée de ma tête. La soirée passée avec lui était peut-être la dernière. Cette pensée me donne la nausée.

Je relève la tête quand je sens quelqu'un debout devant mon bureau.

— Oh, salut Mika.

Dans un effort incroyable, j'essaie de montrer un peu d'enthousiasme. Je ne l'ai pas vu de la journée. Je n'ai même pas pris de pause-déjeuner et j'ai ignoré tout le monde aujourd'hui.

— Salut Emy… tout va bien ?

— Oui et toi ? Comment se passe ton travail ?

Il remarque que je fais diversion, mais ne riposte pas.

— Super ! En ce moment je suis sur le projet Marquet plus dont tout le monde parle et je m'éclate !

— Génial, je suis contente pour toi.

Cela me fait penser que je ne m'éclate jamais au travail. Je bosse toujours à fond et sérieusement, mais en réalité je m'ennuie carrément.

— Tu es sûre que tout va bien Emy ? demande-t-il, inquiet.

— Oui, ne t'inquiète pas, je suis juste épuisée.

— OK, alors j'imagine que ce soir tu…

— Non vraiment pas, merci.

Il me regarde sans rien dire et sa tristesse commence à m'agacer. C'est vrai quoi, j'ai besoin de mon ami et je lui en veux de m'avoir avoué qu'il m'aimait. Je ne peux m'empêcher de me dire que tout serait beaucoup plus simple si quelqu'un comme lui me plaisait. Mais non, il fallait que je craque sur une personne avec qui une relation à long terme est inenvisageable. L'amour impossible. Voilà qui ferait un titre de film original.

Mika essaie désespérément de trouver un sujet de conversation, mais je décide de lui éviter cette peine.

— Je vais y aller Mika, on se voit lundi ?

— OK tu… tu ne veux pas qu'on se voie samedi ?

Je cherche rapidement une excuse dans ma tête, puis je me dis que je ne verrai sûrement pas Samy du week-end. Ça me ferait du bien de voir Mika, d'essayer de reconstruire notre amitié à laquelle je tenais tant.

— OK, pourquoi pas…

Il sourit largement.

— Super, on s'appelle demain alors ?

Je lui réponds avec un sourire tout en rangeant mes affaires. Il va pour partir puis se retourne et me dit calmement :

— Emy…

— Oui ?

Je continue de ranger, mais il attend que je le regarde pour poursuivre :

— Merci de me laisser une chance. Je te promets que je suis passé à autre chose, ton amitié compte trop pour moi.

Je lui fais un sourire plus convaincant.

— Moi aussi Mika. À demain !

Il m'adresse un clin d'œil et je remarque que sa gêne s'est évaporée. J'ai encore beaucoup de travail et n'ai pas du tout avancé aujourd'hui, mais je décide tout même de rentrer. Je n'arrive pas à me concentrer de toute façon. En plus, je n'ai rien avalé de la journée et je ne me sens pas très bien. *Foutus sentiments !*

Chapitre 26

Je me traîne de ma chambre au canapé, habillée en jogging. La vraie soirée déprime ! Il me manque plus qu'une grosse boîte de glace comme dans les films à l'eau de rose où la fille amoureuse est en totale dépression juste à cause d'un mec. Je ris à moitié de moi-même et continue de zapper les chaînes en espérant trouver quelque chose d'assez intéressant pour me faire oublier Samy avec cette femme. Cette femme voilée qui correspond tout à fait à ce qu'il désire. Celle qu'il, peut-être, voudra épouser…

Quelqu'un frappe à ma porte, ce qui me fait sortir de mes pensées. *Dieu merci !* J'ouvre en me demandant qui cela peut être.

— Houlà ! C'est pire que ce qu'on croyait, dit Fanny à Mina en me reluquant de haut en bas.

— Les filles ! m'exclamé-je. Mais… enfin je croyais que vous…

— Qu'on allait laisser notre meilleure amie alors qu'elle a besoin de nous ?

Fanny a à peine fini sa phrase qu'elles sont déjà dans mon salon en train de sortir de la nourriture japonaise, mon repas préféré, sur la table. Je m'appuie contre le mur et les fixe, en train de planifier vivement notre soirée filles tout en mettant la table.

— Les filles… Merci.

Et je me mets à pleurer.

***

Je n'ai pas pu avaler grand-chose de ce qu'elles m'ont apporté, mais leur présence me fait du bien. Ma crise de larmes ridicule ayant enfin cessé, Fanny m'interroge :

— Alors, ma belle, dis-nous ce qui ne va pas.

Je baisse les yeux sur mes doigts entremêlés. J'ai beau vouloir tout leur dire, essayer de leur avouer ce qu'il se passe dans ma vie en ce moment, je n'y arrive pas. Comment leur dire que je vis une relation sans lendemain avec un homme ? Comment leur dire que j'accepte des choses inacceptables pour une femme ? Comment leur expliquer que je fréquente un homme dont la religion m'a toujours écœurée ? Je ne comprends pas moi-même comment je fais pour accepter tout ça, comment pourraient-elles le comprendre ? Elles ne m'ont jamais jugée, elles savent tout de moi, mais ça vraiment, je ne peux pas. Je décide tout de même de ne pas leur mentir complètement.

— À vrai dire, c'est beaucoup de choses à la fois et c'est assez long...

Fanny s'installe confortablement dans le coin du canapé en souriant.

— On a toute la nuit.

Je me force à sourire.

— Ma belle, tu as revu ton père ? demande Mina après quelques secondes de silence.

Je lève immédiatement les yeux vers elle et remarque que Fanny m'interroge également du regard.

— Non ! m'exclamé-je. Non absolument pas, qu'est-ce qui vous fait penser ça ?

En fait, je sais pertinemment pourquoi. Je n'ai jamais été dans cet état là pour une autre raison que mon père.

Jusqu'à maintenant, personne n'avait réussi à m'atteindre comme il a pu le faire. Personne jusqu'à aujourd'hui.

— Il s'agit de cet homme dont je vous ai parlé.

— Le gay ? s'écrit Mina en riant pour détendre l'atmosphère.

— Et bien, figure-toi qu'il n'est pas gay. Je… je ne suis pas la personne qu'il recherche, tout simplement.

Je leur explique qu'on est devenus amis et qu'il a des critères très précis, que je ne suis pas du tout son genre de femme. Bien qu'elles aient beaucoup de mal à y croire, elles ne vont pas plus loin et me conseillent de passer à autre chose.

Le reste de la soirée, nous le passons à discuter et à rire en mangeant du chocolat, encore mieux que de la glace finalement ! Fanny nous montre des photos de ses adorables enfants et Mina nous décrit les joies de la maternité. Elles ont l'air si heureuses dans leur petite vie toute simple et tellement agréable. Je suis contente pour elles, vraiment, même si j'ai un pincement au cœur en pensant à la mienne.

— Merci encore d'être venues, vous êtes tout pour moi.

Elles ne me répondent pas, mais posent toutes les deux leurs mains sur les miennes.

Nous sursautons quand quelqu'un frappe à la porte.

— Tu attends quelqu'un ? demande Fanny en regardant sa montre. Il est déjà presque minuit.

— Non, c'est sûrement les voisins qui viennent se plaindre de vos rires !

Je rigole en me levant pour aller voir qui c'est. Mes copines n'ont jamais été très discrètes, surtout quand on est ensemble. Fanny me lance un oreiller et j'éclate de rire avant d'ouvrir. Mon sourire s'évapore tout à coup. C'est lui.

Sam est là, appuyé contre le mur, sa tête penchée sur le côté en me fixant d'un air sérieux. Je ne sais pas quoi dire ni faire. Je pense à mes amies sur le canapé, à qui je n'ai pas dit toute la vérité et Samy, qui est devant chez moi. Il n'est pas avec cette femme, il est là, chez moi. *Pourquoi ?!* Je ne peux m'empêcher de nourrir de l'espoir en moi.

— Salut, murmure-t-il.

— Salut Sam... je suis désolée je... je ne suis pas seule.

— Oh, je comprends.

Il se décolle immédiatement du mur et fait un pas en arrière.

— Non, ne pars pas.

Mais qu'est-ce que je raconte ? Je ne vais pas le retenir alors que je passe la soirée avec Fanny et Mina ! Je le regarde s'éloigner à contrecœur lorsque je sens la présence de mes amies juste derrière moi.

— Bon ma belle, on va y aller, il se fait tard !

En me retournant, je suis surprise de les voir déjà prêtes à partir avec leurs affaires. Sans me laisser le temps de répondre, elles m'embrassent chacune leur tour sur la joue et partent rapidement en saluant Sam. Fanny se retourne avant de prendre l'ascenseur et me fait un énorme clin d'œil, puis elles repartent en riant très fort.

Ah ces deux-là, mes deux amies pas discrètes que j'aime tant. Mon soulagement est énorme même si je sais qu'elles n'auraient pas tout fait pour me laisser seule avec lui si elles connaissaient notre histoire. Mais peu importe, il est là et je ne veux pas qu'il parte.

— Tu veux entrer ?

— Elles sont au courant ? demande-t-il sérieusement.

— Au courant de quoi ?

— Tes amies, elles sont au courant pour nous ? Enfin je veux dire, elles connaissent notre accord ?

Cela me fait limite mal qu'il parle de notre histoire comme d'un accord.

— Non, elles pensent juste que tu es un collègue.

Il me fixe, l'air douteux alors je poursuis :

— Écoute, si elles étaient au courant, crois-moi, elles ne m'auraient jamais laissée seule avec toi comme elles l'ont fait !

— Très bien.

— Très bien !

Il m'énerve, mais j'ai envie de le prendre dans mes bras… *Suis-je normale ?*

— Emilie, c'est que personne ne doit savoir.

Je fais oui de la tête. Il ne les connaît même pas, qu'est-ce que ça peut lui faire ?

— Emilie, personne c'est compris ?

— Oui personne, je te le promets.

Tout à coup son agacement s'évapore quand il me fait un demi-sourire.

— Allez prend ta veste, je t'emmène quelque part.

— Quoi ? Mais attends où ça ? Je ne suis même pas habillée !

— Ah bon, je n'avais pas remarqué que tu étais nue.

Il sourit largement en laissant percevoir ses magnifiques dents bien blanches. *Je fonds !*

— Ne te prends pas la tête avec ta tenue, je ne t'emmène pas au resto !

— Je m'en doute bien, mais…

— Je t'attends dans ma voiture, prends une veste et ton appareil photo.

— Quoi ? Non attends…

Il m'a déjà tourné le dos et part en direction de l'ascenseur.

— Fais ce que je te dis Emy.

La panique monte en moi, qu'est-ce qu'il veut faire ? Je ne réfléchis pas plus longtemps et m'exécute.

Quelques minutes plus tard, je monte nerveusement dans sa voiture. Il démarre et conduit tranquillement, sans rien dire.

— Où va-t-on ? C'est une surprise ?

— Ce n'est pas mon style de faire des surprises, Emy, lâche-t-il en ricanant.

Je ne réponds pas, un peu vexée, mais surtout stressée.

— Je t'emmène à Montmartre, m'informe-t-il finalement.

— Pour quoi faire ?

— Des photos.

— Non Samy, je… Je ne fais pas ça !

— Tu ne fais pas quoi ?

— Je ne photographie plus ! Et encore moins devant quelqu'un.

— Si, ce soir tu vas le faire.

Son ton est redevenu grave et autoritaire. *Non, mais à quoi il joue ?* Je ne sais pas si je serai capable de faire des photos devant lui, mais je décide de ne pas répondre.

Après avoir fait tout le trajet en silence, nous nous garons dans une rue à Montmartre. Je n'étais jamais venue la nuit, les lumières rendent l'endroit encore plus chaleureux. Sam pose brusquement sa main sur ma jambe pour l'arrêter de bouger.

— Calme-toi, ça va aller.

— Samy, tu ne comprends pas…

— Bien sûr que si. Fais-moi confiance.

Ses paroles me réconfortent même si mon angoisse persiste. Je n'accorde pas facilement ma confiance à quelqu'un, mais bizarrement, je le suivrais jusqu'au bout du monde quand il me parle de cette manière.

En sortant de la voiture, il s'approche vivement de moi et alors que je crois qu'il va m'embrasser, il murmure :

— Laisse-moi faire.

J'acquiesce et il me surprend en posant un casque sur les oreilles. J'ai envie de rire malgré le sérieux que son expression dégage. Une douce musique démarre alors et je reconnais immédiatement cette chanson : Photograph d'Ed Sheeran. Tous les poils de ma peau se hérissent et quand les paroles s'élèvent, c'est encore pire :

Loving can hurt, loving can hurt sometimes.

« Aimer peut faire souffrir, aimer peut faire mal parfois ».

Bon sang ! Cette chanson mélangée à son regard de braise me met dans un état indescriptible ! Est-ce un message codé pour me dire quelque chose qu'il ne pourra jamais m'avouer ? Sans me laisser le temps d'y réfléchir, il décale le casque pour me chuchoter à l'oreille :

— Vas-y, lance-toi.

Il monte le son de manière à ce que seules les paroles emplissent mon esprit. Tremblante, je prends l'appareil photo qu'il me tend. Je ne sais pas si c'est dû à la musique, mais je sens une excitation monter en moi. Il me fait un petit signe de la tête et son expression est tellement rassurante que je m'exécute sans réfléchir.

Je commence doucement à prendre une, deux, trois photos puis sans m'en rendre compte, je ne peux plus m'arrêter ! J'en prends des dizaines au rythme de cette magnifique mélodie. Je me rends compte que j'avance rapidement dans la rue, je m'accroupis puis me relève, j'en prends dans tous les sens faisant varier l'Iso et la balance des blancs pour obtenir différents effets. Contrairement à ce que je pensais, je me sens merveilleusement bien.

Les paroles continuent de me faire vibrer :
It's the only thing that makes us feel alive
« C'est la seule chose qui nous rend vivant »
C'est tout à fait ça, je me sens vivante !
We keep this love in a photograph
« On garde cet amour dans une photographie »
Je jette rapidement un regard vers Sam. Cet homme qui me fait me sentir passionnée et vivante. Cet homme qui n'est pas à moi et que je peux uniquement « garder en photo ». Je me tourne alors vers lui pour lui voler un cliché et j'attends timidement sa réaction. Lorsqu'il me sourit j'en prends alors une multitude, dans tous les angles. Je fais mine d'être une vraie photographe et lui ma muse. Sam joue le jeu en prenant différentes poses, ce qui finit par nous faire éclater de rire.

Je ris vraiment, peut-être un peu trop fort quand je constate que des gens de l'autre côté de la rue se retournent pour nous regarder. Je ne m'entends pas rire tellement la musique est forte, mais je ne veux pas la baisser, je ne veux pas qu'elle s'arrête. Elle m'aide à me sentir à l'aise, à me lâcher totalement, à me sentir moi-même !

Loving can heal, loving can mend your soul
« Aimer peut guérir, aimer peut réparer ton âme »
Je m'arrête de rire pour le regarder intensément.
We keep this love in a photograph
« On garde cet amour dans une photographie »
We made these memories for ourselves

« On crée ces souvenirs pour nous »

Il vient effectivement de créer un instant magique, un souvenir que je ne pourrai jamais oublier. Quelque chose qui me lie encore plus à lui, cette passion que je n'avais jamais partagée avec personne auparavant.

Quand la chanson se termine, je reste figée sur place à le fixer. Son regard est si profond et intense que je j'en perds mes mots. Je retire le casque de mes oreilles et me précipite sur lui sans réfléchir, pour le prendre dans mes bras. Il ne me rend pas mon étreinte, mais cela n'a pas d'importance. Je continue de le serrer de toutes mes forces et il finit par poser ses mains hésitantes sur mes bras.

— Merci…

C'est tout ce que je trouve à lui dire. Je ne peux pas décrire l'émotion que je ressens. Un sentiment si fort en moi, quelque chose que je n'ai jamais ressenti auparavant. De la passion ? De l'amour ? Les deux ? La seule chose dont je sois sûre ce soir, c'est que je suis irrévocablement en train de tomber amoureuse de lui.

Chapitre 27

Je souris bêtement avant même d'avoir ouvert les yeux. J'ai merveilleusement bien dormi après ce week-end.

Vendredi soir était l'une des plus belles soirées de ma vie ! Je jette un coup d'œil sur mon appareil photo et je souris encore plus.

J'ai également apprécié ma journée de samedi avec Mika. Nous avons fait une après-midi shopping puis une soirée crêpe avec Stella. Une journée tranquille, comme avant ! Comme si rien ne s'était passé.

Mon sourire s'efface un peu quand je pense à ma journée de dimanche. Les filles ont débarqué pour connaître les détails de ma soirée avec Sam. Je leur ai raconté comment ça s'était passé en leur passant les détails de notre relation, bien sûr. Du coup, elles sont heureuses et enthousiastes pour moi. Fanny n'a pas arrêté de sautiller et d'applaudir en disant que j'avais enfin trouvé l'homme de ma vie. Si elles savaient la vérité… Je secoue la tête pour me remettre les idées en place. Je ne peux rien leur dire, du moins pas pour le moment…

Il est temps de me préparer. Je fais particulièrement attention à ce que je vais porter et tente de me faire belle, tout comme je le fais chaque matin depuis que je l'ai rencontré.

J'arrive un peu en retard, ce qui fait dernièrement partie de mes habitudes. Je passe rapidement par la cafétéria pour me prendre un café à emporter quand je le vois, debout près du comptoir en train de boire son café tout en lisant un journal. Il est habillé un peu plus cool que d'habitude avec un pantalon couleur camel et une chemise bleu ciel sans cravate.

— Salut Samy.

— Bonjour Emilie.

Il me fait un léger signe avant de reprendre sa lecture.

— Est-ce que... tu es libre ce soir ? demandé-je en tentant de capter son regard.

— Je ne sais pas, je te tiens au courant dans la journée.

Il m'ignore de nouveau et je décide de ne pas insister. Je me demande tout de même, comment il peut être aussi froid après le moment que l'on a passé ensemble ? Je repense à cette soirée et je ne peux m'empêcher de sourire à nouveau.

— OK, alors j'attends ton appel.

Il ne répond pas et ne prend même pas la peine de lever les yeux vers moi. J'attrape mon café avant de retourner à mon bureau en tentant de ne pas me monter tout un film sur sa réaction. Il passe peut-être une sale journée au boulot, ça arrive...

Je passe la journée à regarder mon téléphone malgré moi et ce n'est qu'une fois que je m'apprête à partir que je reçois enfin le message que j'attendais :

Je t'attends chez moi à 22 h, j'ai des choses à faire avant.

Je lui réponds instantanément :

OK

Et je me mets à sourire de nouveau, encore et encore.

Chapitre 28

Devant mon miroir, je me rends compte que je n'ai rien fait de la soirée à part me préparer. Je mets surtout un temps fou à choisir ce que je vais bien pouvoir porter. J'opte pour une jupe assez sexy, mais pas trop courte. Sam avait l'air un peu énervé aujourd'hui, je ne préfère pas l'irriter encore plus. Et voilà que je m'habille en fonction de son humeur maintenant ! J'ai du mal à y croire moi-même.

Je frappe doucement à sa porte et il met quelques secondes à ouvrir. Je regarde ma montre et constate que je suis carrément en avance. Mince j'aurais peut-être dû... Il m'ouvre enfin, avec un large sourire aux lèvres.

— Entre.

Je profite de cette bonne humeur pour lui voler un baiser au passage. Il a, comme à son habitude, un petit réflexe de recul, mais j'ai été trop rapide pour qu'il puisse l'éviter. Il referme la porte tout en souriant et en secouant la tête.

Je pose mes affaires dans l'entrée et, à peine arrivée dans le salon, je l'agrippe par-derrière afin de le serrer dans mes bras. Il tente de les retirer, mais je le serre encore plus fort.

— Emy...

— Je crois que je ne t'ai pas remercié pour vendredi.

Il se dégage complètement afin d'aller s'asseoir sur son canapé. *Je rêve ou il m'évite encore ?*

— Quelque chose ne va pas ?

— Tu m'as déjà remercié mille fois, lance-t-il agacé.

— Oui, mais pas comme il se doit...

Je lui fais un petit clin d'œil accompagné de mon sourire le plus coquin. Après notre soirée de vendredi, Samy m'a raccompagnée et n'a pas voulu aller plus loin, ce qui a rendu la soirée encore plus appréciable. Un moment passé ensemble sans sexe. Un moment à nous deux.

Il finit par me sourire et me fait signe de le rejoindre en tapotant son canapé avec sa main. Je m'installe près de lui et mon premier réflexe est de descendre ma jupe qui est remontée au milieu de mes cuisses.

— Si tu portais des jupes correctes, tu n'aurais pas à te soucier de ça.

— Tu la trouves trop courte ?

Il répond à ma question en fixant mes jambes, les yeux écarquillés.

— Attends, c'est la jupe la plus longue que j'aie ! Et puis je ne l'ai mise que pour toi…

— On n'a pas du tout la même conception du court. Et puis même si ce n'est que pour moi, tu as fait le trajet comme ça donc d'autres t'ont sûrement vue !

— Quel est le problème Samy ?

Son regard et son ton se durcissent.

— Laisse tomber, nous n'avons pas la même conception de la vie de toute manière.

Ça y est, il est de nouveau énervé. J'en ai marre de toujours essayer d'arrondir les angles et son agacement a fini par déteindre sur moi.

— Samy, je ne comprends pas.

Il tente de prendre la parole, mais je ne le laisse pas parler et lève légèrement le ton.

— Tu me fais passer la plus belle soirée de ma vie vendredi, ensuite tu m'ignores totalement au travail, puis tu me demandes de venir chez toi et m'accueilles avec le sourire pour ensuite critiquer ma tenue vestimentaire. Tu es incroyable, tu es...

Il lève un sourcil en attendant la suite.

— Tu es mi-figue mi-raisin ! crié-je.

Mon énervement à l'air de l'amuser, ce qui n'est à plus rien comprendre encore une fois. Je croise les bras en le fixant pour montrer que j'attends une explication de sa part.

— Mi-figue mi-raisin, hein ?

Il penche la tête sur le côté en souriant, c'est à en tomber par terre ! Je suis partagée entre l'envie de continuer notre explication et celle de lui sauter dessus pour l'embrasser. Plus il me regarde comme ça et plus je penche pour la deuxième option, mais j'essaie de tenir bon. Je veux savoir pourquoi il est comme ça avec moi alors je croise mes bras encore plus fort et fronce les sourcils, ce qui le fait rire de plus belle.

— Tu n'es pas crédible Emy...

Je reste ainsi quelques secondes puis éclate de rire avec lui.

— Viens par-là, m'ordonne-t-il.

Il me tend une paume que j'attrape instinctivement et je le chevauche en posant mes mains derrière sa nuque. Je vais pour l'embrasser, mais il tourne légèrement son visage sur le côté afin que j'embrasse ses joues, son cou.

Je lèche délicatement le haut de son torse et je sens que ça lui fait beaucoup d'effet. Il m'attrape par les fesses et se lève en me portant vers la chambre. J'enroule mes jambes autour de sa taille en continuant mes baisers langoureux. Ceux qui nous mèneront dans un autre monde. Sur une autre planète, quelques fugaces instants.

***

Je suis, comme à chaque fois que nous finissons de faire l'amour, allongée à côté de lui, la tête sur son épaule en train de profiter un maximum de lui. Il me caresse délicatement les cheveux sans rien dire et nous restons comme ça plusieurs minutes avant qu'il ne rompe le silence :

— Pourquoi tu n'as jamais essayé d'être photographe ?

En soupirant, je relève mon visage et pose mon menton sur son torse pour le regarder dans les yeux.

— Je… je ne sais pas Sam… je ne me trouve pas assez douée, je pense.

— Non, quelqu'un t'a fait croire ça un jour, mais c'est faux.

Il se dégage de mon étreinte et se positionne sur le côté, face à moi.

— Emy, tu fais un travail qui ne te plaît pas réellement et je pense que tu réussirais plus dans la photo.

Il est si calme et si doux. J'aime quand il est comme ça. J'aime ce Samy-là.

— Je n'aime pas parler de ça…

— Je sais.

— Pourquoi ça t'intéresse tellement ?

— Je trouve ça dommage que tu n'utilises pas tes talents, c'est tout. C'est pour ça que je t'ai aidée vendredi dernier.

J'ai un petit pincement au cœur. J'aurais aimé qu'il y ait une autre raison à cette soirée.

— C'est juste une passion que, grâce à toi, j'ai pu développer.

Je me rapproche un peu plus de lui.

— Je t'ai juste aidée à te mettre à l'aise. La musique peut faire des miracles.

— La musique ? répété-je en arrondissant les yeux.

— Oui. Tu ne connais pas encore sa puissance. Elle peut te rendre heureux et joyeux, mais elle peut aussi rendre une situation encore plus triste qu'elle ne l'est déjà. Elle fait ressortir les sentiments, même les plus profonds.

Ce qu'il vient de dire est si beau... et si vrai !

— Je dois avouer que cette chanson m'a beaucoup aidée, mais c'est ta présence qui...

— Emilie, me coupe-t-il en se redressant pour s'asseoir contre la tête du lit. Je n'y suis pour rien, crois-moi.

Je n'insiste pas, mais je sais que c'est grâce à lui. Il ne sait pas l'effet qu'il a sur moi. Sa simple présence m'a poussée à photographier comme je ne l'ai jamais fait.

— D'où sors-tu cette chanson ?

Il se masse doucement la nuque. Est-ce un sujet sensible ? Pourquoi ? Il hésite avant de répondre :

— Elle parle de photographie, j'ai trouvé qu'elle te correspondait.

— Je ne pensais pas que c'était ton genre de musique.

Il hausse les épaules sans rien dire. C'est vrai, je ne l'imaginais pas du tout écouter ce style, je ne sais pas pourquoi.

— Bon et toi, tu as une passion ? demandé-je.

— Non, pas vraiment.

Je me redresse pour m'asseoir près de lui.

— Allez, il y a bien quelque chose que tu aimes faire !

Il m'attrape le menton et me colle un petit baiser sur le coin de la lèvre.

— Oui... un tas de choses...

Il sourit. Sa façon délicate de changer de sujet ne m'a pas échappé, mais semble fonctionner. J'ai envie d'en savoir plus sur lui, mais il n'a pas l'air décidé à se dévoiler pour l'instant et je n'ai pas envie de forcer.

— Samy, j'aimerais savoir…

— Hum ?

Il se lève afin d'enfiler un jean.

— Vendredi soir… je veux dire avant qu'on se voie… avec cette femme…

Il passe un t-shirt blanc et je me dis que c'est la première fois que je le vois habillé de manière si décontractée.

— C'est personnel Emilie. Rhabille-toi, je te ramène chez toi.

— Mais attends…

Il sort de la chambre sans me prêter attention. *Non, mais je rêve ?*

Telle une furie, je me lève à mon tour avant d'enrouler le drap autour de moi pour cacher ma nudité. Je fonce le rejoindre dans le salon où il est tranquillement assis en train de mettre ses chaussures.

— Samy ! hurlé-je.

Il lève un regard étonné vers moi et je continue sans qu'il ait le temps de riposter :

— La photographie c'est également un sujet personnel pour moi. Tu ne t'en rends peut-être pas compte, mais c'est quelque chose de très intime que je ne partage avec personne !

Je le coupe tandis qu'il ouvre la bouche se préparant à répliquer.

— Et puis même si on n'est pas vraiment ensemble, on couche ensemble et je pense avoir le droit de savoir s'il y a une autre femme dans ta vie !

Samy me regarde quelques instants et un petit sourire en coin réapparaît. Moi qui m'attendais à ce qu'il soit énervé...

— S'il n'était pas si tard, je t'ôterais bien ce drap, c'est terriblement sexy.

Il tente à nouveau de faire diversion et le pire, c'est que ça marche. Ses paroles provoquent des papillons dans mon ventre et je ne peux m'empêcher de lui rendre son sourire. Mais comment fait-il cela ?

— Très bien ! grogné-je.

Je fais la moue et retourne dans la chambre pour m'habiller. Il me suit et s'appuie contre l'encadrement de la porte.

— La femme que j'ai rencontrée vendredi ne me convenait pas.

— C'est vrai ? demandé-je le plus calmement du monde en tentant de cacher ma joie.

— Oui et je veux que tu saches que quand je rencontrerai la femme qui me convient, tu seras immédiatement informée. Je t'ai dit que je ne continuerais pas à faire ce que je fais si je rencontre quelqu'un.

— Oui, je sais, mais...

— Je ne t'en ai pas parlé, car je pensais que tu avais compris.

Pensive, je m'assois sur le bord du lit.

— Donc... tu continues à chercher une femme ?

— Bien sûr, c'est mon but.

Ses paroles sont comme des poignards plantés dans mon cœur. Un retour à l'abominable vérité : cet homme ne sera jamais à moi. Je ne suis pas du tout ce qu'il veut. Bien sûr, il n'est pas non plus le type d'homme que j'espérais. C'est vrai quoi, il est Tunisien, avec une culture que je n'ai jamais appréciée. Il croit en Dieu, une notion plus qu'abstraite pour moi de par mon éducation si axée sur le pragmatisme. Nous sommes si différents et pourtant, je ne peux pas me passer de lui.

— Si ça devient dur pour toi, on peut…

— Non ! le coupé-je. Je… j'arrive à nouveau à vivre ma passion grâce à toi alors… j'ai besoin de toi.

— Emy, tu n'es pas qu'une diversion pour moi. Je peux être ton ami et continuer de t'aider.

— Tu crois à l'amitié homme/femme maintenant ?

Il sourit.

— Tu marques un point !

Nous rions avant qu'il ne poursuive :

— Je pense qu'on peut être amis, car tout est clair entre nous depuis le début.

Je me mets debout en faisant mine de sourire, car, c'est sûr, je n'ai pas du tout envie d'être son amie. Je veux être plus. *Bordel, je veux beaucoup plus !*

— Ça me va… et on garde les extras !

Je lui adresse un clin d'œil et m'approche de lui pour lui déposer un petit baiser sur la joue. Il recule légèrement, me faisant comprendre que ça n'ira pas plus loin ce soir.

— Allez, il est tard, je te ramène.

Chapitre 29

En direction de chez de ma mère, j'hésite encore à faire demi-tour. Samy m'a proposé de passer chez lui ce soir et j'ai refusé. C'est la première fois depuis que l'on s'est rencontré que le refus vient de moi. Je mets toujours nos soirées en priorité, car je n'arrive pas à faire autrement, mais cette fois, ce n'était pas possible. Cela fait plusieurs semaines que je n'ai pas vu maman et je ne pouvais pas annuler une fois de plus. Je mets mon kit mains libres et lui passe un coup de fil juste avant d'arriver.

— Allo ?

— Bonsoir mon bel amant…

— Ne me dis pas que tu as changé d'avis ?

— Peut-être bien.

— Hors de question Emy, tu passes la soirée chez ta mère, on se verra demain.

— Non, mais je me disais peut-être qu'après…

— Emy, on va encore se coucher tard et tu es épuisée en ce moment.

Il s'inquiète pour moi ou il ne veut pas me voir ? Je ne sais pas si je dois être vexée ou flattée.

— Ne t'inquiète pas pour….

— Pas ce soir Emilie.

Son ton s'est durci, merde !

— D'accord ! cédé-je.

— Tu comptes y aller pour quelle heure ?

— Je suis déjà en chemin.

— Quoi, tu es en voiture ?

— Euh… Oui.

— Emilie ! C'est dangereux, je raccroche.

— Attends !

— Quoi ?

— Passe une bonne soirée, je t'embrasse…

Je prends une voix coquine et j'appréhende déjà sa réaction…

— Bonne soirée, bébé.

Il raccroche. *Oh mon Dieu, ai-je bien entendu ?* Je sens que je frôle la crise cardiaque ! Mon cœur bat la chamade et je souris comme une idiote. Samy m'a appelée bébé ! C'est la première fois qu'il m'appelle autrement que par mon prénom… C'est dingue, il vient d'illuminer ma journée avec ce simple mot. J'arrive chez ma mère avec un sourire jusqu'aux oreilles.

Maman m'a préparé des spaghettis à la bolognaise comme je les aime. J'ai déjà presque fini mon assiette sans avoir dit un mot.

— Eh bien, tu as de l'appétit aujourd'hui, ça fait plaisir à voir !

Je lui souris en terminant mon plat. Je sens qu'elle a quelque chose à me demander, mais qu'elle n'ose pas.

— Oui maman ?

— Non rien, juste je me demandais si… tout se passait bien avec Mika.

Je laisse tomber ma fourchette dans mon assiette, ce qui la fait sursauter.

— Maman, je t'ai déjà dit qu'il n'y avait rien entre Mika et moi !

— Bon très bien, ne t'énerve pas !

Elle se remet à sourire avant de demander :

— Alors c'est qui ?

— Comment ça, c'est qui ?

— Qui est la personne qui te rend si heureuse ?

Je lève les yeux au ciel.

— Désolée de te décevoir, mais il n'y a personne.

Elle jette sa serviette sur la table.

— Bon Dieu Emy, quand est-ce que tu vas enfin me parler ?

Je la fixe les yeux écarquillés. *Qu'est-ce qui lui prend tout à coup ?*

— J'ai vu ton appareil photo dans ton sac à l'entrée.

— Hein ? Et alors ?

— Emilie, ne me prends pas pour une imbécile ! Tu souris bêtement, tu ne lâches pas ton téléphone et… tu t'es remise à la photo !

— Maman…

— Emy, pourquoi tu ne me dis rien ?

Ma mère ne comprend pas que je sois toujours célibataire. Je ne sais pas pourquoi, ça l'a toujours obsédée. À l'époque où je sortais avec Pablo, elle m'avait presque suppliée de retourner avec lui bien que je ne ressente plus rien. Je pense à Samy qui a déboussolé ma vie et qui est à l'origine de tous ces changements, mais je ne peux pas lui en parler.

— Écoute maman, je t'assure, il n'y a personne.

Je vois la déception dans son regard. Je ne devrais pas rentrer dans cette discussion, mais je ne peux pas m'en empêcher.

— Qu'est-ce qu'il y a maman ?

— Emy, ça fait plus d'un an que tu n'es plus avec Pablo et…

Je n'écoute même pas la suite et je plonge dans mes pensées. Ça fait déjà un an ! Cela me ramène à une autre réalité : cela fait déjà trois mois que j'ai rencontré Samy et que nous avons cette « relation ».

— Emilie, tu m'écoutes ?

— Euh oui maman, excuse-moi.

— Donc je te disais, ton père n'a pas la moindre…

— Mon père ? la coupé-je, hors de moi.

Je me lève et pose mes mains sur la table.

— Attends, qu'est-ce que mon père vient faire là-dedans ?

Elle sait que je ne parle jamais de lui et surtout pas avec elle. Je sens déjà une rage profonde monter en moi.

— Emy, tu sais très bien que tu es comme tu es à cause de ton père et que…

— Comment ça, je suis comme je suis ?

— Je veux dire, ta relation avec les hommes, tu…

Je lui tourne le dos et elle se met également à hausser le ton.

— Ne me tourne pas le dos Emilie ! Je t'avais dit à l'époque de voir quelqu'un, mais tu es tellement têtue !

— Comment ça, voir quelqu'un ? Ton putain de psy, c'est ça ?

— Emilie ! hurle-t-elle avant de prendre une profonde inspiration pour tenter de se calmer. Tu ne vois pas que tu as un problème ? Tu n'as aucune relation stable, tu ne parles plus à ton père, tu n'as pas de petit ami, tu es en perpétuel conflit avec ta mère, tu…

— Ça suffit !

J'ai hurlé tellement fort que ça l'a fait sursauter. Elle me fixe, les yeux écarquillés.

— J'en ai assez entendu, dis-je plus calmement

Je me précipite dans l'entrée et elle me suit sans rien dire. J'attrape mes affaires en vrac dans mes bras et sors en claquant la porte.

Je démarre rapidement afin qu'elle ne puisse pas me rattraper et j'éteins mon téléphone. Il est hors de question que j'en entende plus. Je m'étonne moi-même de ne pas craquer. Les larmes ont vite tendance à monter quand il s'agit de mon père. Et de Samy maintenant.

J'allume la radio pour tenter de m'apaiser et j'entends une magnifique chanson jouée au piano que je ne connais pas. À peine quelques secondes et je me mets à sangloter derrière mon volant. Plus j'écoute cette musique, plus j'ai du mal à retenir mes larmes. Sam a raison. La musique fait sortir ce qu'il y a au plus profond de moi.

Chapitre 30

Je ne croise personne à la cafétéria et j'en profite pour prendre rapidement un café à emporter avant de me mettre au travail. J'ai un point avec Edward cette après-midi et j'espère vraiment qu'il a de bonnes nouvelles à m'apporter.

Depuis que je me suis remise à la photo, je pense beaucoup moins à évoluer, mais cette idée est tout de même bien présente. J'en ai marre de faire toujours la même chose. Je m'ennuie d'accomplir tous les jours les mêmes tâches.

J'ai le nez dans mes mails quand j'entends cette magnifique voix :

— Bonjour Emilie.

Je lève les yeux et mon cœur se met automatiquement à battre plus fort.

— Bonjour Samy.

— Tu as bonne mine aujourd'hui, ça te va bien de ne plus faire la fête aussi tard…

Il me fait ce petit sourire en coin que j'adore avant de retourner à son bureau. J'ai du mal à le suivre. Je pensais qu'il était froid avec moi au travail pour ne pas attirer les soupçons et finalement, il vient carrément me voir avec le sourire devant tout le monde. C'est à ne plus rien comprendre !

***

À quinze heures, j'inspire un bon coup avant de me diriger vers le couloir de la direction. Au passage, je passe ma tête dans la porte entrouverte du bureau de Samy.

— Hé !

Il lève les yeux de son ordinateur et j'entre à moitié, en restant près de la porte. Je remarque qu'il fixe mes jambes d'un regard inquisiteur. *Ma robe serait-elle trop courte à son goût ?!*

— Qu'est-ce qu'il y a Emilie ?

— Euh rien, excuse-moi de te déranger. Je voulais juste savoir si on se voyait ce soir ?

— Je viendrai vers toi si je suis disponible, comme d'habitude, répond-il d'une voix ferme et dure.

Je déglutis et sors sans rien dire en refermant derrière moi. Là, je suis carrément vexée de son attitude. Pourquoi est-il comme ça avec moi ? J'essaie toujours de me dire que ce n'est rien, mais franchement, je commence à saturer !

Je décide de ne pas m'y attarder et je fonce à mon rendez-vous avec Edward.

— Ah Emilie, bonjour.

Nous nous sommes déjà salués ce matin, mais j'évite de le lui rappeler.

— Bonjour Edward.

Il me fait signe de m'asseoir face à son bureau.

— Emilie, je suis désolé je n'ai pas beaucoup de temps à t'accorder.

Tiens, pour changer ! Et pourquoi est-ce qu'il me tutoie tout à coup ?

Je n'ai pas le temps d'y réfléchir qu'il continue :

— Je veux que tu saches que je remarque tous tes efforts et je t'encourage vivement à continuer sur ta lancée. Cependant, je pense qu'il est trop tôt pour envisager le poste de chef de produit. Tu devrais te concentrer sur ton travail avant tout.

— Edward, je suis plus que motivée et je….

Il ne me laisse pas terminer et me fait tout un speech sur la culture de l'entreprise, etc., etc.

— Écoute, je te propose de refaire un point dans quelques mois et on verra si tu as progressé. OK ?

Quelques mois ? Ça fait déjà deux ans que je demande du changement et il ose me dire ça comme ça ? Je ne trouve rien à ajouter tellement je suis dégoûtée.

En sortant de son bureau, je croise Samy qui sort du sien avec plusieurs documents dans la main. Je baisse les yeux au sol et continue mon chemin en lui passant devant, mais il me rattrape par le bras.

— Emy…

Sa voix est beaucoup plus calme et douce qu'il y a cinq minutes. *Tiens, monsieur lunatique est de retour !* Sauf que là, je ne suis pas d'humeur alors je retire vivement mon bras avant de continuer mon chemin.

Il ne me retient pas et à peine arrivée à mon bureau, je regrette déjà mon geste. J'aurais tellement besoin de lui dans ce moment. C'est d'ailleurs la seule personne avec qui j'ai envie d'être quand je suis mal, mais tant pis !

Je pars un peu plus tôt du travail pour passer faire un petit coucou à Fanny et aux enfants. C'est dingue comme ses gosses sont thérapeutiques ! En quelques minutes seulement, j'ai oublié tous mes soucis. Fanny m'a proposé de rester dîner, mais j'ai refusé. Je ne veux pas les déranger et j'avoue que je me sens toujours mal à l'aise quand je suis avec eux, en famille. Je me sens tout simplement en trop. Ça me ramène également à la triste réalité : je suis seule. Je ne suis absolument pas jalouse de Fanny, mais je commence à envier sa vie. Je m'étonne moi-même ! Moi qui ai toujours aimé la solitude...

J'arrive chez moi avec mon dîner à emporter. Un bon japonais afin de me faire oublier cette journée merdique ! À peine sortie de l'ascenseur, je me fige, mon sac et mon repas à emporter à la main.

— Bonsoir Emilie.

— Sam... je ne m'attendais pas à te voir. Ça fait longtemps que tu attends ? demandé-je en ouvrant la porte.

— Non, je viens d'arriver.

Il me suit à l'intérieur et je remarque son expression triste. Tout à coup, une angoisse monte en moi. Aurait-il rencontré une femme ? Il veut peut-être m'annoncer que c'est terminé. Je ne peux pas imaginer qu'il puisse... je tente de repousser cette idée de ma tête. Je pose mes affaires dans l'entrée, mais il ramasse mon dîner.

— Tu devrais manger.

L'estomac complètement noué, je n'ai plus du tout faim. Il faut que je sache pourquoi il est venu. Je l'ai peut-être énervé tout à l'heure au boulot, il en a sûrement marre de moi.

— Ne t'inquiète pas, j'ai déjà dîné, dit-il.

Il n'a pas compris pourquoi je semblais si stressée. Je prends mon repas et le pose sur la table basse du salon.

— Viens t'asseoir, dis-je la voix tremblante.

Sans rien dire, il s'exécute et s'installe à l'autre bout du canapé.

— Emy... je suis désolé pour ton poste.

Je lève les yeux vers lui, surprise.

— Edward m'en a parlé, m'annonce-t-il.

— Oh...

Ce qu'il ne sait pas c'est que je suis rassurée qu'il soit venu pour ça. Au point d'avoir oublié ma déception professionnelle. *Dingue!*

— Je reste persuadé que tu devrais t'épanouir ailleurs.

Je l'interroge du regard.

— Tu serais plus heureuse si tu faisais de ta passion, ton métier.

— Pour être professionnelle il faut être capable de photographier naturellement, devant des gens !

— Oui, et alors ?

Je n'ai vraiment pas envie d'entrer dans une discussion avec lui, surtout pas à ce sujet. Je me rapproche et pose ma main sur sa cuisse.

— Bon, j'imagine que tu n'es pas venu pour qu'on regarde la télé.

Il sourit. Mais quand ma main trouve le bouton de son pantalon, il l'attrape pour m'empêcher de le détacher.

— Et pourquoi pas ? demande-t-il.

— Pardon ?

— On pourrait se regarder un film.

— Tu es sérieux ?

— Bien sûr.

Même si je me sens un peu mal à l'aise qu'il me repousse, je ne peux m'empêcher d'être touchée qu'il soit juste venu pour passer du temps avec moi.

Après dîné, nous nous installons sur mon canapé et je pose ma tête sur sa cuisse en lui caressant la jambe. Il ne me touche pas, mais prend une mèche de mes cheveux dans sa main qu'il caresse de temps en temps.

Sans lui demander son avis, j'ai mis un film romantique ! Une histoire d'amour soi-disant impossible entre une femme riche et l'homme qu'elle aime, un simple policier.

Les réalisateurs n'ont pas vraiment compris le sens du mot impossible…

Je suis tellement bien avec lui, que j'aimerais que ce moment dure plus longtemps.

Durant la dernière scène du film, l'héroïne se trouve à l'aéroport et son amant la rejoint au dernier moment, juste avant qu'elle n'embarque pour lui avouer son amour devant tout le monde.

J'entends Sam rire doucement.

— C'est un peu prévisible comme situation, dit-il.

Je me relève afin de m'asseoir près de lui.

— Comment ça ? Je trouve ça romantique.

— Le garçon qui rejoint la femme de sa vie à l'aéroport, il ne pouvait pas le lui dire avant ?

Il rigole et je me joins à lui. Au fond, je ne suis pas une grande romantique non plus et je trouve qu'il a raison.

— Tu as quand même aimé le film ? demandé-je.

— J'ai surtout aimé le regarder avec toi, murmure-t-il en attrapant une mèche de mes cheveux.

Comment fait-il pour rendre un moment si simple aussi sexy ? Alors qu'il ne se rend pas compte une seule seconde de l'effet qu'on eut ces simples paroles sur moi, il s'arrête net pour regarder sa montre.

— Il est tard, je vais y aller.

— Non, attends !

Je l'empêche de se lever et me précipite sur lui afin de m'asseoir sur ses genoux. Au départ, je comptais seulement le taquiner un peu. Mais une fois sur lui, je me mets à faire quelque chose de bizarre. En passant mes mains derrière sa nuque, je le contemple de cette manière. Un regard passionné et… amoureux.

Alors que mon cœur bat à tout rompre, j'approche mon visage du sien afin de caresser sa peau avec mon nez. Geste simple dit comme ça... mais tellement puissant et brûlant.

Ses mains hésitantes finissent par se poser sur mes hanches et je recule légèrement le visage pour le regarder dans les yeux. Mais ils sont clos. Et son visage semble... fermé. Comme s'il désapprouvait ce qui est en train de se passer.

— Emy, souffle-t-il d'une voix rauque en rouvrant les paupières. Si ça finit comme ça je ne suis pas rentré avant le milieu de la nuit et...

— Alors reste dormir.

Vigoureusement, il m'attrape par la taille et me soulève pour m'asseoir sur le côté avant de se mettre debout.

— Non, tu sais que je ne fais pas ça.

— Pourquoi ? Qu'est-ce que ça change ? Je ne le dirai à personne.

Je m'attends à ce qu'il s'énerve. Vraiment. Mais au lieu de ça, il se contente de me sourire tout en enfilant sa veste.

— Non Emy, répond-il doucement. Pour moi passer la nuit avec quelqu'un c'est intime.

— Ah, parce qu'on n'est pas intimes toi et moi ?

Mon ton est ironique, ce qui le fait arrêter de sourire.

— Pas de la manière dont je le conçois.

Ravalant ma déception, je trouve tout de même la force de lui sourire et il me surprend en attrapant mon visage entre ses mains pour me déposer un baiser sur le front.

— Bonne nuit bébé.

Il sort de mon appartement et je me jette sur mon canapé avec un oreiller que je serre contre moi. Je souris bêtement et ferme les yeux en pensant à ces simples paroles qui me retournent l'estomac. *Bonne nuit bébé.*

Chapitre 31

— Ça va vraiment être génial ! Mika, est-ce qu'on peut tous venir dans ta voiture ? Comme ça on se partage les frais. Ou alors on y va en train !

Stella est tout excitée par ce week-end à Lille organisé par la boîte. On a encore un mois devant nous, mais ça fait déjà plusieurs jours qu'elle planifie tout dans les moindres détails.

— Ouais faut voir, répond Mika. Tu en penses quoi Emy ?

Je grelotte, ma clope à la main. Il fait tellement froid aujourd'hui !

— Ouais, en voiture ça me semble mieux.

Je jette un coup d'œil à la porte vitrée qui mène à la cafétéria et je vois Samy, debout les mains dans les poches en train de nous observer. Je lui fais un petit signe de la main, mais il fait comme s'il n'avait rien vu et nous tourne le dos.

— Bon, je rentre me réchauffer avec un bon café avant de reprendre le travail.

J'écrase la moitié de ma clope au sol et me précipite à l'intérieur.

— Bonjour Monsieur Belaoui.

— Bonjour, répond-il en levant à peine les yeux de son document qu'il s'est mis à lire quand je suis arrivée.

— Ah, j'ai droit à la figue aujourd'hui ?

Il lève un sourcil interrogateur tandis que j'attrape une chaise pour m'asseoir à côté de lui.

— Tu sais d'où vient l'expression mi-figue mi-raisin ? l'interrogé-je sérieusement.

Tout en croisant les bras contre son torse, il plisse les yeux en attendant la suite.

— Cette expression met en opposition deux fruits : le raisin, sucré et délicieux, et la figue dont l'apparence était autrefois comparée à celle d'une crotte. Le mixe de ces deux côtés témoigne d'une attitude mitigée, à la fois bonne et mauvaise, être satisfait et mécontent à la fois.

Fière de moi, je lui adresse un large sourire.

— Emy, tu as réellement fait des recherches à ce sujet ?

Il feint d'être choqué, toujours les bras croisés à me fixer, mais je vois très bien qu'il se retient de rire.

— Oui monsieur ! Et j'ai adoré l'explication. C'est tellement… toi !

J'attrape mon café et me lève en murmurant :

— J'adore la figue… et mon fruit préféré est désormais le raisin.

Très lentement, je passe ma langue sur ma lèvre inférieure et pars sans me retourner, toute fière de moi.

Quand j'arrive à mon bureau, le sourire collé aux lèvres, j'ai à peine posé mes affaires qu'il est déjà derrière moi.

— Emilie, viens dans mon bureau, maintenant !

Oh merde ! Moi qui pensais qu'il avait apprécié ma blague… Je m'exécute et soupire franchement en refermant la porte derrière moi. Quand je me retourne, il m'observe assis au bord de sa table de travail.

— Écoute Samy, ce n'était vraiment pas méchant, c'était juste pour…

— Approche, me coupe-t-il.

Est-ce du désir que je perçois dans son regard de braise ? Je fais ce qu'il me dit en m'humectant les lèvres. Une fois arrivée près de lui, il m'attire vivement contre lui. Je passe mes bras autour de son cou et il se met à souffler contre ma bouche. *Putain c'est trop... intense!*

Alors que je tente d'attraper ses lèvres, il recule légèrement pour m'en empêcher.

— Ne fais plus jamais ça Emy...

Sans me laisser le temps de riposter, sa main se glisse sous ma robe et me caresse l'intérieur de la cuisse en remontant doucement. Je ferme les yeux en essayant de tenir sur mes jambes. *C'est si bon...*

— Ne m'excite plus jamais comme ça au travail, Emilie.

Sa voix est sensuelle et ma peau brûle au contact de sa paume. C'est irrésistible.

Son visage se colle de nouveau au mien et il se met à lécher le lobe de mon oreille. Putain sa langue... je tuerais pour la gouter là maintenant tout de suite.

Alors que je suis sur le point d'exploser, je resserre mon étreinte et me colle à lui en bougeant lentement. Et c'est ce moment précis où il décide de s'arrêter. Évidemment...

Tout en se redressant, il ôte mes bras et retourne s'asseoir derrière son bureau.

— Retourne travailler Emilie.

Il ne me regarde pas, mais son sourire en coin trahit son ton sévère.

J'hallucine! Je me rends compte qu'il a réussi à retourner la situation contre moi. Je cherchais à le surprendre, mais en réalité et comme toujours, c'est lui qui m'a surprise.

Je retourne à mon bureau et décide de lui envoyer un petit message via notre logiciel de discussion en ligne.

*OK tu m'as eue... on se rattrape ce soir?
*Emilie, les messages sont surveillés!

Oups excuse-moi, je disais juste que je voulais manger du raisin ce soir, ça te dit ?

Je l'imagine s'énerver ou sourire. Je ne suis jamais sûre de sa réaction ! Il ne me répond pas et je regrette d'avoir insisté. Je retente le coup en changeant de sujet :

Alors tu comptes venir au fameux week-end dans le Nord ?

Il me répond instantanément :

Je ne sais pas encore, cela dépend si David insiste pour que j'y aille.

Un petit espoir naît en moi. J'aimerais tellement qu'il vienne. J'ai hésité avant de cocher « oui » dans le coupon-réponse pour ce voyage. J'ai pensé qu'un week-end sans le voir allait être long, puis, je me suis ressaisie. Avant de le rencontrer, je n'aurais jamais hésité face à une telle proposition et refuser aurait été incompréhensible autant pour mes collègues que pour Samy. Il m'a clairement dit l'autre soir que ce n'était pas son genre de passer du temps avec ses collègues et qu'il ne comptait pas du tout venir, mais son boss y va et lui a clairement fait comprendre que ce serait bien qu'il soit présent.

Très bien, on en reparle ce soir ?

Je suis ridicule d'insister comme ça, mais après ce qu'il vient de se passer dans son bureau, je ne pense qu'à terminer ce que l'on a commencé.

Non Emilie, demain matin j'ai un match et je voudrais être en forme.

Oh oui c'est vrai, il joue souvent au foot avec Mika.

Alors c'est ça ta passion ?

Non, tu en es loin... Ça suffit maintenant, laisse-moi travailler !

Je n'ai pas le temps d'écrire une réponse qu'il s'est déjà déconnecté.

Alors c'est sûr, il a bien une passion. Je me demande bien ce que ça peut être, mais je n'ai pas le temps d'y réfléchir maintenant. Je dois trouver quelque chose à faire ce soir. Hé oui, ça fait partie de ma bonne résolution : ma vie ne tourne pas autour de mon amant ! Enfin pas totalement…

J'envoie un message à Mika.

Dis, la soirée de ce soir est maintenue ?

Oui ma belle ! Je passe te prendre comme au bon vieux temps ?

Son message me fait sourire, c'est vrai que ça fait un moment que je ne suis pas sortie avec mes amis et je sens que ça va me faire du bien.

Chapitre 32

Une fois arrivée au pub, je ne pense qu'à une seule chose : boire et danser !

Ça fait longtemps que je ne me suis pas défoulée et ça me manque. Faire la fête me manque !

— Waouh, Emy, tu es canon ! me lance Stella à peine arrivée.

Je lui souris en la remerciant. J'ai sorti ma minijupe en jean avec un haut noir un peu décolleté. J'évite de m'habiller comme ça devant Samy habituellement, mais je me trouve sexy ce soir. J'imagine la tête qu'il ferait en me voyant vêtue de la sorte puis me retire cette idée de l'esprit.

Non Emy, ce soir ne pense pas à lui, tu es là pour t'amuser !

À peine j'ai cette pensée que je le vois assis au bar avec un autre homme. Choquée, je reste figée sur place, la bouche grande ouverte. Une rage monte en moi sans que je ne puisse la contrôler. *Bordel, il m'a menti !*

Cet enfoiré a refusé que l'on passe la soirée ensemble en prétextant devoir se reposer et voilà qu'il est là en train de s'amuser ! Je suis écœurée ! OK on n'est pas ensemble. Mais ça me fait mal de me dire qu'il puisse me mentir de cette manière. Mal qu'il préfère passer une soirée sans moi.

Dieu du ciel je suis pathétique !

De toutes mes forces, je me retiens d'aller le voir pour lui passer un savon ! Il retournerait la situation contre moi. C'est vrai, il me répète assez souvent qu'il ne me doit rien.

Je fonce au bar avec Stella et Mika sans cesser de le regarder, mais il est en grande discussion avec son pote et ne regarde pas une seule fois autour de lui.

Calme-toi Emy...

Je tente tant bien que mal de faire comme si de rien n'était en discutant avec mes amis, mais rien n'y fait. Alors, j'enchaîne les verres jusqu'à ce qu'il me remarque.

Quand son regard croise enfin le mien, il se fige, les yeux écarquillés. Il semble à la fois surpris et... agacé ? Je n'en sais rien, mais j'essaie de me persuader que peu importe, je ne suis pas là pour lui, mais pour m'amuser.

Je bois encore quelques verres et une fois l'alcool bien monté au cerveau, je suis assez à l'aise pour me défouler. J'attrape la main de Mika et l'emmène sur la piste de danse. Je fais un signe à Stella afin qu'elle nous rejoigne, mais elle reste au bar en me montrant discrètement une bande de mecs.

Je danse ou plutôt je saute comme une folle en face de Mika durant au moins une bonne dizaine de musiques d'affilée. Je me force à ne pas regarder vers Samy, mais je suis persuadée que lui, il m'observe. Ou alors il n'en a vraiment rien à foutre de moi. *Honnêtement, je ne sais plus!*

Essoufflée, je hurle à Mika :

— J'ai soif !

Je lui attrape une nouvelle fois la main et nous rejoignons Stella en pleine discussion avec deux jeunes hommes.

— Emy tu tombes bien ! Je te présente Danny.

Je lève une main tremblante pour lui dire bonsoir et je peine à le regarder dans les yeux. *Merde, peut-être que je devrais me calmer sur les cocktails là...*

Discrètement, je jette un coup d'œil à Samy. OK il est toujours là. Et en effet, il n'en a rien à faire. En pleine discussion avec son ami, il ignore tout ce qu'il se passe autour de lui. À cet instant même, je me déteste ! Car je meurs d'envie d'aller le voir, de lui demander des explications... Sa présence m'obsède et je m'en veux pour ça.

— Bonsoir Emilie.

Le fameux Danny me salue d'un sourire et je vois aussitôt ce qu'il a derrière la tête dans la mesure où il me mate comme un pervers ! Il n'est pas très grand, mais assez mignon.

J'aimerais vraiment m'y intéresser, ou au moins faire mine de m'y intéresser. Mais impossible ! Mon esprit est avec cet imbécile de l'autre côté du bar !

Stella continue sa conversation avec le deuxième garçon donc je me retrouve seule avec Danny. Je descends mon verre cul sec en cherchant Mika du regard, mais je le vois plus loin en grande discussion avec une fille.

Mince ! Je ne suis pas du tout jalouse au contraire, je suis ravie qu'il s'éclate. Mais je voulais continuer de danser et pour ça, j'avais besoin de lui. C'est la seule manière de me défouler et de sortir Samy de ma tête.

— On va danser ? me demande le jeune homme en me voyant gigoter sur place.

J'hésite une seconde avant d'acquiescer. Après tout, il n'y a rien de mal à danser. Et surtout, je ne dois rien à personne apparemment.

Une fois sur la piste, nous dansons l'un en face de l'autre durant quelques minutes. Petit à petit, il s'est approché doucement de moi, dans la limite du raisonnable. Sans m'en soucier, je continue mes mouvements en fermant les yeux pour tenter de me concentrer sur la musique. Et ça marche. Mon esprit divague tellement, que j'en oublie la présence de tous ici. Même Danny...

Quand une musique un peu plus lente démarre, j'ouvre brusquement les yeux en sentant des mains se poser sur le bas de mon dos. Au départ, je le laisse faire. Après tout, il s'agit d'un simple slow. Mais quand il resserre son étreinte et que son regard descend au bord de mon décolleté, j'en ai la nausée.

Je pose mes mains sur son t-shirt humide et le repousse doucement.

— Euh non... attends.

Mais il me serre encore plus fort et approche dangereusement son visage du mien.

— Non arrête ! crié-je.

Personne ne peut m'entendre tellement la musique est forte, mais lui si. Alors pourquoi est-ce qu'il ne me lâche pas ?

— Calme-toi ! On danse, c'est tout.

Alors qu'il doit sûrement lire la peur dans mes yeux, il me relâche et j'en profite pour lui tourner le dos. Cette fois ça suffit, je me casse !

— Attends ! hurle Danny en m'attrapant fermement par le bras.

Il m'oblige à me retourner pour lui faire face, mais cette fois, je n'ai pas le temps de me défendre. En une seconde, quelqu'un nous a séparés et s'est retrouvé entre nous.

Seigneur ! Samy est sur la piste, juste devant moi en train de fixer Danny d'un regard noir.

— Elle t'a dit d'arrêter ! aboie-t-il.

Sam le dépasse d'au moins une tête et est beaucoup plus costaud, mais je crois que ce qui effraie le plus c'est son regard. Je ne l'ai jamais vu comme ça. Il est tendu, les poings serrés et la mâchoire contractée.

Danny nous regarde l'un après l'autre avant de lever les bras en l'air.

— C'est bon mec, je ne savais pas qu'elle était prise.

— Ça n'a rien à voir connard, quand une fille te dit non, tu arrêtes !

Connard ?! Je ne l'ai jamais entendu dire une injure et j'en suis bouche bée. Je sens qu'il est à deux doigts de lui mettre son poing à la figure, mais il n'en fait rien. Afin d'éviter que ça aille plus loin, j'attrape le bras de Samy.

— Sam, calme-toi…

D'un coup sec, il me repousse et hurle sans même me regarder :

— Toi, dégage !

Danny en profite pour se tirer et Samy récupère ses affaires avant de sortir précipitamment du pub. Je l'ai déjà vu énervé plusieurs fois, mais jamais à ce point-là.

J'ai une boule au ventre et je me sens terriblement coupable. Même si j'en meurs d'envie, j'hésite carrément à le suivre tellement il me fait peur. Puis, je reprends mes esprits et lui cours après, sans même récupérer mes affaires.

Il est déjà presqu'au bout de la rue quand je sors à mon tour et je dois courir pour le rattraper.

— Samy !

Il ne se retourne pas et j'accélère le pas en hurlant son nom. Quand j'arrive à ses côtés, je me place en face de lui pour l'empêcher de continuer à marcher.

— Sam, attends ! Je n'ai rien fait pour que tu me traites ainsi !

Il s'arrête brusquement et me considère enfin.

— Tu n'as rien fait ? demande-t-il les dents serrées.

Il inspire profondément afin de reprendre son calme.

— Emilie, tu es habillée comme une..., dit-il en serrant les dents pour éviter de finir sa phrase. Tu danses et prends par la main ton ami, qui tu le sais est fou de toi, et ensuite tu danses avec un inconnu. Non, mais à quoi tu pensais ?

La mâchoire contractée, il m'observe de haut en bas en grimaçant.

— Non, mais tu t'es regardée Emy ? En plus, tu pues l'alcool à plein nez !

Je devrais hurler. Je devrais lui jeter quelque chose à la figure. Ou alors je devrais me barrer en courant.

Pourtant, je n'en fais rien.

Malgré la violence de ses mots, je ravale mes émotions et tente de parler le plus calmement possible :

— Tout d'abord je ne suis pas habillée comme une salope, désolée que ma tenue ne te convienne pas, mais comme tu dis souvent : on n'a pas le même style de vie ! Ensuite, c'est moi qui devrais t'en vouloir d'être ici ! Tu me dis que tu ne peux pas me voir pour te reposer et je te retrouve en soirée ?

Il s'apprête à ouvrir la bouche, mais je reprends sans qu'il n'ait le temps de parler :

— Mais de toute façon, on s'en fiche pas mal de tout ça non ? On ne se doit rien, il me semble !

Il me fixe durant quelques secondes.

— Tu as raison Emy, lâche-t-il calmement avant de me tourner le dos pour continuer son chemin.

— Sam, attends...

— Retourne rejoindre tes amis, tu vas attraper froid habillée comme ça.

— C'est avec toi que j'ai envie d'être.

Il s'arrête net et lève la tête vers le ciel durant quelques secondes.

Euh… il ne va pas se mettre à prier ou un truc du genre là, si ?

Lentement, il se retourne pour me faire face.

— Va chercher tes affaires, je te ramène chez toi.

Sans réfléchir, j'acquiesce et fonce à l'intérieur récupérer ma veste et mon sac à main. Cette fois, je pense à avertir Mika, mais il est encore en pleine discussion avec cette fille. Je lui fais signe au loin en lui montrant la porte et il lève son pouce en souriant. Je lui adresse un gros clin d'œil et nous rions de concert avant que je sorte du pub. Je suis vraiment heureuse qu'on ait retrouvé un peu de complicité tous les deux.

Une minute plus tard, je grimpe dans la voiture et nous faisons le trajet en silence jusqu'à chez moi. Je tente à plusieurs reprises de dire quelque chose, mais je me refrène au dernier moment. D'un côté je lui en veux de m'avoir menti, mais d'un autre, je lui suis reconnaissante, même honteusement heureuse, qu'il soit venu prendre ma défense.

À peine arrivés, il appuie sur le bouton pour débloquer les portes de sa voiture.

— Bonne nuit, Emilie, lâche-t-il d'une voix froide et condescendante.

J'attrape la poignée de la porte et me retourne pour le regarder. À ma grande surprise, il me contemple également.

— Samy…

Il y a toujours de la fureur dans son regard, mais beaucoup, beaucoup moins que tout à l'heure. Maintenant, je sens une sorte de déception dans son visage.

Sans lui laisser le temps de réagir, je grimpe sur ses genoux et me retrouve en face de lui, le volant collé au dos.

— Emy, qu'est-ce que...

Je colle mes lèvres aux siennes pour l'empêcher de parler. J'adore cette sensation. Cette impression de me fondre en lui totalement.

— Rentre avec moi, murmuré-je sur ses lèvres.

Les yeux fermés, il tourne le visage en grimaçant. Je jure que si je ne sentais pas son érection entre mes jambes, j'aurais l'impression que je le dégoûte.

— Oui, me surprend-il.

Ce simple « oui » raisonne joliment dans sa bouche, articulé avec sa voix rauque et douce à la fois. Sans perdre une minute de plus, nous sortons de la voiture et montons rapidement jusqu'à chez moi, en silence. Nous sommes tous les deux trop excités pour reparler de ce qu'il s'est passé. Je vois bien qu'il est encore furieux. Diaboliquement furieux ! Mais aucun de nous deux n'a envie de revenir dessus. Pas maintenant.

En rentrant, je ne prends même pas le temps d'allumer la lumière. À vrai dire, je n'ai même pas posé mes affaires qu'il m'a déjà attrapée par la taille pour me pousser jusqu'au canapé. Sans que l'on retire nos vêtements, il descend juste ma culotte et en une seconde, il est déjà en moi.

Nous faisons l'amour brutalement. Sauvagement. Comme il ne m'était jamais arrivé de le faire.

∗∗∗

— Ça te va bien d'être énervé...

Nous sommes collés l'un en face de l'autre sur mon petit canapé et je lui caresse délicatement la joue. Il ne me répond pas et je ne peux pas bien voir son visage, mais je sens qu'il sourit.

— Je suis si bien là, avoué-je.

J'ai comme l'impression que sa respiration se bloque et il se détache de moi afin de se lever. J'imagine alors qu'il compte partir, mais il va en direction de mon ampli pour brancher son téléphone et lancer la musique avant de se rasseoir près de moi. Je me rapproche de lui et pose ma tête sur son épaule.

— C'est pour rendre ce moment plus profond ?

Il ne répond pas.

— Samy, pourquoi tu m'as menti ce soir ?

— Je n'ai pas d'explication à te donner.

Il se lève à nouveau et se place devant la fenêtre de mon salon.

— Je comptais me reposer ce soir, finit-il par lâcher. Mais avant de partir du boulot, David m'a proposé d'aller boire un verre pour parler business.

Je pose ma main sur ma bouche grande ouverte.

— Attends, tu veux dire que l'homme avec qui tu étais… ?

Il se retourne vivement, les sourcils froncés.

— Oui Emy, j'ai fait une scène devant mon boss ce soir !

Oh putain quelle idiote ! Je me sens encore plus ridicule, maintenant.

— Samy, je suis désolée, je ne voulais pas…

Je me lève pour me mettre debout face à lui.

— Quand je t'ai vu dans ce bar, j'ai cru que tu m'avais menti pour te débarrasser de moi et ça m'a… ça m'a fait mal.

Je me mets sur la pointe des pieds pour enrouler mes bras autour de son cou et y enfouir mon visage. Il reste figé les bras le long de son corps puis finit, au bout de quelques secondes, par me repousser doucement. J'imagine encore une fois qu'il veut partir, mais il s'installe à nouveau sur mon canapé.

Merde, il passe son temps à me fuir !

Sans insister, je m'installe à l'autre bout.

— Merci de m'avoir défendue ce soir malgré que tu étais avec ton chef, ça me touche.

— N'importe qui l'aurait fait.

— Non, crois-moi.

Pensif, il se met à me regarder sans rien dire. C'est au bout de plusieurs secondes qu'il rompt le silence :

— Tu n'as jamais eu de relation sérieuse ?

— Si, une fois. Je suis restée un an avec un garçon, mais ça n'a pas fonctionné.

Il s'installe bien en fond du canapé et pose sa tête sur son poing, appuyé sur l'accoudoir.

— Raconte-moi.

Je soupire. Je déteste parler de ça, mais bizarrement j'ai envie de m'ouvrir à lui.

— Il s'appelait Pablo. Il était très jaloux et possessif. On ne s'éclatait pas ensemble et au final je ne le supportais plus du tout. Mon amour pour lui diminuait. Enfin, si on peut appeler ça de l'amour. Je me suis rendu compte il y a pas si longtemps que je ne l'avais sans doute jamais aimé.

— Comment tu t'es rendu compte de ça ?

Tout simplement car je n'avais jamais ressenti quelque chose d'aussi fort qu'avec toi !

— Je l'ai su, c'est tout. Bref, notre rupture s'est très mal passée. Il m'a insultée et a jeté toutes mes affaires pour ensuite me supplier de le reprendre pendant des mois. J'ai même dû porter plainte tellement c'est allé loin.

Il ne répond pas et je n'arrive pas très bien à voir son visage avec seulement la lumière des lampadaires qui pénètrent dans la pièce.

— Ça fait déjà plus d'un an, continué-je. Je ne suis sortie avec personne d'autre depuis… Enfin, à part toi.

Je continue de lui raconter mon histoire avec mon ex en lui parlant de mes amies Fanny et Mina, qui m'ont beaucoup aidée et soutenue dans cette étape. J'en viens même à lui parler de ma mère et de ma dernière dispute avec elle. Je parle ouvertement, sans me sentir jugée et finalement, ça fait du bien.

Une nouvelle chanson que je ne connais pas démarre dans son téléphone et j'en profite pour changer de sujet.

— Alors c'est ça ta passion ?

— Quoi ?

— La musique.

Il sourit sans répondre et nous nous mettons à parler musique durant des heures. Les chansons que l'on aime, que l'on déteste. On se passe nos morceaux préférés en donnant nos avis respectifs. Il critique beaucoup mes chansons, mais je remarque que je ne peux pas faire de même avec les siennes. J'adore tous les titres de sa playlist !

Nous finissons tous les deux allongés sur le dos, de chaque côté du canapé, mais nos visages sont côtes à côtes. Je tente de retenir un bâillement, mais c'est trop dur.

— Emy, il est déjà presque six heures du matin.

Il me dit ça calmement sans bouger, ce qui me fait énormément plaisir.

— C'est comme si on avait passé la nuit ensemble, murmuré-je.

— Oui, comme si…

J'aimerais que cet instant dure toujours, que ça ne s'arrête jamais.

— Tu as refait des photos depuis la dernière fois ?

— Euh oui, quelques-unes... mais pas aussi belles. En même temps, je ne suis pas retournée dans un endroit aussi magnifique.

— Ce n'est pas l'endroit qui compte.

Il se lève et ouvre la fenêtre du salon qui mène au balcon. Je comprends immédiatement : le lever de soleil. Je vais chercher mon appareil photo et le rejoins dehors.

Je ferme les yeux et souris. Une chaleur monte en moi et je me mets immédiatement à photographier la ville et le lever du jour. Je n'avais jamais remarqué que la vue de mon balcon pouvait être aussi belle.

Il se positionne derrière moi pour m'embrasser dans le cou et je continue à prendre des photos en savourant ses baisers. Je nous fais virevolter de façon à être dos au lever de soleil en restant dans cette même position. Je place l'appareil photo en l'air, et je lui colle un baiser sur la joue en appuyant sur le bouton.

Notre premier selfie.

Chapitre 33

Cela fait bien un bon quart d'heure que je suis devant chez ma mère sans oser frapper. Elle m'a appelée plusieurs fois cette semaine pour qu'on se voie et j'ai fini par accepter sur les bons conseils de Fanny et Mina. Faut dire qu'elles m'ont quasiment forcée. J'ai passé la soirée à les écouter me déblatérer leur moralité familiale, qu'on n'a qu'une seule mère, etc.

J'écrase ma clope, respire un bon coup et frappe à la porte. Elle m'ouvre instantanément, comme si elle m'attendait dans l'entrée. Hésitante, elle me sourit avant de m'ouvrir les bras.

— Bonsoir ma chérie.

Je l'enlace rapidement puis me dégage de son étreinte.

Une fois installées dans le salon, nous prenons l'apéro sans rien dire et ça ne me dérange vraiment pas. Mais comme je m'en doutais, elle finit par rompre ce précieux silence :

— Emy, j'ai beaucoup réfléchi à notre dispute et j'aimerais que tu m'écoutes jusqu'au bout sans t'emporter.

Je termine mon verre d'une traite avant de le poser sur la table basse.

C'est parti...

— Je n'ai pas aimé la façon dont tu m'as parlé, mais je peux comprendre qu'il s'agisse d'un sujet sensible alors... je tiens à m'excuser.

Maman qui s'excuse ? Waouh !

— J'aimerais juste que tu comprennes que j'en ai marre d'être à l'écart de ta vie, continue-t-elle. J'aimerais que tu te dévoiles plus, que tu me parles !

C'est vrai que je ne lui raconte jamais rien. J'ai beau essayer, nous ne sommes pas proches, c'est comme ça. J'étais très complice avec mon père plus jeune et quand il est parti, j'ai eu du mal à communiquer, surtout avec ma mère. Le fait qu'elle fasse un pas vers moi me pousse tout de même à faire un effort.

— OK maman, je vais essayer.

— Très bien alors...

Elle marque une pause avant de continuer :

— Tu vas me le présenter quand ?

Elle sourit largement tandis que je me mords l'intérieur de la joue pour maîtriser mes paroles. Je pourrais lui mentir à nouveau, mais faut croire que maman me connaît bien, finalement...

— Je te promets de lui en parler.

Non, mais qu'est-ce que je raconte ?

— C'est vrai ? demande-t-elle en bondissant de sa chaise.

Je souris en tentant d'y croire. Comme si tout ça pouvait être possible !

— Oui maman, mais je ne suis pas sûre qu'il accepte.

Je cherche rapidement une excuse avant de poursuivre :

— Je ne sais pas si c'est assez sérieux pour lui au point de rencontrer ma mère, tu vois ? Je veux éviter de le faire flipper...

Je fais mine de rire et elle se joint à moi.

— Très bien, j'attendrai ! répond-elle gaiement.

Surprise, je me mets à l'observer longuement. J'ai carrément l'impression d'avoir illuminé sa journée avec ce simple aveu et bizarrement, ça me fait plaisir de la voir comme ça.

— Je dois monter dans mon ancienne chambre si ça ne te dérange pas. Je cherche un ancien bijou.

— Très bien, ma chérie, je vais dresser la table en attendant.

En arrivant dans ma chambre, je me rends compte que ça fait plusieurs années que je n'y ai pas mis les pieds. Je comprends immédiatement pourquoi quand un mélange de nostalgie et de souvenirs me transperce le cœur.

Finalement, ma mère a sûrement un peu raison, je n'ai jamais fait mon deuil de toute cette histoire. Je regarde autour de moi et les images de mon passé me font trop mal pour que je reste plus longtemps.

Sans perdre une minute de plus, je me précipite jusqu'à ma commode et fouille dans ma boîte à bijoux. J'y trouve une tonne de broutilles, surtout des bracelets et boucles d'oreilles en toc. Il y a un bracelet avec des cœurs et les lettres E-M-F, ce qui me fait sourire. Fanny et Mina avaient le même, c'était le bracelet de l'amitié. Je le mets dans la poche de mon jean et fouille encore jusqu'à trouver ce que je cherchais : un collier en or blanc que m'avait offert mon père. Quand j'ouvre le pendentif, j'ai un terrible pincement au cœur en y découvrant une photo de lui et moi. Les larmes me montent immédiatement aux yeux, mais je secoue la tête et la retire afin d'y placer celle de Samy et moi. Je passe mon doigt dessus en souriant. On est beaux tous les deux.

Je sursaute et pousse un petit cri quand ma mère m'appelle pour dîner. Je referme vite le bijou avant de le passer autour de mon cou et de le cacher sous mon t-shirt.

Je sors de ma chambre et, avant d'éteindre la lumière, je balaie une dernière fois la pièce du regard qui s'arrête sur une guitare, derrière mon ancien lit. C'est celle de papa. Je ferme les yeux et repense à toutes ces soirées où il me jouait des morceaux. Les larmes que j'ai l'habitude de retenir quand je pense à lui coulent désormais sur mon visage, sans que je ne puisse les arrêter.

Carole monte les escaliers tandis que je tente de les sécher rapidement.

— Maman...

Je lui tourne le dos pour fermer la porte de la chambre et me racle la gorge afin de reprendre une voix normale :

— Pourquoi la guitare de papa est-elle dans ma chambre ?

Face à moi, elle s'appuie contre le mur du couloir.

— Il l'a laissée quand il... est parti, répond-elle tristement. Je l'avais mise dans le garage, mais une fois que tu as quitté la maison, je l'ai mise là.

Je tente de mettre fin à cette discussion en me dirigeant vers les escaliers, mais elle reprend, avant que je ne descende la première marche :

— Il a dit qu'il ne jouerait plus tant que tu ne lui adresserais pas la parole. Il ne jouait que pour toi, Emy.

Sans pouvoir me contrôler, je pose mes mains sur mon visage pour cacher mes sanglots que je ne peux plus du tout retenir.

— Il ne se doutait sûrement pas à cette époque qu'il ne jouerait plus jamais...

— Ça suffit maman, s'il te plaît.

Ma voix tremble et j'ai du mal à retenir mes larmes. Je m'assois sur la première marche avant d'enfouir mon visage entre les mains. Ma mère, elle, ne bouge pas d'un poil. J'imagine qu'elle est gênée et ne sait pas quoi faire. Je n'ai pas l'habitude de craquer devant elle et nous n'avons a jamais été très « câlin » toutes les deux.

— Maman, ça ne te dérange pas si je rentre ? Je suis désolée…

— Bien sûr, répond-elle tristement.

J'étais persuadée qu'elle allait insister pour que je mange un morceau avant de partir, mais elle a sûrement compris que ça ne servirait à rien.

— Emy…

Je ne me retourne pas et reste assise sur l'escalier, la tête baissée et mes mains toujours sur mon visage. Après une minute sans réponse, elle décide de continuer :

— On n'en a jamais réellement parlé, mais… pourquoi tu n'as jamais voulu reprendre contact avec lui ?

Je relève brusquement la tête.

— Non, maman !

Vivement, elle s'approche de moi.

— Je t'en prie Emy ! Moi aussi j'ai beaucoup souffert, après tout c'est moi qu'il a quittée ! Tu n'es pas obligée de subir tout ça !

Sans vraiment comprendre pourquoi, ma mère m'a toujours mise dans des états de rage incroyable, même sans rien dire de particulier. Je me lève avant de descendre les escaliers.

— Emy, attends ! lance-t-elle en les dévalant derrière moi.

Elle ne voit pas que je ne veux plus lui parler ?

— Tu vois, tu me promets de faire un effort et tu recommences !

Je m'arrête net devant la porte et me retourne pour lui faire face. J'essaie de m'exprimer le plus calmement possible :

— C'est notre famille qu'il a trahie, maman.

— Non Emy, tu confonds tout.

— C'est toi qui ne comprends rien !

Mon calme disparait et je respire bruyamment, tentant de ne pas éclater, mais en vain.

— Tu sais ce que ça fait de ne plus avoir de père du jour au lendemain et de voir sa mère déprimer ? De devoir grignoter tous les soirs, car ma mère n'était plus capable de s'occuper de moi ? De passer mes week-ends seule alors que mes amies étaient en famille ?

— Emy…

— Non, maman ! Je ne veux pas d'explications, je n'en ai jamais voulu ! Je lui en veux d'avoir brisé notre famille ! Je lui en veux d'avoir eu à subir tout ça ! Et le pire de tout c'est que…. Non, laisse tomber.

— Quoi ?

— Laisse tomber maman, je suis épuisée. Je dois y aller.

Ma mère ne pleure pas, mais elle a les larmes aux yeux, ce qui est déjà une première pour un caractère aussi dur que le sien. Voilà pourquoi je ne parle jamais de mon père. Voilà pourquoi je chasse toute pensée de lui. Penser ou parler de papa nous apporte que de la souffrance et rien d'autre.

Je sors de chez elle sans qu'elle ne me retienne et je me force à rajouter une dernière chose avant de fermer la porte :

— Je ne t'en veux pas maman.

Je cours jusqu'à ma voiture sans me retourner. J'allume mon poste et attends un peu avant de démarrer afin de reprendre mes esprits. Je ne peux pas conduire dans cet état ! La musique que j'écoutais en arrivant se remet en route : Ed Sheeran — photograph.

Je m'adosse à mon siège et écoute attentivement en fermant les yeux. Évidemment, je pense à Sam et à cette merveilleuse soirée à Montmartre. Cette chanson est vraiment magnifique. Je la relance une nouvelle fois afin de me concentrer sur l'instrument. *De la guitare…* J'ouvre grand les yeux et augmente le son. Elle n'est jouée qu'avec une guitare ! *Comment je ne m'en étais pas aperçue avant ?*

Je sors rapidement de ma voiture et cours jusqu'à chez ma mère. Je frappe plusieurs fois à la porte jusqu'à ce qu'elle m'ouvre, les yeux bouffis et écarquillés.

— Emy, ça va ?

Je la frôle légèrement en rentrant chez elle.

— Maman s'il te plaît, ça ne te gêne pas si je prends la guitare ?

Elle me fixe, plus étonnée que jamais.

— Non, bien sûr que non, mais… tu joues ?

Je suis déjà au milieu des escaliers quand je lui réponds :

— Non, mais j'en ai besoin.

Je récupère l'instrument et repars aussi vite que je suis arrivée en lui collant un baiser rapide sur la joue avant de sortir.

— Merci maman ! Je t'appelle.

Sans rien dire, elle me fixe avec un air ahuri, se demandant sûrement quelle mouche m'a piquée. Mes larmes ont disparu et je suis dans un état d'excitation incompréhensible.

Je démarre en trombe tout en envoyant un message à Samy. Je n'aime pas écrire au volant, mais je suis trop excitée pour attendre un feu rouge.

Je peux passer ? Dis oui.

Il me répond quelques minutes plus tard :

Tout va bien ?

Je suis là dans quinze minutes, d'accord ?

Je mets mon téléphone en l'air devant moi, de façon à voir la route et mon écran en même temps.

Je souris quand je reçois sa réponse :

OK.

***

À peine a-t-il ouvert sa porte que je lui saute dessus pour le prendre dans mes bras.

— Ça ne s'est pas bien passé avec ta mère ? demande-t-il en m'attrapant par les épaules pour me faire reculer et voir mon visage.

— Non... enfin on peut dire que si finalement !

Je sors complètement de son étreinte pour entrer en sautillant. En fermant la porte derrière lui, il me regarde, perplexe.

— Euh, c'est une guitare ? me questionne-t-il.

— Oui...

Je lui souris et il lève un sourcil interrogateur.

— Samy je... tu sais, je n'ai jamais réellement compris mon intérêt profond pour toi.

Il fait maintenant mine d'être vexé, mais son demi-sourire le trahit.

— Enfin si bien sûr, enfin attends je t'explique. C'est vrai quoi, qui accepterait d'avoir une relation de ce genre ? Avec un homme qui est horrible un jour et adorable le lendemain ?

Je m'embrouille et parle vite. Il continue de me fixer en croisant les bras, avec un léger sourire moqueur. Je tente de reprendre mon souffle avant de continuer :

— Samy, en fait tu es… tu ressembles à mon père ! Je n'arrivais pas à trouver ce qui était aussi spécial en toi, mais j'ai compris pourquoi je t'… enfin pourquoi tu comptais pour moi.

Je secoue la tête pour reprendre mes esprits.

— Voilà, tu lui ressembles.

Il décroise les bras et s'avance de quelques pas.

— Mi-figue mi-raisin ?

Il sourit, mais son regard demeure interrogateur.

— Oui, mais aussi passionné et intéressé par les autres. Samy, tu m'as aidée à reprendre la photo. Tu es devenu la muse que j'avais perdue !

Il lève les bras en l'air.

— Non attends Emy, je n'ai rien fait et ne dis pas que je suis ta muse s'il te plaît !

Ça y est je l'ai énervé !

— Mais si ! Samy, j'ai compris tout ça en écoutant l'une des chansons que tu aimes tant.

J'attrape la guitare et la lui tends. Il recroise les bras afin de me fixer plus que surpris.

— Tu me fais quoi là ?

— J'ai compris qu'elle était ta passion.

En soufflant, il recule légèrement, mais je reste avec mon bras tendu vers lui, la guitare à la main.

— Non Emy, je ne jouerai pas.

— Je t'en prie Sam.

— Emilie…

— Fais-moi confiance comme je t'ai fait confiance. S'il te plaît.

Il ne répond pas et baisse les yeux au sol.

— Sam… ne me demande pas pourquoi, mais j'en ai besoin.

Il relève les yeux vers moi et j'insiste encore :

— Juste une… une seule, pour moi.

Hésitant, il finit par attraper l'instrument.

— Ça fait des années que je n'ai pas joué, m'informe-t-il en soupirant.

— Je ne te jugerai pas.

Légèrement ému, il la caresse avant de s'asseoir sur le bord de son fauteuil et place la guitare de mon père sur ses jambes. Je m'installe à mon tour sur le canapé, face à lui.

Il respire fortement et attend quelques minutes avant de poser ses doigts sur les cordes. Je reconnais immédiatement le morceau. Le début de *notre chanson*. Je pose immédiatement mes mains sur mon visage pour tenter de cacher cette émotion intense et indescriptible qui s'abat sur moi. Cette chanson me fait déjà de l'effet, mais là, c'est incroyable ! Il est concentré et ne regarde que la guitare. *Dieu ce qu'il est beau !*

Le rythme accélère et il se lâche un peu plus en prenant plaisir à jouer. Quand il lève enfin la tête et qu'il plonge son regard dans le mien, je suis à deux doigts de l'évanouissement. Je le fixe d'une manière intense, telle une fille amoureuse. C'est ça, je le regarde avec les yeux de l'amour. Tant pis s'il le remarque, cet instant est et restera unique.

Qu'est-ce que c'est sexy un homme qui joue de la guitare ! Il est tout simplement magnifique ce soir. Il ne porte qu'un simple jogging noir et un t-shirt blanc, mais je ne l'ai jamais trouvé aussi beau qu'à cet instant.

C'est la fin de la musique et il s'arrête en faisant un grand mouvement de guitare très bruyant, comme les stars à la fin d'un concert, ce qui nous fait rire tous les deux.

Il reprend son sérieux et pose son menton sur le dessus de l'instrument afin de me regarder intensément, les yeux brillants.

— Sam… je crois que je n'ai jamais autant eu envie de quelqu'un qu'à cet instant.

Sans le moindre sourire, il se lève afin de poser la guitare sur la table basse et me tend la main pour m'aider à me relever à mon tour. Doucement, il pose ses mains autour de ma taille avant d'enfouir son visage dans mon cou.

Seigneur, je vais mourir...

Jamais Samy n'a été aussi doux et attentionné.

Ce moment est si tendre et sensuel à la fois que je voudrais qu'il dure des heures. Je place mes mains derrière sa tête pour lui caresser les cheveux et nous restons comme ça durant quelques minutes que je savoure pleinement.

Réellement, nous n'avons jamais été aussi proches qu'à cet instant ! Je sens de l'émotion entre nous, bien plus qu'il ne pourra jamais l'admettre.

Quand il retire son visage, il me soulève en m'attrapant fermement par les cuisses et je me mets à rire. Lui en revanche n'exprime aucune émotion. Il plonge ses prunelles dans les miennes tout en m'emmenant dans sa chambre…

***

— Je n'ai pas envie de partir, avoué-je.

Blottie dans ses bras, je caresse son torse et lui une mèche de mes cheveux. Je repense à lui en train jouer de la guitare rien que pour moi, mais je tente d'éviter le sujet. Je ne veux pas que ce soit trop pour lui.

— Comment tu as su pour la guitare ?

Tiens, c'est lui qui en parle finalement !

— Chez ma mère. Je suis allée dans ma chambre récupérer quelque chose et j'ai vu la guitare. Ensuite, j'ai écouté attentivement notre chanson et j'ai su… ça a été comme un flash. Pourquoi as-tu arrêté de jouer ?

— Eh bien, on ne joue pas vraiment de la guitare dans mon milieu. On ne joue d'aucun instrument d'ailleurs.

Je me redresse pour lui faire face.

— Comment ça ? demandé-je, intriguée.

— Tu ne peux pas comprendre.

Il place ses mains derrière sa tête afin de fixer le plafond.

— Je peux essayer, réponds-je, vexée.

— Emy, la musique, les artistes tout ça… ce n'est pas le style de la maison. Enfin, tu as déjà vu un Arabe jouer de la guitare ?

Il rit, mais je garde mon sérieux. Même si je sais parfaitement ce qu'il veut dire, je m'y résigne. Je comprends sans comprendre en fait.

— Non, ce n'est pas normal si tu aimes…

— Écoute Emy, tu ne vas pas refaire les mœurs et moi non plus. C'est comme ça et c'est tout.

— OK.

Je ne compte pas l'énerver. Surtout pas à l'heure où il va bientôt se rhabiller et me dire que je dois rentrer.

— Bon, et tu faisais quoi dans ta chambre de jeune fille ?

Il soulève les sourcils et fait son air coquin en me caressant l'épaule.

— Je suis allée chercher ça.

Je lui montre mon collier autour du cou avec un large sourire. Il l'attrape afin d'ouvrir le pendentif. Quand il y découvre notre photo, son visage se décompose et je comprends à cet instant que je n'aurais pas dû le lui montrer. Notre soirée était si personnelle et intime que je n'ai pas réfléchi. Je me suis sentie comme un couple normal, mais l'expression de son visage me ramène à la réalité.

— Emilie, tu es folle ou quoi ?

D'un bon, il se relève vivement pour se rhabiller.

— Je ne laisserai personne le voir, je te le promets !

— Ce n'est pas la question ! Mais enfin, je ne suis pas ton petit ami Emilie !

Ces simples mots m'écrasent la poitrine et la bile me monte à la gorge. Je retiens mes larmes de toutes mes forces et tente de répondre calmement :

— Je sais, mais…

— Non, il n'y a pas de « mais » Emilie !

Il hurle si fort qu'il me fait sursauter. Je n'arrive pas à comprendre comment il peut me dire de telles choses après le moment que nous avons passé ce soir.

— Ne t'énerve pas comme ça, le supplié-je.

Il se rassoit au bord du lit, totalement rhabillé.

— Si tu n'es pas capable de faire la part des choses…

Je l'empêche de dire ce que je ne suis pas prête à entendre. Je ne peux pas, surtout pas maintenant.

— Non, attends !

Je me lève totalement nue et me positionne à genoux devant lui, mes bras sur ses genoux. Il recule son buste en arrière, les sourcils toujours froncés.

— Sam, j'ai bien compris ! Je ne peux t'avoir qu'en photos... je le sais Sam. Je...

Je retire le collier de mon cou avant de continuer :

— Je ne recommencerai pas.

La main tremblante, je lui tends le collier qu'il attrape pour le mettre dans sa poche avant de retirer mes bras de ses jambes et de se lever.

— Rhabille-toi, je te ramène.

Comment peut-il me traiter ainsi ? Je me sens humiliée de l'avoir supplié comme ça, à genoux et totalement nue. Complètement meurtrie, je me rhabille et le suis en faisant exprès d'oublier ma guitare posée sur la table.

Il me fait carrément la gueule durant tout le trajet et c'est pareil pour moi. OK je n'aurais pas dû pour le pendentif, mais sa réaction est excessive ! Il vient encore une fois de tout gâcher.

Arrivés devant chez moi, j'ouvre la portière sans rien dire. Je me sens mal et je ne veux pas qu'il s'en aperçoive. C'était une règle primordiale : pas de sentiments. Et si je lui parle, je serais grillée.

— Emy, me stoppe-t-il.

Je me retourne pour lui faire face.

— Tu sais, la religion compte plus que tout pour moi. Je ne cesserai jamais d'obéir à Allah. Jamais.

Tristement, il pose une main sur ma joue.

— Tu comprends ?

Je hoche la tête sans répondre.

Je comprends qu'il n'y aura jamais rien entre cet homme et moi. Je comprends, mais je n'arrive pas à l'intégrer. On est si bien l'un avec l'autre. Pourquoi son Dieu se met-il en travers de nous ? Je sais qu'il n'y a rien à dire, je n'arriverai pas à lui faire changer d'avis et au fond, ce n'est pas non plus ce que je souhaite. Ce n'est pas le genre d'homme dont je rêvais, c'est sûr, mais voilà, je n'arrive pas à faire autrement, je n'arrive pas à imaginer ma vie sans lui.

Je ne peux toujours pas parler alors je branche mon téléphone à sa voiture et cherche une musique dans ma playlist. Il ne dit rien et se contente d'attendre en m'observant. Je mets alors la musique de Rihanna – Stay (reste).

Il détourne le regard et soupire avant de poser ses bras tendus sur le volant en fixant un point droit devant lui. Je remarque sa mâchoire se contracter et je donnerais tout pour savoir à quoi il pense.

Je pose ma main sur son bras quand on entend les paroles :

I want you stay

« Je veux que tu restes »

Sans que je m'y attende une seconde, il coupe le moteur et me fais signe de sortir de la voiture. J'ai réussi à le convaincre ! Je crois avoir trouvé le moyen de lui parler franchement. Par la musique. Cette façon si intense de faire passer le bon message.

Une fois chez moi, il s'installe sur mon canapé en silence, le regard dans le vide. Il a l'air complètement perdu et je m'en veux de le voir si mal.

Je branche mon téléphone pour mettre une musique de fond et m'assois par terre, la tête posée sur l'assise du canapé de manière à pouvoir le regarder.

Sans savoir pourquoi, je me mets à lui raconter ma soirée avec ma mère, notre conversation… J'en viens même à lui parler de mon père en lui racontant mon dur passé d'adolescente et ce que j'ai ressenti le jour où je l'ai surpris avec une autre femme. Désormais il sait tout de moi. Cet abominable secret qui a détruit mon adolescence et que seules Fanny et Mina connaissent. Ça n'a pas l'air comme ça, mais ça a pourtant été la scène la plus traumatisante de toute mon existence.

Je m'arrête honteuse, quand quelques larmes dévalent mon visage, mais il m'attrape la main pour me pousser à continuer. Je le remercie du regard et inspire profondément avant de poursuivre :

— J'ai vu un message sur le téléphone alors je l'ai suivi. Je n'y croyais pas moi-même, mon père, cet homme merveilleux que j'avais toujours considéré comme un héros. Mon héros. Et je l'ai vu, avec cette femme. Il m'a supplié de ne rien dire à ma mère. Il m'a dit que je détruirais notre famille si je parlais. Alors je n'ai rien dit. J'ai été complice de ce mensonge pendant plus d'un an. J'ai vécu un an sans pouvoir regarder ma mère dans les yeux, remplie de culpabilité. Un an en m'éloignant petit à petit de mon père, envers qui ma haine augmentait jour après jour.

Samy me fixe en attendant la suite. Il a l'air subjugué par mon histoire, comme s'il regardait un film.

— Et ensuite, comment l'a-t-elle appris ?

— Mon père a fini par la quitter. Il était tombé amoureux de cette femme.

Il se penche afin d'essuyer les larmes de mes joues et ce simple geste me donne des frissons dans tout le corps.

— Tous ces sacrifices pour qu'il nous quitte quand même. Puis, j'ai vu ma mère sombrer sans jamais réussir à se relever. C'était l'amour de sa vie, tu comprends ? Il était tout pour elle.

— Ce n'est pas ta faute, Emy. Tu voulais sauver ta famille.

Je n'avais jamais imaginé que ça pouvait me faire du bien de parler de tout ça. Je me sens comme soulagée d'un poids. Ce qu'il vient de me dire me rassure énormément. Je me sens tellement mal vis-à-vis de ma mère, mais en réalité… je ne suis peut-être pas coupable ?

Il me conseille malgré tout de revoir mon père, mais je coupe court à cette conversation : il en est hors de question. Il n'insiste pas et nous finissons par parler de sa famille, sa religion. Il m'explique l'importance de Dieu dans sa vie. Il me raconte même quelques histoires du Coran et je m'en veux de ne jamais avoir écouté Mina à ce sujet.

— Je suis née dans une famille athée, l'informé-je. Je n'ai jamais cru en Dieu.

Un léger sourire aux lèvres, il se met debout et me prend la main afin de m'emmener jusqu'à la fenêtre du salon. Nous allons encore une fois assister au lever de soleil ensemble. Je n'ai pas vu le temps passer, à discuter de nous pendant des heures.

Il passe son bras autour de ma taille et je pose ma tête sur son épaule.

— Regarde-moi ça Emy, regarde cette beauté. Tu crois vraiment que personne n'est à l'origine de tout ça ? Que tout est apparu comme par magie ?

Je suis subjuguée par la beauté du soleil qui s'éveille et s'étire dans le ciel. Les premiers rayons de lumière illuminent la ville, et mes yeux.

Merde alors ! Comment a-t-il pu me mettre le doute en une seule seconde ? Je continue de fixer l'horizon en me demandant : *Et s'il n'avait pas tort ?* Tout ça est tellement plus grand que nous simples humains… je veux dire… il m'arrive de me demander parfois s'il n'y a pas quelque chose de plus fort que nous…

— Je dois y aller Emy.

Il se détache de moi et je crois avoir compris quelque chose ce soir. Dès qu'il pense à son Dieu, il pense à l'erreur qu'il fait d'être avec moi.

— Reste encore un peu.

Je lui prends la main pour l'entraîner dans ma chambre et il me suit sans hésiter, ce qui, encore une fois, me surprend. Nous nous allongeons tous les deux sur le dos en regardant le plafond.

— Tu m'as dit que tu voulais te marier et avoir des enfants, tu en veux combien ? demandé-je les yeux déjà clos.

— Je ne sais pas, mais je veux une grande famille.

Je souris en imaginant l'impossible : lui et moi mariés avec quatre enfants qui courent autour de nous. Nous rions, rions très fort. Et je m'endors avec cette magnifique image.

Chapitre 34

C'est l'odeur du café chatouillant mes narines qui me réveille et je mets quelques minutes à émerger… *Oh mon dieu, Samy !* Je me lève d'un coup et fonce au salon. Mais il est encore là. Je peine à y croire. Il a passé la nuit ici ! La tête posée contre le mur, un sourire idiot flotte désormais sur mes lèvres. Complètement à croquer dans son jogging de la veille uniquement, il est là, en train de préparer le café.

— Bonjour.

— Bonjour marmotte ! J'ai bien cru que j'allais devoir me préparer moi-même mon petit déjeuner !

Il attrape sa tasse avant d'aller s'installer devant la télé.

— Je n'ai pas droit à un café moi ? demandé-je d'une voix encore endormie.

Il me montre la machine du doigt. J'avais presque oublié que la galanterie n'était pas son fort. Mais ça ne fait rien, il est chez moi ce matin et j'en suis heureuse. Je me prépare mon café et quelques tartines au beurre que je dépose sur la table basse du salon avant de m'asseoir près de lui. Il se jette dessus et en dévore rapidement quelques-unes.

Il est concentré sur une émission de foot et je le laisse tranquille, me faisant un plaisir de le regarder. Au bout d'une demi-heure de silence, je finis par lui demander :

— Tout va bien ?

Il attrape la dernière tartine qui restait dans l'assiette et me répond avant de croquer dedans :

— Oui, pourquoi ?

— Je ne sais pas tu es…. froid ce matin.

Il rigole.

— Non Emy, je suis moi.

Surprise, je hausse les sourcils. *Qu'est-ce que ça veut dire ?*

— Emy, je ne suis pas du genre à cuisiner ou préparer le petit déjeuner. C'est une affaire de femme.

Une affaire de femme ? *Non, mais je rêve, quel sexiste !* J'essaie de me calmer avant de répondre. Je sais très bien qu'il s'agit de sa mentalité. J'ai déjà eu le débat plusieurs fois avec Mina et je sais que ça ne servira à rien, à part lui montrer encore une fois que nous sommes trop différents.

— Tu as enfreint l'une de tes règles…, dis-je en tentant de ne pas rire.

— Je sais.

— Alors… on peut transgresser quelques règles ?

Pitié dis oui et embrasse-moi !

Mon amant se détourne enfin de l'écran pour me regarder.

— Juste celle-là bébé.

Il se rapproche pour m'embrasser sur le coin de la lèvre pendant que mon cœur fait la danse de la joie. J'adore quand il m'appelle comme ça !

Je m'apprête à prolonger notre baiser quand il se lève.

— Allez, habille-toi, on sort.

Chapitre 35

Je ne peux m'empêcher d'admirer le paysage même si je suis déjà venue. Samy voulait se promener au jardin du Luxembourg aujourd'hui, et ce n'est sûrement pas moi qui allais le contredire.

Il fait un peu frais, mais le soleil brille.

— Dommage, je n'ai pas pris…

Il ne me laisse pas le temps de finir qu'il sort mon appareil photo du sac en me faisant un sourire à en tomber par terre. Je me mords la lèvre pour éviter de lui sauter dessus. *Comment c'est possible d'être aussi craquant ?*

J'attrape l'appareil pour prendre ma première photo, mais il me retient.

— Attends…

Samy me place un casque sur les oreilles et me dit doucement avant de lancer la musique :

— Prends en photo ces magnifiques œuvres de Dieu.

La chanson de Coldplay — Paradise démarre, me faisant sourire.

Je me sens encore plus à l'aise dans un endroit comme celui-ci où les gens pique-niquent dans l'herbe tranquillement, les enfants jouent un peu plus bruyamment et où la nature me fait oublier le bitume parisien. Alors, je mitraille tout sans me laisser le temps de respirer.

En y repensant et en regardant autour de moi, je me dis que la nature est bien faite. Si bien que… finalement ce ne peut être qu'une œuvre divine, non ? Et si Samy avait raison ? Je repense à notre discussion. Finalement, c'est lui qui a la plus belle vision des choses. En fait, il voit la beauté partout et en toute chose. Parce que c'est l'œuvre de son Dieu. Sortant de mes réflexions plus que sérieuses, je rejoins Samy assit sur un banc.

Je lui colle un baiser sur la joue avant de m'installer près de lui.

— La prochaine fois, tu pourrais me jouer la musique au lieu d'apporter ton casque.

— N'y pense même pas !

J'éclate de rire. C'est vrai que j'ai un peu de mal à l'imaginer jouer dans un parc public.

Nous restons sur ce banc un long moment à discuter de la beauté de la nature. Et finalement, la conversation tourne autour de la création de Dieu et l'évolution. J'aime quand il parle de religion, il est si sûr de lui et paisible. C'est pourtant la raison qui nous sépare, mais… c'est également celle qui fait de lui l'homme qu'il est.

Je m'allonge en posant ma tête sur ses genoux.

— La prochaine fois, c'est moi qui t'emmène quelque part.

Il attrape une mèche de cheveux dans sa main avant de hocher la tête.

— Tiens et si ce soir on allait…

— Non, me coupe-t-il gentiment. Ce soir je ne suis pas libre.

— Ah…

Je fais la moue, ce qui le fait sourire.

— Mon frère va bientôt se marier et on a des choses à faire.

— Je ne savais pas que ton frère se mariait ! m'exclamé-je. Avec une musulmane, j'imagine ?

— Évidemment…

— Bien sûr… Comment se sont-ils rencontrés ?

Il est étonné de ma question et se demande sûrement ce que ça peut bien me faire, mais j'ai envie d'entendre une belle histoire d'amour. Une histoire simple, sans barrières.

— Ils ont une histoire assez particulière, commence-t-il.

Pas de chance !

— Ils se sont rencontrés il y a une dizaine d'années. Ils étaient très amoureux, mais trop différents. Elle est égyptienne et nos cultures divergent assez.

— Même entre vous ?

Je me mords immédiatement la lèvre pour avoir posé cette question, mais il sourit.

— Oui Emy, même entre nous. Ce sont juste des différences de culture, tu vois ?

J'ai posé la question sans réfléchir, mais je vois tout à fait. Mina est marocaine, son mari algérien et Dieu sait que ça a été difficile, surtout entre les deux familles au moment des préparatifs du mariage.

— Du coup ils se sont séparés au bout d'un an. Mais autant l'un que l'autre te diront qu'ils n'ont jamais pu se remettre de leur histoire. Ils ont fait leur vie chacun de leur côté pendant trois ans sans jamais s'oublier.

Je me relève pour lui faire face, impatiente d'écouter la suite, ce qui le fait sourire.

— Ne me dis pas qu'il l'a rejointe à l'aéroport ?

Il éclate de rire.

— Non Emy, sa vie n'a rien d'un conte de fées. Ils se sont juste revus par hasard au bout de trois ans de séparation et ils ont su ce jour-là qu'ils ne se sépareraient plus jamais. Ils sont donc ensemble depuis et mon frère l'a demandé en mariage. Et tu connais la suite.

— C'est magnifique.

Il sourit et je m'approche de lui pour l'enlacer. Nous restons comme ça quelques minutes quand il reçoit un message sur son téléphone.

— Je dois y aller Emy, je te ramène.

Je le serre encore plus fort.

— Je n'en ai pas envie.

— Moi non plus.

Cet aveu qu'il prononce d'une voix lasse et triste me provoque un frisson dans tout le corps. Une bulle d'espoir éclate dans ma poitrine. *Pourrait-il ressentir la même chose que moi ?*

Ma bouche se pose sur la sienne et je passe dangereusement ma langue sur sa lèvre inférieure.

— Emy...

Il gémit doucement et je sais qu'il en a également envie. Je le sens.

Alors, je tente délicatement de l'introduire dans sa bouche, mais il recule immédiatement.

— Emy, non.

— Excuse-moi, je...

— Je pensais avoir été clair sur cette règle. C'est important pour moi.

J'ai envie de lui répondre qu'il avait également été clair sur le fait de ne jamais passer de nuit ensemble, mais bon, il ne vaut mieux pas tenter le diable (enfin s'il existe). Je ne peux m'empêcher de me dire que j'arriverai également à déroger à cette règle, un jour.

Et cette idée me fait sourire jusqu'aux oreilles.

— Qu'est-ce qui te fait rire ?

— Rien, rentrons !

Chapitre 36

— D'où l'importance de faire des graphiques à ce sujet, on pourra mesurer l'évolution. Emilie, vous êtes d'accord ?

Edward me sort de ma rêverie.

— Euh oui.

Déjà une bonne heure que nous sommes en réunion et je n'ai pas réussi à écouter ne serait-ce qu'une phrase entière. J'attrape mon portable et constate que j'ai deux messages dans la conversation de groupe avec Mina et Fanny. Elles me demandent si on peut se voir ce soir et je réponds rapidement par l'affirmative avant de changer d'avis. Ça fait un moment que je ne les ai pas vues et je ne veux pas que Samy soit mon unique obsession, même si c'est un peu tard pour ça...

La réunion s'achève enfin et je suis l'une des premières à me précipiter vers la porte.

— Emilie.

— Oui ?

Je me retourne vers Edward, un peu gênée de m'être précipitée comme une ado après un cours ennuyeux.

— J'ai lu votre projet hier. Continuez ainsi. Il se pourrait qu'on se revoie très bientôt…

— Oh… merci Edward.

J'avais imaginé être un peu plus enthousiaste que ça, mais… c'est comme si évoluer ne m'intéressait plus. Bizarrement, depuis que j'ai repris la photo et que Samy m'a parlé d'en faire mon métier, je ne suis plus aussi motivée au travail. Non pas que je crois qu'il ait raison, mais… disons que j'y pense tout de même.

— Emilie ?

Edward me sort à nouveau de mes pensées, *merde!*

— Nous avons des photos à faire pour notre book sur le nouveau projet « Marquet ». Des photos de nos différentes boutiques installées dans Paris ainsi que les emplacements publicitaires. Monsieur Belaoui m'a parlé de vos talents de photographe alors j'ai pensé… enfin si vous êtes d'accord, j'aimerais que vous preniez en charge ce projet et fassiez les clichés.

Surprise, j'ouvre grand la bouche en sentant une poussée d'adrénaline monter en moi. Je ne sais pas si c'est le fait d'avoir enfin un projet qui m'intéresse ou l'attention que Sam a eue en parlant de moi, mais… je suis surexcitée !

— Avec plaisir Edward ! Je vous remercie de me confier ce projet, je promets de ne pas vous décevoir.

— Parfait, je regarde mon agenda et on se cale un rendez-vous pour reparler de tout ça.

Je sors de la salle de réunion sans pouvoir m'empêcher de sauter sur place et de crier :

— Oui !

Heureusement, personne ne m'entend.

Je n'y crois pas! J'ai enfin un projet à moi et de plus dans mon domaine. Je n'arrive pas à m'arrêter de sourire.

Je descends pour prendre ma pause cigarette en pensant à Samy, qui encore une fois a illuminé ma journée. Il va falloir que je me retienne de lui sauter dessus si je le croise aujourd'hui.

Mon sourire s'estompe instantanément quand je l'aperçois à la cafétéria en grande discussion avec une fille.

Mes mains se mettent à trembler et je passe de la joie à la colère en à peine quelques secondes.

C'est qui celle-là ?

Je tente de me cacher discrètement derrière une cloison pour observer la scène. Samy est assis avec son café à la main et cette pétasse blonde est debout en face de lui avec des documents aux bras. Elle est élégante, trop élégante même dans sa jupe crayon noire, son chemisier rouge cintré et ses talons d'au moins dix centimètres.

Mais qu'est-ce qu'il peut bien lui dire pour la faire rire autant ?

Ils cessent enfin leur discussion avant qu'elle ne reparte en direction des bureaux. La bile me monte à la gorge quand j'aperçois Samy se retourner pour la regarder partir.

Non non non...

Bon sang, j'en ai la nausée ! Je me doute bien qu'il regarde d'autres femmes, mais de le voir à l'œuvre est horrible. C'est comme si on m'enfonçait un couteau en plein cœur. J'ai l'air d'exagérer ? Je sais. Mais la simple idée qu'il puisse être attiré par une autre me fait tellement mal.

Le cœur lourd, je sors rejoindre Mika et Stella et j'enchaîne deux cigarettes en faisant semblant d'écouter leur discussion. Je me force même à rire à une blague de Mika que je n'ai même pas écoutée. Je n'arrive pas à me concentrer, je n'arrête pas d'imaginer cette scène où Samy matait cette blonde ! *Et si elle lui plaisait ?* S'il lui proposait le même compromis qu'à moi ? Non ! Je secoue la tête pour effacer cette idée.

Je retourne à mon bureau de plus en plus contrariée. Je tente désespérément de me mettre au travail, mais je reste bloquée sur cette image de lui avec cette femme.

— Bonjour Emilie.

— Euh salut.

Je jette un rapide regard vers Samy, debout devant mon bureau, avant de faire mine de l'ignorer pour me remettre au travail. Je bous de l'intérieur, même si je sais que ma réaction est carrément démesurée.

Bon sang calme toi !

Un léger sourire moqueur aux lèvres, il repart à son bureau.

Je rêve ou il se fout de moi là ?

Ma colère grandit de minute en minute et je ne peux pas rester comme ça. Sans réfléchir, je me précipite dans le couloir de la direction et entre en trombe dans son bureau.

Je porte une robe noire toute simple et relevant lentement les yeux comme si mon entrée fracassante ne l'avait pas surpris, il se met à fixer mes jambes sans aucune discrétion. Quand je croise mes bras contre ma poitrine avec un regard mauvais, il éclate de rire.

— Qu'est-ce qui te fait rire comme ça ? braillé-je.

— Toi.

— Et pourquoi je te fais rire ?

Il tente difficilement de reprendre un air sérieux.

— Tu ne devrais pas être jalouse…

— Quoi ? Comment ça jalouse ?

— J'ai vu que tu m'observais tout à l'heure.

Merde.

— Je t'ai vue dès que tu es entrée dans la pièce, Emy.

Là, je suis perdue. Est-ce qu'il m'en veut ? Est-ce que je lui en veux encore ? Je ne sais plus quoi penser, mais mes joues sont rouges de honte.

— Bien et… tu as fait exprès de…

— Peut-être bien, répond-il en souriant.

Je n'arrive pas à croire qu'il ait essayé de me rendre jalouse. Il me dit peut-être bien, alors peut-être qu'il la regardait finalement ? Bordel, mais qu'est-ce qu'il m'arrive ? Je n'aime pas être comme ça. Je déteste ça même ! Moi qui suis contre la jalousie et pour la liberté d'esprit…

— Retourne travailler maintenant.

Sans rien dire, je recule en soutenant son regard.

— Tu sais… dit-il avant que je sorte de la pièce. Je n'ai jamais aimé les blondes.

Je l'entends rire en refermant la porte et je souris nerveusement. Je suis partagée entre le soulagement et la crainte d'avoir réagi ainsi.

Cet homme me rend complètement dingue et le pire… c'est que j'adore ça !

Chapitre 37

Durant le trajet du retour, je me remets à penser à ma journée et l'unique chose qui me revient à l'esprit est cette scène pathétique.

C'est lorsque je tente de chasser cette idée que je me souviens alors de la bonne nouvelle. Mon chef m'a proposé un projet photo !

Et comme une idiote, j'ai complètement oublié de remercier Samy avec cette histoire ridicule.

Je me gare devant le Napoli avant de lui envoyer un message :

Merci pour le projet photo, ça m'a énormément touchée...

J'attends quelques minutes en fixant mon téléphone, mais pas de réponse. Mes amies arrivent et je les rejoins à l'intérieur.

***

— Pour moi ce sera pizza royale ! annoncé-je.

Je tends le menu au serveur avant de me concentrer sur Mina.

— C'est vrai, j'en peux vraiment plus les filles, j'espère accoucher avant le terme.

Nous rions avec Fanny. Mina est à peine à huit mois de grossesse et elle se plaint à longueur de journée.

— Non je n'exagère pas ! grogne-t-elle en apercevant notre expression. Et puis vous connaissez Mehdi, c'est moi qui fais tout à la maison.

Voilà un sujet qui m'exaspérait, mais que je commence à mieux comprendre, même si je trouve ça toujours aussi sexiste. En fait, je conçois mieux le fait qu'on puisse pratiquement tout accepter par amour. Même ce qui me paraissait inacceptable.

— Il ne t'aide pas un peu plus du fait que tu sois enceinte ? lui demande Fanny.

— Non, c'est encore pire ! Il dit que je suis à la maison toute la journée donc j'ai encore plus de temps pour faire mon rôle de femme.

Elle jette un coup d'œil gêné dans ma direction et je sens qu'elle attend une réaction négative de ma part.

— Je comprends que ce ne soit pas facile, mais tu étais d'accord dès le départ pour vivre comme ça, non ?

Mes amies me fixent bouche bée. Même moi je n'arrive pas à croire que j'aie dit ça, alors…

— En tout cas, on a hâte de voir cette merveille ! dis-je gaiement pour changer de sujet.

— Oh oui, on est tellement impatients !

Mina me sourit, mais Fanny, elle, continue de me fixer bizarrement. Elle décide de passer du coq à l'âne, comme à son habitude :

— Et toi alors Emy ?

Je fais mine de ne pas comprendre, mais je sais très bien qu'elles veulent me parler de Samy, enfin Sam. Il faut absolument que je fasse attention à comment je l'appelle devant elles. Je me pince la lèvre en me rendant compte que je ne leur avais jamais menti de ma vie. Jusqu'à aujourd'hui.

Mina insiste :

— Oui, tu nous fais une soirée déprime pour un homme à qui tu ne plais soi-disant pas et qui au final débarque chez toi à l'improviste pour t'emmener faire des photos !

Elle éclate de rire et Fanny termine sa phrase, comme si elles s'étaient entraînées avant :

— Pour ensuite nous dire que vous avez juste passé une bonne soirée, mais qu'il n'y aura rien d'autre.

Elles me fixent toutes les deux, le sourire en coin, en attente d'une explication.

— C'est compliqué…, dis-je en soupirant.

— Vous êtes ensemble ou non Emy ? C'est simple pourtant, pourquoi on a l'impression que tu nous caches quelque chose ?

Fanny semble limite énervée, ce qui ne lui ressemble pas.

— C'est que… Sam ne veut pas de relation sérieuse. Il veut juste… s'amuser.

— Quoi ?

Elles me regardent abasourdies, la bouche grande ouverte.

— Emy, ne me dis pas que tu acceptes ça ?

Mina à l'air écœurée. Je me doutais bien d'une telle réaction, mais j'en peux plus de leur mentir.

— Pour l'instant oui… Écoutez les filles, je sais que ça peut vous choquer, mais il me plaît vraiment et…

Fanny m'interrompt :

— Emy, qu'il te plaise ou non tu ne peux pas accepter ça ! Tu es son plan cul en fait ?

— Chut ! Baisse d'un ton Fanny !

— Emy, tu vaux beaucoup mieux que ça ! reprend Mina.

— Ça suffit maintenant ! crié-je presque en jetant ma serviette sur la table.

Pendant une seconde, elles ne disent rien et me fixent, étonnées.

— Ça vous va bien de me juger avec vos vies parfaites !

Tout à coup, leur regard de femme fatale prête à me sauter dessus s'attendrit.

— Emy…, dit doucement Mina en posant sa main sur la mienne.

— Ne dis pas ça, on ne te juge pas… rajoute tristement Fanny. Jamais.

— Alors, essayez de me comprendre. Aucun homme ne m'a jamais autant plu, aucun homme ne m'a jamais rendue aussi heureuse…

Malgré moi, je me mets à penser à lui et moi en train de faire l'amour, en train de discuter toute la nuit ou de faire des photos…

— Je comprends, mais tu dois faire attention à toi…, dit Mina.

— Et puis peut-être qu'il tombera amoureux de toi et que finalement vous finirez ensemble !

L'optimisme et la joie légendaire de Fanny ont réapparu, ce qui me fait rire.

— On verra bien…

Je prononce cette phrase avec grande tristesse, car si je suis bien sûre d'une chose c'est que cela n'arrivera jamais.

Au fond, je sais qu'elles ont raison, mais je ne peux pas arrêter. Je n'arrive pas à imaginer la vie sans lui.

Je sens mon téléphone vibrer dans mon sac et je me précipite pour l'attraper. Fanny et Mina se regardent puis sourient. C'est lui.

Si tu veux me remercier comme il se doit, je t'attends chez moi.

Mon cœur s'emballe à la simple pensée d'aller le rejoindre.

Non, je ne suis vraiment pas prête à vivre sans lui.

Même si je sais qu'elles se doutent bien de qui il s'agit, mes copines ne font pas de remarque sur ce message qui me rend tout à coup de bonne humeur. Mina rompt le silence qui est rare quand on est toutes les trois :

— Tu te permets tout de même de rencontrer d'autres hommes ?

— Comment ça ?

— Tu ne vas pas perdre ton temps avec lui s'il n'y a pas d'avenir, si ?

Je marque une pause pour réfléchir. Je n'ai envie de personne d'autre.

— Oui bien sûr, la rassuré-je. Je ne suis pas fermée à toute autre rencontre.

Je me force à sourire pour être plus convaincante.

— Ou peut-être que Sam ne veut pas d'une relation sérieuse pour le moment, mais qu'il changera d'avis ! lance Fanny.

— Oui, rajoute Mina. Si cet homme a réussi à te faire reprendre la photo, alors c'est qu'il en vaut la peine !

Oh oui c'est sûr, quelle que soit notre relation, il en vaut la peine.

***

Il m'ouvre la porte, torse nu et à moitié endormi.

— Excuse-moi, j'espère qu'il n'est pas trop tard…

Sans répondre, il se décale légèrement pour me laisser entrer.

— Tu dormais ?

— Non, j'étais devant la télé.

Il se rallonge sur son canapé en me faisant signe de le rejoindre. Je m'installe silencieusement afin de le laisser regarder la fin de son film, mais il me demande :

— Ça a été ta soirée ?

— Oui, j'étais avec mes amies.

— Tu les vois souvent.

— Oui, elles comptent pour moi.

— Je sais, dit-il en replaçant ma mèche de cheveux derrière l'oreille.

— Merci, Sam, pour le projet, tu fais tellement pour moi.

— Je n'ai rien fait Emy. Edward parlait de faire des photos pour le projet et j'ai pensé à toi, c'est tout.

— Tout s'améliore depuis que tu es dans ma vie.

— Ne dis pas ça, lâche-t-il tristement.

Je n'insiste pas et me mets debout face à lui avant de commencer à me déshabiller lentement. Je m'étonne moi-même de ce que je suis en train de faire. Je me sens si à l'aise en sa présence. Bon, je dois avouer que le fait que la lumière soit éteinte aide pas mal. Il me regarde de haut en bas et se mord la lèvre inférieure.

— Viens par là.

***

Nous sommes allongés et enroulés dans une couverture sur le tapis du salon. Il me caresse l'intérieur de mon bras et ses doigts s'arrêtent sur mon tatouage.

— Quand as-tu fait ça ? m'interroge-t-il dans un murmure.

— Il y a quelque temps.

— Pourquoi ?

Je remarque au ton de sa question que ça ne lui plaît pas.

— Tu sais que chaque tatouage a une signification ?

Il ne me répond pas alors je poursuis :

— Il est réalisé à un moment précis dans la vie de quelqu'un. Il permet en quelque sorte de se remémorer un moment marquant.

Septique, il se place sur le côté pour me faire face, comme-ci ce que je venais de lui dire l'intéressait tout à coup. Il le caresse à nouveau avant de me demander :

— Pourquoi une fleur ? demande-t-il comme s'il ne voyait pas du tout le rapport avec ce que je viens de lui expliquer.

— La fleur de lotus évoque le passage à autre chose après une rupture, ou un autre événement important.

— Tu as fait ça après ta rupture avec cet Italien ?

Le fait qu'il l'appelle « l'Italien » m'interpelle, mais j'ignore cette réflexion.

— Oui, mais pas que pour lui.

Il lève un sourcil et me fixe en attendant la suite.

— Après ma rupture avec Pablo, j'ai recroisé mon père que je n'avais pas vu depuis mes quinze ans. Il était encore avec elle. Avec cette femme.

J'adore la façon dont Samy m'écoute quand je parle de mon passé.

— Tu l'as recroisé où ?

— À Paris dans le seizième. Mon père a toujours rêvé d'y ouvrir une chocolaterie et je pense que c'est là qu'il allait. Je l'ai repéré de très loin, mais pas assez pour ne pas constater qu'il était avec elle. Bref, j'ai su ce jour-là que c'était le début d'une nouvelle vie ! Je devais passer à autre chose, tu vois ?

— Je ne sais pas trop.

— Comment ça, tu ne sais pas ?

Il hausse les épaules.

— Ah je vois, ton Dieu est contre les tatouages aussi ?

Il se relève pour s'asseoir dos au canapé.

— Exactement, soupire-t-il.

— Pourquoi ? Qu'est-ce qu'il y a de mal à ça ?

— Emilie, dit-il sévèrement. Dieu nous interdit les tatouages, ça devrait te suffire !

Il attrape la télécommande pour changer de chaîne et je prends une profonde inspiration pour ne pas me mettre en colère.

— Ne t'énerve pas, explique-moi.

D'abord surpris, il attend quelques secondes avant de parler :

— Dieu t'a donné un corps, tu ne dois en aucun cas lui nuire d'aucune forme.

Je lui mets mon bras devant les yeux.

— Tu trouves que j'ai nui à mon corps ?

— Tu as modifié ton corps Emy ! Le corps que Dieu t'a donné.

— Je ne comprends pas, je...

Agacé, il se met debout.

— Il n'y a rien à comprendre ! Tu es comme tu es et je ne pourrai jamais changer ça.

— Attends, qu'est-ce que ça veut dire ?

Je me lève à mon tour et me place face à lui, mais il ne répond pas.

— Samy, tu n'aimes pas ma façon de m'habiller, tu n'aimes pas mon tatouage ni ma façon de parler. Tu n'acceptes pas non plus ma façon de penser ! Mais enfin, qu'est-ce que tu fais avec moi ?

Je le fixe, pleine d'espoir en attendant une réponse. C'est vrai quoi, il y a bien quelque chose qu'il aime chez moi, non ?

Il soupire longuement avant de répondre :

— Je ne suis pas avec toi Emilie. Pour toutes ces raisons.

Ses paroles sont comme une douche froide. Glaciale même. Je ne sais même pas quoi dire tellement je suis dégoûtée.

— Je ferais mieux d'y aller, murmuré-je.

Je n'ai bien évidemment pas envie de le quitter, mais comment rester avec lui après ce qu'il vient de me dire ? J'aime tout chez cet homme, malgré nos différences, mais lui n'aime rien en moi. Je ramasse mes affaires et pars dans la chambre me rhabiller.

Quand je reviens dans le salon, il m'attend, vêtu d'un jean et d'un pull noir.

Putain il va vraiment me laisser partir comme ça sans rien ajouter d'autre ?

Le visage en feu et le cœur en sang, je fonce jusqu'à la porte et me retourne vers lui :

— Tu veux que je te dise, Sam ?

J'attends qu'il réagisse, mais il continue de fixer la télé sans même me jeter un regard.

— Vous êtes trop bornés, vous, les Arabes !

Il daigne enfin me regarder, les sourcils froncés. Je suis peut-être allée un peu loin, mais j'avais besoin de le faire réagir. Je ne supporte pas son indifférence.

— Tu n'acceptes rien de moi ! râlé-je. Moi, je respecte ta religion et tes convictions alors que crois-moi, je ne suis pas forcément d'accord. Mais c'est ta façon de penser et je le comprends.

— Et on est tous comme ça, nous, les Arabes ?

Il sourit à moitié, ce qui me déstabilise. Pourquoi il ne prend pas mal ce que je viens de dire ? Je me rapproche de lui, la voix plus calme.

— Pourquoi on ne peut pas être ensemble ? Moi, je peux mettre tout ça de côté, te laisser vivre cette partie de ta vie…

— Ce n'est pas une partie de ma vie Emilie, c'est toute ma vie !

— Je peux te laisser vivre ta vie ! Je ne serai jamais une barrière dans tout ça, je respecterai toujours tes croyances. C'est peut-être dur, mais je peux le faire… pour toi.

J'attends impatiemment une réponse, le regard suppliant. Je suis carrément en train de lui demander plus alors qu'il vient de m'envoyer balader. Je ne peux pas croire qu'il ne ressente rien pour moi. Je ne peux pas croire qu'il ne tienne pas un peu à moi après tout ce qu'il a fait pour moi et après tout ce que nous avons partagé.

— Ce n'est pas si simple Emy, on n'est pas comme « vous les Français ».

Il ouvre les guillemets avec ses doigts en souriant. Je suis contente que son humeur ait changé, mais je reste ferme et continue de le fixer en attendant une réponse.

— Emy…

Il réfléchit quelques secondes avant de reprendre :

— L'Islam ne permet pas que je sois avec une fille comme toi.

Il m'empêche de répondre en levant la main.

— Emilie je t'en prie, écoute-moi. Réfléchis une seconde. Même si j'acceptais de déroger à cette règle, ce qui crois-moi, n'arrivera jamais… tu crois vraiment qu'une relation comme la nôtre peut marcher ?

Je baisse les yeux sur mes doigts entremêlés. Je sais qu'il a raison, mais je ne veux pas l'avouer. Je ne peux pas.

— Il faut être lucide. De nombreux couples divorcent quand d'autres tentent de faire des thérapies ou bien d'accepter de vivre malheureux. Ce que je veux dire par là, c'est que les relations humaines, encore plus les relations amoureuses sont déjà tellement compliquées…

— Je trouve qu'on se débrouille pas si mal…, dis-je en souriant légèrement.

Il me rend mon sourire et se lève avant de s'approcher de moi.

— Oui, car on ne vit pas ensemble. Tu n'as pas à supporter ma manière de vivre. On n'a pas d'enfant, donc aucun choix crucial concernant son avenir.

— Mais… On n'est pas obligés de nous imaginer à long terme… Vivons au jour le jour !

— Voyons Emy, je ne vis pas au jour le jour !

— Ce que je veux dire c'est… vivons notre relation sans réfléchir, sans nous soucier de tout ça.

Il inspire profondément avant de me répondre :

— Je ne peux pas.

Je hausse les épaules.

— Imagine ce que penserait ta famille, ou la mienne ? demande-t-il.

— Ils finiraient par l'accepter.

— Non Emy, ils ne l'accepteraient jamais.

Il ricane comme si c'était la chose la plus ridicule que j'aie jamais dite.

— Ta mère ne l'accepterait jamais et tu le sais, rajoute-t-il. Quant à ma famille… je n'ose même pas l'imaginer.

— Ce n'est pas avec ma mère que je compte faire ma vie.

— Emy, soupire-t-il, exaspéré.

— C'est vrai, après tout avec qui tu te sens le plus toi-même ? Tu ne peux même pas faire ce que tu aimes avec eux !

Les traits de son visage se durcissent. Je ne voulais pas dire du mal de sa famille, mais lui montrer que nous sommes si bien ensemble.

— Emy, arrête tout de suite ! me prévient-il.

— Moi en tout cas, je ne suis à l'aise qu'avec toi. Tu m'as fait redécouvrir ma passion !

— Emy s'il te plaît, épargne-nous tout ça… tu ne changeras jamais ma façon de voir les choses.

— Alors quoi, tu as toujours le même but ? Tu vas continuer à chercher la femme de ta vie ?

— Oui, répond-il en baissant les yeux au sol. Si cela ne te convient pas on peut…

— C'est bon Sam, le coupé-je sèchement. C'était le deal après tout.

Je ne peux même pas lui en vouloir. Il a mis les choses au clair, dès le début. Il ne m'a rien promis d'autre que ce qu'il se passe entre nous. S'envoyer en l'air ! Je ne m'attendais pas à en souffrir de cette manière.

Je ne sais pas comment je fais pour accepter ça, mais j'ai l'impression que je ne me contrôle pas.

— Alors j'en profite pour te dire que vendredi soir, je revois mon ex.

Quoi ? J'ai l'impression que mon cœur a cessé de battre en même temps que sa phrase. Il est prêt à se briser en mille morceaux. D'une minute à l'autre.

Les yeux écarquillés, je le contemple de la tête au pied. Me dit-il ça pour me faire comprendre qu'il n'y a rien entre nous ou est-il vraiment sérieux ?

— Ton ex ? demandé-je la voix tremblante. Tu ne m'as jamais parlé d'elle.

— On est sorti ensemble il y a quelques années. Ça se passait bien, mais j'ai décidé d'y mettre fin, car… (il baisse les yeux en secouant la tête) on était trop différents. Du moins, c'est ce que je pensais à l'époque. Je l'ai recroisée la semaine dernière et on a bien discuté. Je me suis dit qu'on pouvait peut-être se laisser une autre chance. Enfin, je ne sais pas, aujourd'hui on est différents, plus mûrs.

Les larmes me montent aux yeux.

Putain non Emy, retiens-toi. Calme-toi. Respire.

L'estomac complètement retourné, je me précipite jusque dans sa cuisine pour me servir un verre d'eau.

— Emy, on était d'accord pour faire chacun sa vie, tu te souviens ?

J'avale une grosse gorgée d'eau bien fraîche pour me ressaisir.

— Oui, je n'ai pas oublié.

Je lui adresse l'un de mes plus beaux sourires hypocrites en sentant mon cœur dégringoler.

— Bon et bien je vais y aller, dis-je nonchalamment.

— Attends Emy…

Je m'attends à ce qu'il me retienne et me demande de rester dormir, mais…

— Je te raccompagne chez toi.

— Non ne t'inquiète pas, ça va me faire du bien de marcher !

J'attrape rapidement mes affaires. Pour une fois depuis que je l'ai rencontré, j'ai besoin d'être seule. J'ai besoin de réfléchir et j'ai surtout du mal à m'empêcher d'éclater en sanglots.

— Emilie, il est hors de question que tu rentres seule.

Je passe le trajet à l'imaginer renouer les liens avec son ex. Je repense à cette histoire avec son frère. Et s'il arrivait la même chose à Sam ? Je ferme les yeux pour tenter de chasser cette image qui me fait si mal. *Ça fait tellement mal putain...*

— Merci de m'avoir accompagnée.

Je sors tranquillement de la voiture en faisant tout pour cacher ma déception. Son regard parait triste, mais je dois sûrement me tromper. Après tout, je suis la seule à souffrir dans cette histoire. Comme disent mes amies, il a tout gagné, lui.

Chapitre 38

— Bon alors Emy, tes valises sont prêtes ?

Stella me saoule avec ce week-end. On ne part que dans deux semaines et elle ne fait que de parler de ça. Je dois avouer que tout le monde à tendance à m'agacer aujourd'hui. Je tire sur ma cigarette et lui réponds assez sèchement :

— Non, pas encore.

Heureusement, Mika change de sujet :

— Bon, ce soir vous êtes de la partie ?

Ah oui, on est vendredi.

Bien sûr que je sais quel jour on est. Ce jour tant attendu où Samy revoit son ex. On ne s'est pas revus depuis l'autre soir. L'idée que c'était peut-être notre dernière soirée m'angoisse terriblement, mais j'étais tellement triste que je n'ai pas réussi à revenir vers lui et apparemment ça ne lui a pas manqué. J'écrase ma clope au sol.

— OK, tu passes me prendre ?

Il n'est pas question que je repasse une soirée en pyjama à déprimer. Je dois me ressaisir ! Je ne l'ai pas croisé de la journée et c'est bien mieux comme ça.

Chapitre 39

Je me demande vraiment si j'ai bien fait de venir. Je suis épuisée et je n'ai aucune envie de discuter ou de danser. En regardant la piste, ça me rappelle cette soirée avec ce mec, Danny, et la façon dont Sam avait pris ma défense…

— Tout va bien Emy ?

Mika m'attrape par le bras.

— Oui, excuse-moi, je suis un peu fatiguée en ce moment.

— C'est sûrement d'écouter Stella parler de ce fameux week-end à longueur de journée.

Nous rions. Finalement, ça va peut-être me faire du bien de passer la soirée avec mon ami. Je me rends compte que je ne me suis même pas intéressée à lui depuis un bout de temps.

Nous nous asseyons au bar et je lui demande comment ça se passe avec sa nouvelle petite amie. Il me raconte ce qu'elle fait dans la vie, leurs petites disputes. Ça me fait du bien de penser à autre chose et en même temps je suis tellement contente que Mika ait trouvé quelqu'un.

Stella nous rejoint avec deux collègues que je connais seulement de vue. Nous discutons tous ensemble devant quelques verres jusqu'à ce que l'un des deux jeunes hommes, Ethan, change de place pour venir s'asseoir à côté de moi. J'avais déjà remarqué que je lui plaisais, mais je n'ai jamais trop cherché à le connaître et il n'avait pas été insistant non plus. Il est pourtant assez mignon. Il est grand, très mince et a des cheveux châtains impeccablement bien coiffés avec du gel.

Nous nous retrouvons, petit à petit, à discuter tous les deux et je lutte clairement pour éviter de lui dire que je ne suis pas intéressée. J'aimerais lui dire que j'ai déjà quelqu'un dans ma vie, mais en réalité, c'est juste dans ma tête qu'il est. *Allez stop!* Moi aussi j'ai besoin de faire des rencontres. Je ne peux pas rester comme ça, à attendre un homme qui ne m'aime pas.

Ethan me propose de danser à plusieurs reprises et je finis par accepter.

Après quelques danses où j'ai vraiment du mal à me lâcher, je m'excuse auprès de lui afin de rejoindre Mika au bar. Il me sourit largement en me présentant sa petite amie.

— Enchantée Julia, moi c'est Emy.

Elle est mignonne et très agréable. Mika lui passe un bras autour de la taille et me demande tout à coup :

— Tu as invité Samy?

Je manque de recracher la gorgée de mon cocktail. *Pourquoi il me demande ça?*

— Euh non, pourquoi?

— Il est là.

Il fait signe de la tête pour me montrer qu'il est derrière moi et je n'ose même pas me retourner. Mon estomac se noue et mon cœur se met à battre plus fort. Mika lui fait signe de venir nous rejoindre.

— Salut, Sam! crie-t-il.

— Bonsoir, Mika. Emy.

Rien que sa voix déclenche en moi un raz de marée d'émotions. Doucement, je me retourne pour lui faire face et il m'adresse un léger signe de la tête.

— Salut…, dis-je en baissant les yeux au sol.

Qu'est-ce qu'il fiche ici ?

Je regarde discrètement autour de nous pour voir s'il est accompagné. Je ne pourrais pas supporter de le voir avec elle. Il m'achèverait sur place.

Ne me fais pas ça Sam je t'en supplie...

— J'ai su que tous les collègues se rejoignaient ici ce soir alors je suis venu boire un verre.

Un profond soulagement m'envahit quand je comprends alors qu'il est venu seul.

Sam et Mika se mettent à discuter et Julia tente de faire de même avec moi, mais j'ai un peu du mal à me concentrer.

Mais qu'est-ce qu'il fait là bon sang ?

Ethan finit par nous rejoindre avec deux cocktails qu'il était allé nous chercher.

Merde, je l'avais complètement oublié celui-là. Il me tend mon verre en se penchant vers moi.

— On va se poser tous les deux ?

Je ne sais plus du tout quoi faire là ! D'un côté, je veux rester près de Sam. Il faut que je lui parle, que je sache comment s'est passée sa soirée avec son ex. Mais d'un autre côté, je ne peux pas envoyer balader Ethan maintenant que l'on a discuté toute la soirée. Et puis pourquoi j'enverrais tout promener pour cet homme qui n'en a rien à faire de moi ?

Je finis par acquiescer, à contrecœur je l'avoue. Je m'assois en face d'Ethan, sur une petite table un peu plus loin en luttant pour ne pas jeter des regards vers Samy qui commande un verre de coca en discutant avec les collègues.

— Emilie ?

— Euh oui, excuse-moi.

— Donc ça te dit ?

— De quoi ?

Ethan sourit largement.

— Tu as la tête dans les nuages.

— Oui, je crois que j'ai trop bu... Je vais faire un tour aux toilettes, je reviens.

— OK, je t'attends.

Je pose mes mains sur le plan de travail en me regardant dans le miroir. Je respire profondément afin d'éclaircir mes idées. Mais pourquoi il me fait ça ? Je passais une agréable soirée avant qu'il vienne me déboussoler. Il ne peut pas continuer comme ça, je ne suis pas son jouet !

Je vais l'ignorer et continuer ma discussion avec cet agréable jeune homme.

D'un pas décidé, je sors des toilettes, mais quand je tombe nez à nez avec Samy, ma respiration se bloque.

Nous nous regardons quelques secondes sans rien dire, puis il s'approche rapidement de moi et me plaque contre le mur. Son corps est totalement collé au mien et il me caresse lentement le visage avec son nez qu'il finit par blottir dans mon cou.

Et je ne respire plus...

Très lentement, il m'entoure de ses bras et passe ses mains à l'intérieur de mon haut afin de me caresser délicatement le dos. Une sensation brûlante, que je connais bien maintenant, monte en moi. Je ne pourrais pas le repousser même si je le voulais. La douleur que je ressentais au fond de mon cœur semble avoir disparu. J'ai carrément l'impression de revivre. De respirer de nouveau. Il pose sa bouche contre mon oreille.

— Rentre avec moi.

Je reprends mon souffle avant de lui répondre :

— Laisse-moi une minute.

Sans réfléchir, je me précipite pour récupérer mes affaires.

— Tu te sens mieux ? me demande Ethan inquiet.

— Oui, enfin non. Désolée je vais rentrer.

— OK, je te raccompagne.

— Non, j'habite au bout de la rue…

— Ce n'est pas grave, je…

— Ethan désolée, je suis un peu bourrée et je ne me sens pas bien. J'aime être seule dans ces moments-là.

Il m'en faut beaucoup plus pour être mal à cause de l'alcool, mais il me fallait une bonne excuse.

— Je comprends… alors je peux prendre ton numéro ?

Je suis coincée, il ne comprendrait pas que je dise non.

— Oui bien sûr.

Nous échangeons nos numéros avant que je ne sorte rejoindre Samy qui m'attend dehors. Les mains dans les poches de sa veste, il me regarde l'approcher.

— Tu as donné ton numéro à ce type ? demande-t-il nerveux.

— Euh… ouais… enfin… on fait chacun notre vie de notre côté, non ?

J'aimerais lui dire que je n'en ai rien à faire de lui, mais je ne vois pas pourquoi il pourrait faire ce qu'il veut et moi non. Samy continue de me regarder sans savoir réellement quoi répondre. Il s'approche alors de moi et passe sa main derrière mon dos pour me plaquer fortement à lui.

— Je ne veux plus que tu continues à faire ce que tu veux.

— Qu'est-ce que ça veut dire ? demandé-je en me retenant de sourire.

— Je n'ai pas changé d'avis, mais je n'ai pas envie de passer derrière quelqu'un, tu vois ?

— Si c'est ta façon maladroite et impolie de me dire que tu veux être le seul dans ma vie...

Je marque une pause et il baisse les yeux, un peu gêné.

— Alors j'accepte.

— Tu es sûre ?

Il sourit à moitié. Ce n'est pas raisonnable, mais je n'ai pas le choix. De toute manière, je ne veux personne d'autre que lui.

Je pousse un léger cri quand il me retourne de manière à ce que je me retrouve dos à lui afin de passer ses mains autour de mon cou. Je sens quelque chose de froid se poser dans mon décolleté et je passe ma main dessus avant de me retourner, bouche bée. C'est mon collier ! J'ouvre le pendentif et la photo de lui et moi est toujours là.

— Sam...

Et là, je décèle une lueur encore inconnue dans son regard. Quelque chose qui ne tient ni de la colère ni du désir.

Alors que je continue de le contempler, choquée, il s'approche encore et m'enveloppe les joues de ses mains. Et sans que je m'y attende, il presse sa bouche contre la mienne. Si fort que mes jambes reculent de quelques pas. Son baiser exprime un désespoir tellement possessif ! Je ne peux m'empêcher d'adorer ça même si je me rends bien compte que nous sommes en train de nous détruire.

Une fois ce baiser passionnel terminé, je me mets sur la pointe des pieds et passe mes bras autour de son cou pour le serrer très fort. Il vient de me prouver, même s'il ne me le dira jamais, qu'il tient à moi.

***

Je me rends compte qu'il est déjà presque deux heures du matin quand nous arrivons chez Samy. Il s'installe silencieusement au bord de son lit pour y sortir la guitare d'en dessous. Sans me dire le moindre mot, il se met à jouer une mélodie que je ne connais pas, mais qui me donne des frissons dans tout le corps. Il ferme les yeux tout au long de son morceau et finit par me regarder intensément sur les dernières notes.

Je suis émue. Tellement émue !

Je lui attrape la guitare des mains et la pose sur le côté. Il fixe le sol sans rien dire. Il a l'air si vulnérable ce soir. Je m'approche de lui et commence à lui ouvrir les boutons de sa chemise, mais il m'en empêche en m'attrapant le bras.

— Attends.

Je lève les yeux de son torse.

— Tu ne l'as pas embrassé ? demande-t-il avant de serrer les dents.

— Quoi ? Qui ça ?

— Le mec avec qui tu étais.

— Mais non, bien sûr que non ! Samy…

J'attrape le pendentif dans ma main.

— Il n'y a que toi.

Pourquoi ça le perturbe autant ? Je n'ai pas le temps de réfléchir à la question qu'il m'a déjà attrapée les bras pour m'attirer dans son lit au-dessus de lui.

Chapitre 40

Mes yeux s'ouvrent difficilement avec la lumière du jour qui pénètre dans la chambre. *Nom de Dieu, j'ai passé la nuit chez lui !* Je n'y crois pas, il m'a laissé passer la nuit ici, dans son lit.

Un énorme sourire aux lèvres, je me retourne pour le regarder se réveiller à son tour.

— Salut beau gosse.

C'est vrai, qu'il est magnifique dès le matin...

Bordel ! Je me relève en sursaut en imaginant la tête que je dois avoir, en pleine lumière du jour qui plus est.

— Tu vas où ? Reste un peu.

Il tire sur mon bras pour me forcer à me rallonger.

— Je dois avoir une mine affreuse, dis-je en me cachant le visage avec mes mains.

— Tu es bien mieux comme ça. Sans maquillage.

Tiens, encore un truc qu'il n'aime pas chez moi. Ou était-ce un compliment ? Je ne sais jamais avec lui et ça sonnait plutôt comme une critique. Je me blottis dans ses bras, la tête sur son torse.

— Samy... je veux savoir pour hier soir.

— J'ai vu passer le mail sur la soirée au pub, je me suis douté que tu y serais et je voulais juste te parler, au départ...

— Non je veux dire, avec ton ex ?

Il ne répond pas et je me relève pour voir son visage.

— Et bien, à ton avis Emy ?

Je hausse les épaules.

— Tu crois vraiment que tu serais ici si ça s'était bien passé ? me demande-t-il.

Je retourne dans ses bras sans rien dire. Ce qu'il vient de me dire me suffit pour être soulagée. Je ferme doucement les yeux, prête à me rendormir, mais il me tapote doucement l'épaule avant de se lever.

— Allez, debout !

Je regarde le réveil, il est à peine neuf heures.

— Déjà ?

— Oui, on doit se préparer.

— Se préparer pour aller où ?

Il s'arrête devant la porte et se retourne vers moi, le sourire aux lèvres.

— Au mariage de mon frère.

Je me relève et me mets à genoux sur son lit, le drap autour de moi pour cacher ma nudité.

— Attends… quoi ?

Il rit avant de partir nu dans sa salle de bain. Je fonce le rejoindre quand il entre dans la douche sans me prêter attention. Je ne l'avais jamais vu prendre une douche avant, je ne peux pas m'empêcher de le mater de haut en bas. Il a un corps vraiment parfait. *Bon sang, quel teint magnifique...*

— Bon, t'as fini ?

Il rigole, mais je continue de le contempler. Il sort de la douche en enroulant une serviette autour de sa taille.

Je vais craquer !

— Sam, pour le mariage… je veux dire, il y aura toute ta famille et… je ne comprends plus rien !

— Du calme bébé. On n'y va pas ensemble. Tu es la photographe du mariage.

J'ouvre grand la bouche ce qui le fait encore plus rire.

— Quoi ?! m'écrié-je.

Il retourne dans la chambre pour s'habiller et je le suis sans le lâcher d'une semelle.

— Ça va aller Emy. Mon frère m'a appelé hier soir pour me dire que la photographe l'avait planté alors je lui ai dit que je m'occupais de ça. Tu veux bien faire ça pour moi ?

Il me fait l'un de ses sourires les plus craquants.

— Je ne sais pas… je… et si je panique ?

Il me montre son portable et des oreillettes moins tape-à-l'œil que son casque habituel.

— J'emmène ça, au cas où…

Il continue de sourire, mais j'ai du mal à réaliser. Je m'assois sur le lit le regard dans le vide et il se met accroupi devant moi.

— Hey…

D'un doigt, il me relève le menton et me force à le regarder dans les yeux.

— Fais-moi confiance.

Je me force à sourire en hochant la tête et il retourne devant son placard pour finir de s'habiller.

— Bon alors je dois rentrer me préparer.

— Je finis de m'habiller et je t'accompagne. On partira de chez toi.

***

Je cours ouvrir mon armoire. Qu'est-ce que je vais bien pouvoir porter ? Je passe un pantalon slim noir tout simple avec un joli haut vert un peu pailleté. Quand j'arrive dans le salon pour lui montrer ma tenue, Samy est installé sur mon canapé en train de zapper les chaînes de ma télé. Il se tourne vers moi et secoue la tête en fronçant les sourcils.

Tout à coup, une idée me vient à l'esprit. Je pose mon téléphone sur mon lecteur et je passe la chanson de Roy Orbison – Pretty Woman. Il lève un regard interrogateur, mais je continue en me mettant à défiler devant lui. Il éclate de rire et entre dans mon petit jeu secouant la tête à chaque tenue. Je fais exprès de mettre des tenues ultra sexy que je ne mettrais jamais à un mariage, juste pour qu'il n'arrête pas de me regarder comme il le fait.

Je continue mon défilé juste avec des sous-vêtements rouges et il déglutit avant de hocher la tête avec un grand sourire coquin. Nous rions encore plus fort.

— Emy… dépêche-toi !

Il lève le ton en tentant de rester sérieux, mais son sourire le trahit. Je sors une robe noire qui m'arrive aux genoux et je danse en face de lui au rythme de la musique.

— Celle-là ?

Son sourire s'efface.

— Non, mais tu rigoles ?

Je baisse les yeux sur ma tenue.

— Trop courte et trop serrée ! précise-t-il. Ma famille va me tuer si je ramène une fille vulgaire.

— Mais arrête avec ça, je ne suis pas vulgaire Sam !

— Emy. Tu m'as compris. C'est un monde différent, tu ne peux pas porter ce que tu veux.

Je suis vexée par ces propos, mais je me souviens tout à coup du mariage de Mina et de cette fille en jupe courte que tout le monde n'arrêtait pas de reluquer. J'étais contente à l'époque d'avoir laissé Mina choisir ma tenue. Oui voilà ! Je sais ce que je vais porter. Je sautille sur place et retourne dans ma chambre en roulant des fesses au rythme de la musique. J'entends qu'il rigole, ce qui me fait sourire.

— Emy, tu as trente minutes.

Trente minutes ? Mince, je n'aurai jamais le temps de me faire mon brushing. Je me dépêche de passer ma longue robe rose pâle que j'avais au mariage de Mina. Je me sèche rapidement les cheveux et des boucles commencent à se former. Ça faisait longtemps que je n'avais pas vu mes cheveux au naturel. Je les attache avec une pince en laissant quelques mèches retomber sur mon visage. Je me maquille légèrement en me rappelant que Sam préfère le naturel et me mets un peu de parfum.

— Je suis prête !

Il éteint la télé et ses yeux s'arrondissent quand il les pose sur moi.

— Waouh Emy.

Mon cœur s'emballe. C'est le premier compliment qu'il me fait. Enfin, ce n'était pas vraiment un compliment, mais…

— La robe est parfaite.

Ah, c'est la robe qui est parfaite, je me disais aussi ! Il déglutit avant de se lever et de me tendre son bras tel un vrai gentleman, ce qui ne lui ressemble pas du tout. Il est vraiment très beau avec son costume noir et sa chemise blanche. Il porte également une fine cravate noire en satin. *À croquer !*

— Allons-y.

J'attrape mon appareil photo et nous sortons tous les deux bras dessus bras dessous.

Chapitre 41

Samy m'aide à avancer vers la mairie en me poussant légèrement le bas du dos. En voyant les invités au loin, il retire sa main et passe devant moi.

— À toi de jouer. Je ne pourrai pas rester avec toi aujourd'hui, mais je te fais confiance. Tu vas y arriver, OK ?

Il attend une réaction de ma part avant de continuer son chemin alors je hoche la tête sans réelle conviction. J'ai la gorge sèche et l'estomac complètement noué. Je dois me ressaisir, je ne veux pas gâcher les photos de leur mariage.

— Attends Sam !

Il se retourne.

— Qu'est-ce que je dois dire si on me demande à propos de nous ?

— La vérité Emy. Tu es ma collègue de travail, rien d'autre.

Je tente de sourire, mais il est on ne peut plus sérieux. C'est fou comment ses paroles peuvent autant contredire ses actes. Mais bref, je n'ai pas le temps de penser à la complexité de notre relation, j'ai des photos de mariage à faire. J'y crois pas, je me le répète encore une fois dans ma tête : je suis la photographe d'un mariage !

Nous rejoignons la foule et Samy prend un homme dans ses bras, qui j'imagine est le marié. Il me fait signe de m'avancer vers eux et je m'exécute d'un pas hésitant.

— Zako, je te présente ma collègue de travail et photographe, Emilie. Emilie, je te présente Zako, mon petit frère.

Il me tend sa main que je serre en le saluant.

— Bonjour euh… Zako ?

Ils rigolent tous les deux.

— Oui, en fait c'est Zakaria, mais dans la famille on m'appelle Zako.

Je leur souris timidement. Zakaria ressemble beaucoup à son frère, mais en plus petit et plus mince.

— Je suis désolée pour la photographe, j'espère que je serai à la hauteur de…

Je m'arrête de parler en voyant l'étonnement de Zako.

— Quelle photographe ? demande-t-il, septique.

— Bon, allez viens frérot ! nous coupe Samy en l'attrapant par le bras.

Ils rejoignent les invités en me laissant seule. Je ferme les yeux et inspire profondément. Je passe la lanière de l'appareil derrière ma nuque avant de rejoindre les invités. *C'est parti !*

Je sais qu'en temps normal, les photos commencent à l'arrivée de la mariée, mais je ne peux m'empêcher de commencer à en prendre. Le temps n'est pas super, le soleil est caché par les nuages, mais j'adore la nuance quand le ciel est gris comme ça. Je commence à prendre quelques photos des invités sans qu'ils me voient. Je prends des clichés du marié qui regarde sa montre mort d'impatience, ce qui me fait rire. Les invités sont nombreux et très bruyants, ce qui me rappelle le mariage de Mina. La plupart des femmes ont des robes longues et sont voilées.

Je me retourne quand j'entends la voiture de la mariée arriver plus loin, la musique à fond. Une voiture de sport carrément tape à l'œil. Tout à coup, je me mets à penser à tout ce que Samy a pu me dire. C'est vrai qu'à long terme, tout ça serait impossible pour moi. Déjà que je ne suis pas pour le mariage, alors un comme celui-ci serait compliqué. Le problème n'est pas seulement sa religion, mais sa culture et sa façon de vivre…

Je baisse l'appareil pour le regarder et il est en pleine discussion avec une femme magnifique qui doit avoir à peu près mon âge. Elle porte une belle robe violette, mais n'est pas voilée, elle. Ses cheveux bruns sont longs et bouclés. Ma gorge se serre, mais je tente par tous les moyens de ne pas y prêter attention.

Calme-toi Emy, il peut parler avec d'autres femmes.

Je mitraille les mariés de photos durant le discours du maire. Je ne peux m'empêcher de regarder vers Samy lors des échanges de consentement. Je vois bien qu'il me jette également de nombreux coups d'œil tout en restant concentré sur la cérémonie.

Je me reconcentre sur les mariés en repensant à leur belle histoire que m'a racontée Sam au parc. Ils se sont séparés, mais n'ont jamais réussi à passer à autre chose. On peut lire leur amour rien qu'à leur façon de se regarder et c'est magnifique.

Je suis fière de la photo du baiser quand le maire annonce officiellement le mariage. La mariée embrasse tendrement son mari sur la joue. C'est drôle, j'avais trouvé ça tellement ridicule au mariage de Mina. Pourquoi ne s'embrassent-ils pas sur la bouche ? Ils sont mariés après tout. Je commence à mieux comprendre maintenant…

Après avoir pris de nombreuses photos en sortant de la mairie, j'attends que tous les invités regagnent leur voiture pour m'approcher de Sam.

— Et maintenant ? l'interrogé-je.

— Maintenant on va au vin d'honneur, enfin sans le vin bien sûr.

Nous rigolons tous les deux et il s'arrête d'un coup en regardant autour de lui et en faisant mine de tousser.

— On ne fait que discuter…

— Allons-y.

— Il n'y a pas de cérémonie religieuse ?

— C'était hier.

— Ah.

Voilà pourquoi Samy n'était pas au travail.

— Mais je ne comprends pas, hier soir tu n'étais pas censé être avec…

Je ne finis pas ma phrase, ayant compris la réponse avant de l'avoir entendue.

— Attends, elle était au mariage religieux ? demandé-je en sentant mon cœur se serrer.

— Oui, c'est une amie de la famille.

Ça y est, j'ai de nouveau la nausée.

— Ça veut dire qu'aujourd'hui…

— Oui, Emilie, elle est ici.

Il m'empêche de poser une autre question.

— Maintenant si tu veux bien, on y va.

Et si c'était cette magnifique femme à qui il parlait ? Ils avaient l'air si complices tous les deux. Je meurs d'envie de savoir, mais ce n'est ni le moment ni l'endroit. Il remarque que je me questionne et que ça me met mal à l'aise et tente, à sa manière, de me rassurer :

— On en reparlera plus tard, OK ?

— OK.

Quelques minutes plus tard, nous arrivons dans une longue allée qui mène à une énorme salle ronde, totalement vitrées sur les côtés. C'est moins beau que le gîte du mariage de Mina, mais ça en jette tout de même.

De dehors on peut voir toute la décoration de la salle. Tout est blanc avec quelques touches de doré. Les tables sont décorées de manière très simple et délicate, ce que j'aime beaucoup. Enfin une chose qui n'est pas tape-à-l'œil !

Je prends quelques photos naturelles des invités durant le vin d'honneur. Je ne peux m'empêcher de penser qu'un mariage sans alcool n'est pas un vrai mariage. Je prendrais bien un verre pour me détendre un peu.

Nous nous installons dans le jardin près d'un arbre pour faire des photos de famille avec les mariés. Il y a tellement d'invités que nous y passons des heures. Je m'en rends compte avec la nuit qui commence à tomber doucement. Je me sens vraiment bien, je m'éclate malgré la fatigue qui commence à se faire sentir.

C'est au tour de Samy et sa famille. Deux personnes d'un certain âge s'approchent du marié. La femme, voilée, prend le marié dans ses bras en lui parlant dans l'oreille. Ce sont les parents de Sam !

Samy s'installe près de la mariée et la fameuse fille de tout à l'heure le prend par le bras et se colle à lui. Je baisse l'appareil photo pour les fixer. Qu'est-ce qu'ils font ? Pourquoi est-elle sur la photo de famille ? Est-ce qu'il m'aurait menti ? Ils se sont remis ensemble finalement !

Ils discutent tous en se positionnant sans me prêter attention, sauf Sam qui remarque mon angoisse.

— Emilie !

Il m'appelle si fort que tout le monde me regarde.

— Vous avez intérêt à réussir cette photo de famille, ma sœur ne vous le pardonnerait jamais sinon !

Il donne un coup de hanche à la femme à la robe violette. Sa sœur. Bien sûr.

— Hé, hurle celle-ci.

Elle lui donne un coup de poing sur l'épaule et Zako éclate de rire. Je ressens un profond soulagement et me sens horriblement idiote. Sam m'adresse un clin d'œil discret et me fait signe d'y aller.

Deux autres hommes et une femme beaucoup plus jeune, qui je suppose sont les frères et sœurs de Samy, se joignent à eux. Le marié se tourne vers sa sœur :

— C'est bon madame selfie ?

Toute la famille éclate de rire et je prends cet instant en photo. Ils sont beaux, ils s'aiment. Ils se poussent, se taquinent et se prennent dans les bras. C'est magnifique, magique !

Je prends au moins une vingtaine de photos de famille et je m'arrête là.

Tous les invités gagnent alors la salle pour le dîner et je sens des larmes qui ne vont pas tarder à couler alors je me précipite jusqu'à la voiture. Je ne supporte plus ma sensibilité ces derniers jours.

— Emy, ça va ?

Je ne l'ai même pas entendu arriver. Je lui réponds sans me retourner :

— Oui, je vais changer la carte de mon appareil, elle est déjà pleine.

J'accélère le pas, mais il me rattrape pour se mettre face à moi. Et je n'arrive plus à retenir mes larmes... Oh non pas devant lui...

— Emy, non...

Délicatement, il pose sa main sur ma joue pour essuyer mes larmes avec son doigt, mais je la retire en regardant autour de nous.

— Arrête, on risque de nous voir.

— C'est à moi d'en juger.

Il repose sa main sur mon menton pour relever mon visage. J'ai du mal à le regarder, mais il penche la tête pour me forcer à le faire.

— Qu'est-ce qui ne va pas ?

— C'est un mélange de tout, Sam. Toi et ta famille. Tu as une vraie famille, tu as de la chance.

— Emy…, souffle-t-il tristement.

— Et puis cette journée. C'était merveilleux de faire ça. Tu fais tellement pour moi.

— Non Emy, ce n'est rien j'ai juste…

— Si Sam, le coupé-je. Tu es mon héros.

Tout à coup, il retire ses mains et recule d'un pas.

— Non Emy, arrête de dire n'importe quoi ! Je suis loin d'être un héros.

— Ne t'énerve pas s'il te plaît, pas maintenant.

Il soupire et acquiesce avec un hochement de tête.

— Sam, dis-moi pourquoi tu fais tout ça pour moi ? Pourquoi tu te donnes autant de mal ?

— Tu le mérites, c'est tout.

— Alors il n'y a rien d'autre ?

Il lève un regard beaucoup moins attendrissant vers moi.

— Emy, arrête ça tout de suite.

Une nouvelle fois, il soupire avant de me tourner le dos. Il fait nuit à présent et tous les invités sont à l'intérieur.

— Il faut qu'on rentre, déclare-t-il.

Sans me regarder, il me tend un mouchoir que j'attrape pour m'essuyer le visage.

— Encore quelques photos durant le dîner et tu pourras y aller. Je t'appellerai un taxi.

J'acquiesce et il retourne à l'intérieur.

Je prends encore pas mal de photos durant le dîner. Des invités qui parlent fort et rient aux éclats. Ils sont bruyants c'est vrai, mais joyeux et festifs. Finalement, tout le monde est heureux dans cette salle. Un serveur me sort de mes pensées :

— Je peux ?

Il me montre mon assiette à moitié pleine.

— Oui bien sûr, excusez-moi.

— Pas de problème, vous n'avez pas aimé ?

— Si, c'est juste que je n'ai pas très faim.

— Je comprends, le stress de la journée. C'est une sacrée responsabilité d'être la photographe d'un mariage.

Je lui souris. Il doit sûrement être un peu plus jeune que moi, il a un visage de jeune garçon. Il n'a pas l'air d'être arabe et d'après la façon qu'il a de m'aborder, il se doute parfaitement que moi non plus. Il repart avec son plateau en cuisine puis revient quelques minutes plus tard :

— Hey la photographe !

— Oui le serveur ?

Je lui tends la main.

— Moi c'est Emy.

— Enchanté Emy, je m'appelle Max. Si je peux me permettre, j'ai un conseil à te donner... euh excusez-moi, je peux vous, enfin, te...

— On peut se tutoyer.

Je souris largement et me pince la lèvre pour ne pas rire.

— Une fois j'ai travaillé dans un mariage où le photographe avait mis tous les clichés sur un ordinateur portable que les invités pouvaient voir en direct.

— Oh !

— Ça avait été un réel succès ! m'apprend-il.

— Merci, j'y penserai pour la prochaine fois, enfin s'il y a en a une…

Il se penche comme pour me dire un secret et j'ai un léger mouvement de recul.

— J'ai toujours mon ordinateur dans ma voiture, si tu veux tu peux l'utiliser en y mettant ta carte dedans…

Je bondis de ma chaise.

— C'est vrai ? Ça ne te dérange pas ?

— Non, avec plaisir au contraire !

Je trouve son idée super et j'avoue que j'ai également hâte de voir le résultat et la réaction des invités. Une boule d'angoisse réapparaît alors : et s'ils n'aiment pas ?

— Tu me donnes quelques minutes ? dit-il. Je vais prévenir le chef.

— Parfait, je t'attends dehors.

Je me dirige tout excitée vers la sortie. L'idée de pouvoir regarder toutes les photos de cette journée m'angoisse, mais m'émoustille à la fois.

Je suis Max jusqu'au parking. Une fois arrivé à sa voiture, il cherche les clés dans sa poche.

— Alors, tu viens d'où Emy ?

— J'habite Paris, et toi ?

— Alors c'est pour ça qu'on vous paie ?

La voix de Samy me fait sursauter. La main posée sur mon cœur, je me retourne et il fixe Max les bras croisés, le regard assassin.

— Sam, tout va bien ?

Il ne me répond pas et continue de fixer le pauvre garçon qui ne sait plus où se mettre ! Celui-ci jette un regard vers moi puis vers Samy.

— Euh, je suis Max, le serveur, je…

— Et bien qu'est-ce que vous faites dehors au lieu de servir ? l'interroge Sam d'une voix dure.

Je reste bouche bée.

— Samy ! hurlé-je presque.

— Non ce n'est rien. Tiens Emy, dit-il en me tendant son ordinateur. Bonne chance !

— Merci, Max, désolée…

Je n'ai pas le temps de finir ma phrase qu'il est déjà reparti. Je me retourne brusquement vers Samy.

— Non, mais ça ne va pas ? Qu'est-ce qu'il t'a pris de lui parler comme ça ?

— Déjà je te préviens tout de suite, tu ne me parles pas sur ce ton !

— Tu as vu comment tu as parlé à Max ?

— Max hein ? Et lui t'appelle déjà Emy…

— Attends, tu ne serais pas jaloux par hasard ?

Il serre les dents. Mais vraiment très fort.

— Non, Emilie, je ne suis pas jaloux, tu sais très bien que je n'en ai rien à faire de toi !

Je déglutis en sentant mon cœur hurler de douleur. Ou bien de colère, je ne sais pas.

Si un autre homme avait osé me traiter de cette manière, je serais déjà partie en courant. En voyant ce que certaines femmes peuvent supporter, je me suis toujours dit que je ne tolèrerais même pas un dixième de ce qu'elles peuvent subir.

Pourtant, je suis là devant lui à essayer, encore une fois, de lui trouver des excuses qui justifieraient son comportement.

— OK ! dis-je simplement.

J'ai envie de l'envoyer se faire foutre, mais je sais que je ne peux pas aller trop loin avec lui. Je prends sur moi pour ne pas l'insulter de tous les noms et retourne à l'intérieur, folle de rage.

Je photographie une dernière fois la pièce montée et les mariés avant que les lumières se tamisent et que les invités rejoignent la piste de danse. J'éteins mon appareil et le pose sur mes genoux pour me masser la nuque. C'était intense, mais magique. Ce n'était pas mon mariage, mais pourtant l'un des plus beaux jours de ma vie. Enfin, jusqu'à il y a quelques minutes dans ce foutu parking. Je cherche Samy du regard et je le vois en train de rire avec d'autres invités, comme si de rien était.

Il n'en a vraiment rien à foutre de moi.

Je m'approche des mariés pour les féliciter une nouvelle fois avant de partir.

— Je vous rappellerai dans quelques jours pour qu'on convienne d'un rendez-vous pour vos albums de mariage. En attendant, j'ai mis un ordinateur avec toutes les photos.

J'y jette un regard et une dizaine de personnes sont déjà autour, en train de les regarder.

— Oui merci, c'est une idée géniale ! s'exclame la mariée.

Je regarde à nouveau Samy qui discute avec une femme et celle-là, ce n'est pas sa sœur. Je sais que je ne devrais pas, mais j'interroge son frère :

— Oh, c'est la petite amie de Samy ?

Je tente de sourire le plus sincèrement possible.

— Euh non, c'est une ex-petite amie.

Alors c'est bien elle. Elle est également très belle. Les cheveux longs et raides et la peau très mate. Elle n'est même pas voilée !

Je détourne rapidement le regard pour tenter de comprimer cette douleur que je sens dans ma poitrine. Je remercie une nouvelle fois les mariés et ils me remercient à leur tour. La mariée me prend carrément dans ses bras pour me dire au revoir. Je suis à la fois surprise et émue par ce geste que je trouve assez intime entre deux inconnues.

Avant de sortir, je passe par la cuisine.

— Max ?

— Oh, Emy, ça va ?

Il semble terriblement gêné, mais je crois que je le suis encore plus.

— Oui, mon travail s'arrête maintenant. Je voulais te rendre ton ordi avant de partir, mais...

Je lui montre toutes les personnes en train de regarder les photos.

— Il semblerait que ton idée ait eu un succès fou.

— Ce n'est rien, je le récupère à la fin de mon service, ne t'inquiète pas.

Il me sourit gentiment et je ne peux m'empêcher de me demander pourquoi les mecs gentils comme lui ne m'attirent pas... Fallait que je craque sur un pauvre con qui n'en a rien à faire de moi.

— Bon et bien, ravie de t'avoir rencontré.

— Moi aussi. Oh, et désolé pour ton petit ami.

— Quoi ? Euh non ce n'était pas...

— T'inquiète ! J'aurais réagi pareil si j'avais une copine aussi belle que toi.

Il me fait un sourire des plus timides avant de repartir en cuisine.

— À plus Emy !

Je sors m'asseoir sur un banc dehors en attendant mon taxi. Je repense à ce que vient de me dire Max. Il a cru que Sam était mon petit ami à cause de sa réaction excessive.

— Bonsoir.

Samy me sort de mes pensées. Je ne lui réponds pas et regarde ma montre, faisant la fille impatiente qui a hâte de partir alors qu'en réalité, j'ai envie de lui parler. J'en ai besoin malgré tout ce qu'il m'a dit ce soir. Je dois être sado maso !

— Tu vas attraper froid, habillée comme ça.

— Ne t'inquiète pas, mon taxi ne devrait plus tarder.

Il hésite quelques instants puis retire sa veste pour la poser sur mes épaules.

— Non, c'est bon…

Il me la pose sur le dos sans m'écouter. Je dégage mes cheveux hors de la veste et continue de l'ignorer en regardant vers l'allée.

— Ce sont tes cheveux naturels ?

Je n'y crois pas, il va me parler coiffure là ?

— Oui, profites-en tu ne me reverras pas comme ça de sitôt.

Il soupire profondément avant de dire :

— Écoute Emy, je n'ai pas l'habitude de m'excuser.

— Je n'attends rien de toi, Sam.

— C'est que… je croyais qu'on s'était mis d'accord hier soir ?

Je tourne mon buste vers lui pour lui faire face.

— On s'est effectivement mis d'accord pour que je ne sorte pas avec d'autres hommes.

Et non pas ne plus adresser la parole à aucun homme, bon sang !

— Ouais, ricane-t-il. Tu as effectivement le droit de rencontrer d'autres hommes, je n'ai pas réfléchi.

— Comment ça ? Je n'ai pas envie de rencontrer d'autres mecs.

— Oui, nous deux on s'amuse le temps de trouver ce que l'on recherche vraiment. Ce n'était pas juste de ma part de te demander ça.

— Mais attends, hier tu…

— Hier je t'ai dit que je ne voulais pas passer derrière, me coupe-t-il.

Quelle idiote, bien sûr! Il veut juste que je ne couche avec personne d'autre pour son orgueil et rien d'autre.

On en revient au point de départ. Encore.

Quand mon taxi arrive, je me lève et retire la veste de mes épaules.

— Non garde-la, tu me la rendras plus tard.

Je secoue la tête et la lui tends.

— Merci pour tout. Tu es macho et tu as été injuste et grotesque avec moi, mais… j'ai vécu une belle expérience grâce à toi.

— Content que tu aies aimé la journée.

— À part certains points, j'ai vraiment adoré.

Il serre les dents sans que je ne comprenne pourquoi.

— Qu'est-ce que j'ai dit encore?

— Laisse tomber, soupire-t-il. Tu as été géniale Emy, une vraie professionnelle. Je n'ai entendu que des compliments en passant à côté de l'ordinateur.

J'avais remarqué que les photos semblaient plaire, mais l'entendre me le dire me fait plaisir. Je lui souris timidement en guise de remerciement.

— Bon et bien profite de la fête, on se voit lundi.

Il pose sa main sur la portière pour m'empêcher de l'ouvrir.

— Il n'y a rien entre nous, me lance-t-il.

— Oui, j'ai compris Sam.

— Non, je veux dire avec mon ex. C'est vraiment fini.

Je le regarde, les yeux grands ouverts. *Pourquoi est-ce qu'il me dit ça ?*

— Je n'ai pas à me justifier, mais je voulais que tu le saches.

— OK, dis-je en faisant oui de la tête.

Sans rien ajouter, j'entre dans la voiture en lui faisant un léger signe de la main pour lui dire au revoir.

Chapitre 42

Il est presque seize heures et j'ai encore pas mal de travail à finir, je ne suis pas partie de sitôt ! J'envoie un message à Mika pour le prévenir que je descends prendre un peu l'air. Non pas que j'aie besoin de compagnie, mais je l'ai évité toute la journée.

À peine arrivée qu'il est déjà là à m'attendre.

— Salut Emy, dit-il en m'embrassant sur la joue.

— Salut, Mika, alors tu en es où dans le projet ?

Je le questionne vite afin que le sujet ne dérive pas sur moi… Nous discutons boulot quelques minutes avant de nous faire interrompre.

— Salut Emilie.

— Oh, salut Ethan.

Mika écrase sa clope et trouve une bonne excuse pour nous laisser. Je lui fais les gros yeux, mais il m'ignore et retourne à l'intérieur. Abruti !

— Alors… tu es bien rentrée l'autre soir ?

— Oui, merci.

Je tire sur ma cigarette un peu gênée, sans savoir quoi lui dire.

— J'étais déçu que tu partes si tôt…

Ses joues rosissent, ce qui me met encore plus mal à l'aise.

— Je suis désolée de m'être sauvée comme ça…

— Ce n'est que partie remise, lâche-t-il timidement en attendant une réaction.

Je lui rends son sourire et nous restons là quelques secondes sans savoir quoi rajouter. Ça faisait longtemps que je ne ressentais pas ce fameux mal-être avec le sexe opposé. C'est tellement différent avec Sam...

Mon téléphone sonne et je me précipite pour lire le message que je viens de recevoir.

— Oh mon Dieu ! crié-je. Je dois y aller, je suis désolée.

— Tout va bien ? me demande-t-il inquiet.

— Je dois aller à l'hôpital, je t'expliquerai !

Je ne lui laisse pas le temps de répondre que je suis déjà partie en courant.

Chapitre 43

Je frappe doucement avant d'entrer dans la chambre. Je suis complètement essoufflée d'avoir autant couru et mon cœur bat à cent à l'heure.

Je m'arrête dans l'entrée et pose mes mains sur mes joues.

— Oh !

Fanny est déjà là, assise sur le bord du lit avec le bébé de Mina dans les bras.

Je me précipite sur la jeune maman pour la serrer contre moi et je n'arrive même pas à la féliciter tellement je suis émue.

— Emy, chuchote-t-elle. Je te présente Mohamed Adam.

***

Mina nous raconte son accouchement et nous rions à l'idée de la voir hurler contre les sages-femmes pour avoir la péridurale. Encore un moment marquant dans notre vie que nous partageons à trois.

— Il est vraiment adorable.

Je suis penchée sur le berceau pour caresser son doux visage.

— Pas trop choquée du prénom ?

Mina regarde Fanny avant de rigoler.

— Non, réponds-je en secouant la tête. C'est le nom de votre prophète, je comprends…

Je lève brusquement les yeux du berceau, me rendant compte que j'ai parlé trop vite. Mes amies me fixent, bouche bée.

— Je suis impressionnée, je ne me souvenais pas t'avoir parlé de ça.

— Effectivement, je ne m'en souviens pas non plus, lâche Fanny les sourcils froncés.

Je hausse les épaules sans répondre, mais Fanny poursuit :

— Tiens Emy, tu ne nous as pas raconté la suite pour ton amie ?

— Hein, qui ça ?

— Tu sais, ton amie qui sort avec ce musulman.

— Euh ouais… je ne sais pas, bégayé-je. On ne va pas parler de ça maintenant.

— Non, ça m'intéresse ! dit Mina. Alors elle est toujours avec ce profiteur ?

Je ravale ma salive. *Ce profiteur...*

— Je crois que oui, en fait je n'en sais rien !

À mon grand soulagement, Mehdi entre dans la chambre et nous décidons de les laisser un peu tranquilles.

Avant de sortir, je me retourne pour les regarder une dernière fois. Ils sont tous les deux assis sur le lit avec leur bébé dans les bras. Une scène magnifique. J'ai un pincement au cœur sans savoir réellement pourquoi.

Fanny et moi sortons bras dessus bras dessous, la tête sur un petit nuage.

— Je suis vraiment heureuse pour eux, ça me rappelle quand on est venus te voir pour la naissance des tiens… dis-je en arrivant sur le parking.

Fanny ne semble pas prêter attention à ce que je dis. Elle avance un peu plus vite pour se mettre devant moi et s'arrête en me fixant de son regard noir.

— Dis-moi Emy, elle s'appelle comment ton amie ?

Merde elle me fait quoi là ?

— Euh, Julia pourquoi ?

C'est le seul prénom qui m'est venu en tête. Elle écarquille les yeux avant de me tourner le dos, furieuse.

— Attends Fanny !

Je la hèle plusieurs fois en accélérant le pas, mais elle ne se retourne pas et je suis obligée de courir pour la rattraper.

Mais c'est qu'elle marche vite !

— Fanny ! hurlé-je.

Les sourcils froncés, elle finit par se retourner.

C'est rare, très rare de voir Fanny énervée mais quand ça arrive, mieux vaut ne pas être dans les parages…

— Je ne sais pas ce qui me déçoit le plus Emy ! Le fait que tu me mentes ouvertement ou le fait que tu te sois mise dans une histoire aussi tordue !

Abasourdie, j'ouvre grand la bouche.

— Comment tu… ?

— Ça fait un moment que tu n'es plus toi-même Emy. J'ai eu le doute depuis que tu nous as raconté cette histoire avec cette soi-disant amie, mais honnêtement, j'avais du mal à envisager que tu puisses faire un truc pareil. Et surtout, je ne pouvais pas croire que tu puisses nous mentir putain !

Je baisse les yeux au sol, honteuse. Fanny ne dit rien et tape carrément son pied au sol en attendant une explication. Mais quand je relève la tête et qu'elle aperçoit l'expression sur mon visage, elle se calme aussitôt.

— Emy…, souffle-t-elle en s'approchant de moi pour poser une main sur mon épaule.

— Ne m'en veux pas, s'il te plaît, dis-je la voix tremblante.

— Je ne veux pas que tu souffres, dit-elle calmement. Et pourquoi tu ne nous as rien dit ? Je veux dire, on a vécu tellement de choses…

— Je sais.

— Je ne te reconnais pas Emilie.

Je ferme les yeux, ne sachant plus quoi dire. Je n'ose même plus la regarder en face tellement j'ai honte.

— Toi avec… un Arabe ?

— Laisse-moi t'expliquer.

Elle acquiesce et me propose que l'on dîne toutes les deux. Je lui raconte alors toute mon aventure avec Samy depuis le début, et ce, dans les moindres détails. Sans oublier le moindre point.

Elle reste ferme et me conseille de tout arrêter, mais je vois bien qu'elle semble tout de même émue de toute cette histoire.

— J'ai du mal à croire que tu aies accepté tout ça. Tu es vraiment tombée amoureuse !

Je hoche tristement la tête.

Fanny se radoucit et tente de détendre l'atmosphère et de me faire sourire :

— Tu lui as vraiment préparé du porc ?

Nous éclatons de rire et ça fait du bien ! Je regrette vraiment de ne pas lui en avoir parlé plus tôt. *Comment ai-je pu penser une seule seconde qu'elle me jugerait ?*

Une fois la soirée terminée, je la quitte en la serrant fort dans mes bras.

— On se voit la semaine prochaine chez Mina ? demande-t-elle gaiement.

Fanny a retrouvé sa bonne humeur maladive ce qui me fait sourire.

— OK.

Chapitre 44

Il pleut des cordes depuis que je suis rentrée du travail. J'ai donc passé la soirée à la maison devant un film. Je m'apprête à aller me coucher quand je reçois un message de Samy. Je n'ai pas eu de ses nouvelles depuis le mariage, il n'est pas venu au travail depuis et je n'ai pas osé revenir vers lui. Il a été beaucoup trop dur avec moi cette fois. Il m'a clairement dit qu'il s'en foutait de moi. En réalité, c'est Fanny qui m'a fait me rendre compte que je ne pouvais pas revenir vers lui après ce qu'il m'a dit. J'inspire profondément avant de lire son message :

Tu fais quoi ?

Je ne sais pas quoi répondre. En temps normal, je lui aurais proposé que l'on se voie, mais il serait plus judicieux de ne pas le faire. Malgré tout, je ne peux pas résister à cette tentation qui brûle en moi. Je réfléchis quelques minutes avant de répondre :

Rien, tu veux passer ?

Je suis pitoyable ! Mais je me dis que son message est un peu une manière de revenir vers moi non ? Et qui sait, peut-être qu'il veut s'excuser pour son comportement...

Il arrive une demi-heure plus tard, en tenue décontractée, jean basket et polo noir. *Comment fait-il pour être toujours aussi beau en toute circonstance ?* C'est sûr, je ne pourrai jamais lui résister.

Doucement, il entre sans retirer sa veste et reste debout dans mon salon. Même pas son petit sourire en coin de d'habitude...

— Tu ne restes pas ?

Je suis déçue rien qu'à cette idée. Toutes mes bonnes résolutions ont disparu depuis qu'il est arrivé. Je veux être avec lui, je veux qu'il me prenne dans ses bras !

— Je suis juste venu te déposer ça, dit-il

Je lève un sourcil et attrape l'enveloppe qu'il me tend. Je reste bouche bée quand je vois une dizaine de gros billets. Je m'approche de lui pour lui caresser la lèvre.

— Non ne t'inquiète pas, c'est gratuit ce soir…

Je tente de le faire rire, mais il garde son sérieux tout en évitant mon regard.

— C'est pour le mariage, lance-t-il agacé avant de reculer de quelques pas.

— Oui je me doute, c'est beaucoup trop.

— C'est ta part, les mariés étaient ravis. Merci pour tout.

— Merci à toi. Être payée à faire ce que j'aime, il n'y a pas mieux.

Il ne répond pas.

— Tu étais où cette semaine ? le questionné-je.

— Le mariage a duré jusqu'à dimanche soir, j'ai pris quelques jours pour me reposer et j'étais en déplacement ensuite.

Ah oui c'est vrai, leurs mariages durent trois jours. Pourquoi ne m'a-t-il donné aucune nouvelle ?

— Je dois y aller, déclare-t-il.

— Non, reste un peu… dis-je en me plaçant devant lui.

Finalement, c'est lui qui me résiste. Il a l'air décidé et je ne peux pas le laisser partir. Pas comme ça.

J'ai l'impression que… ça sent la fin. Et je ne suis pas préparée. Pas maintenant bordel !

La boule d'angoisse que j'ai dans le ventre depuis quelques jours ne fait que grossir et je m'en veux de me laisser autant dominer par mes sentiments. Fermement, il secoue la tête et me détourne, mais je me précipite devant ma porte d'entrée pour l'empêcher de sortir. J'attrape sa main pour la poser sur ma joue et il se fige. Sa respiration se fait plus rapide, plus bruyante. Durant quelques secondes, il ferme les yeux en grimaçant presque, comme si j'étais en train de lui faire du mal.

Même si je sais parfaitement que ce n'est pas une bonne idée, j'ai envie de lui. Qu'encore une fois, on oublie que ce n'est pas possible durant quelques minutes.

Audacieusement, j'introduis son pouce dans ma bouche afin de le sucer lentement, mais il rouvre rapidement les paupières avant de le retirer brusquement.

— Non Emy, hurle-t-il.

— Pourquoi tu es comme ça ?

— Pourquoi je suis comment ?

— Si distant ! Je ne comprends pas ce que j'ai bien pu faire pour te foutre en rogne comme ça !

— C'est toi ! braille-t-il. Ta façon de faire ! Sucer mon doigt comme ça, ce n'est... pas mon style !

— Quoi ? Je ne comprends pas, qu'est-ce que...

— C'est bon Emilie, lâche-moi maintenant.

Il me pousse carrément pour sortir de chez moi en claquant la porte.

Je reste quelques secondes figée sur place avant qu'une rage monte en moi. Comment peut-il me traiter ainsi ? Qu'est-ce qu'il a voulu dire par « ce n'est pas mon style » ? Je ne pourrai pas rester comme ça sans réponse alors je décide de lui courir après.

Une fois dehors, je me rappelle qu'il pleut et que je n'ai pas même pas pris une veste, mais tant pis ! Je cours jusqu'à sa voiture et l'arrête avant qu'il n'y grimpe.

— Samy, attends !

— Emy ? demande-t-il choqué. Tu es folle, rentre chez toi tu vas attraper froid !

— Non !

Mes cheveux dégoulinent, mais je m'en moque, je ne partirais pas sans avoir vidé mon sac.

— Rentre immédiatement Emilie ! m'ordonne-t-il, fou de rage.

— Je ne rentrerai pas tant que tu ne m'auras pas expliqué !

Je hurle encore plus fort du fait que la pluie s'ébatte. Il serre les dents et sa mâchoire se crispe.

— OK, monte dans la voiture.

— Non Sam ! Non, j'en ai marre !

Il essaie de m'attraper le bras pour me forcer à lui obéir, mais je recule en hurlant encore plus fort :

— Ne me touche pas !

Il écarquille les yeux, complètement choqué de me voir aussi hystérique.

— Pourquoi tu es comme ça avec moi ? Pourquoi tu es gentil et méchant la seconde d'après ?

Je m'arrête pour reprendre mon souffle afin de poursuivre encore plus fort :

— Mi-figue mi-raisin !

Le rythme de sa respiration s'accélère et il passe une main sur ses cheveux mouillés. Je reprends sans crier, la voix triste et tremblante :

— Samy tu... tu ne veux pas t'attacher à moi, mais pourtant, c'est ce qui t'arrive. Tu veux me baiser, mais tu ne veux pas qu'on soit ensemble !

Il tressaille et je ne sais pas si ce sont mes paroles en entier ou l'injure qui le perturbe le plus.

— Tu ne veux pas non plus m'aimer, murmuré-je tristement. Et tu ne veux pas me laisser t'aimer…

Je ferme les yeux durant quelques secondes. Quand je les rouvre, son expression est indescriptible. Il recule avant d'avancer une nouvelle fois vers moi, puis recule à nouveau d'un pas.

— Emy…

Il gigote dans tous les sens et attrape sa tête mouillée dans ses mains avant d'éclater en criant :

— Je n'aime pas la façon dont tu me plais Emy ! Je n'aime pas le fait de ne plus me maîtriser quand je suis avec toi. Je n'aime pas te voir habillée court, car je ne supporte pas de savoir que quelqu'un d'autre que moi peut te désirer. Je n'aime pas te voir embrasser ou même juste discuter avec d'autres hommes ! Je n'aime pas te voir fumer et détruire ta santé. Je déteste te voir pleurer, Emy. Je ne supporte plus de penser tout le temps à toi. Je passe mes soirées à imaginer ce que tu es en train de faire quand je ne suis pas avec toi. Je n'arrive même pas à te retirer de ma tête quand je parle à ces femmes que je rencontre. J'aime ta peau, tes cheveux… tes cheveux sont si beaux et sensuels, ils devraient être cachés. J'aime ton tatouage et la signification qu'il a pour toi… mais je ne devrais pas bordel ! J'aime ta façon de me regarder, ta façon de me répondre. J'aime tout chez toi Emilie !

J'ai du mal à digérer tout ce qu'il vient de me dire. J'ai l'impression que je vais m'évanouir tellement mon cœur bat vite. La chaleur inonde ma peau alors que nous sommes gelés par la pluie.

— Samy…

Il continue de regarder le sol et je m'approche de lui pour poser mes mains sur son visage trempé.

— Sam...

Quand il lève enfin le regard sur moi, je colle mes lèvres sur les siennes. Il ne bouge pas d'un iota alors j'attrape ses bras pour le forcer à m'enlacer et je tente d'introduire ma langue dans sa bouche, mais il me repousse violemment, ce qui me fait reculer de quelques pas.

— Non Emy... tu ne comprends donc rien ? Mon côté mauvais avec toi est la raison.

Il peut dire ou faire ce qu'il souhaite, seules les paroles qu'il a prononcées juste avant se baladent dans mon cerveau.

Je refais un pas vers lui et il m'arrête avec son bras tendu vers moi pour que je ne puisse pas m'approcher davantage.

— Non Emy... non ! Tout ce que je voulais c'était... je voulais juste te sortir de ma tête. Jamais je n'aurais cru que ça se passerait comme ça...

— Sam...

— Je fais n'importe quoi depuis que je t'ai rencontrée Emy... mais ma raison est plus forte.

Il plante son regard dur dans le mien avant de continuer :

— Et elle le sera toujours.

Mes yeux se remplissent de larmes, mais il ne peut pas le voir tellement mon visage est mouillé par la pluie.

— Samy non...

— Emilie, entre nous ce n'est pas possible, on le sait depuis le début.

Je sens arriver la pire chose que je craignais depuis notre rencontre. Il me fixe l'air triste et me dit tout bas :

— C'est terminé.

Et-mon-cœur-cesse-de-battre.

Figée sur place, je hurle à l'intérieur de moi. Les bras le long de mon corps, je n'arrive plus à dire ou faire quoi que ce soit. Je n'arrive même plus à pleurer.

Je reste là, sur place, mouillée de la tête au pied, à le regarder partir. Cet homme qui vient de tout briser.

Me briser.

Chapitre 45

Ce matin est un nouveau jour sans goût pour moi. Dans le miroir de ma salle de bain, je constate l'effet de ma déprime. Mes lèvres sont sèches, mes paupières gonflées, mes yeux cernés, mon regard vide et terne.

Les paroles de Samy résonnent dans mon crâne. C'est terminé.

Je n'arrive pas à chasser ses paroles qui me broient le cœur. Je n'arrive pas à chasser cette scène surréaliste de mon esprit. Cela correspond-il à ce que ma mère a ressenti lorsque mon père est parti ? Comment a-t-elle fait pour s'en remettre ?

Je ne le croise pas de la matinée, tout comme ces derniers jours. Il faut dire que je ne cherche pas non plus à le revoir. Je prends mon café du matin à la maison et évite un maximum les pauses cigarette.

Je décide tout de même d'en prendre une avant le déjeuner, car mon corps est en manque de nicotine.

À l'extérieur, Stella est au téléphone en train de fumer sa cigarette. Je me mets un peu plus loin, mais elle raccroche dès qu'elle me voit afin de me rejoindre.

— Salut ma belle !

Elle me fait une bise, tout excitée.

— Salut, Stella, comment ça va ?

Je sais qu'avec cette simple question elle va me raconter toute sa vie, mais je préfère ça plutôt que l'on parle de moi. Je fais semblant de l'écouter en hochant la tête.

—… et donc il a pris mon numéro et on se revoit sûrement la semaine prochaine, enfin comme tu sais, je le laisse me rappeler le premier !

Elle éclate de rire en me tapant sur l'épaule.

— Bon et sinon, prête pour ce week-end ?

Je tire une taffe sur ma clope tout en l'interrogeant du regard.

— Tu n'as pas oublié notre super week-end à Lille tout de même ?

Putain de merde ! J'ai complètement zappé ce foutu week-end organisé par l'entreprise !

— Non, bien sûr que non, c'est juste que j'aie la tête ailleurs…

Je m'attends à ce qu'elle me demande ce qui ne va pas, mais heureusement pour moi, elle ne le fait pas. Elle reprend son monologue, mais cette fois en m'expliquant le planning prévu. Je ne l'écoute plus du tout et cherche une excuse à inventer pour ne pas y aller. Je sais qu'Edward va être déçu, j'avais déjà donné une réponse positive et tout le monde sait l'importance de ces réunions organisées à l'extérieur.

Je crois que personne ne sait que tous mes grands-parents sont déjà décédés, je peux peut-être leur dire que je viens de perdre ma grand-mère ? *Mon Dieu, quelle horreur !* Je secoue la tête pour me remettre les idées en place. *Non, trouve autre chose Emy !*

Je pense à la possibilité d'y aller, mais je n'y arriverai pas. Dernièrement, tout ce que je veux c'est me morfondre dans mon lit. J'arrive à peine à venir travailler, alors passer un week-end à faire semblant est au-dessus de mes forces.

Pitoyable ? Oui je sais…

Je cherche une autre excuse dans ma tête quand j'entends le nom de Samy dans la bouche de Stella.

—… et du coup, le dimanche on partira vers dix-sept heures, je pense…

— Attends, qu'est-ce que tu as dit ? la coupé-je.

Elle lève les yeux vers moi, surprise.

— Je te disais que si on partait de là-bas vers dix-sept heures, on pourrait profiter de la journée pleinement au lieu de…

— Non je veux dire, tu as parlé de Samy, non ?

Je me rends compte que j'ai peut-être halluciné et que mon obsession devient très grave.

— Oui, je disais qu'il avait proposé de nous emmener étant donné que sa voiture est plus spacieuse.

J'écarquille les yeux, mais elle ne remarque rien.

— Du coup on se donne rendez-vous devant le boulot, il nous récupère tous samedi matin.

Quoi ?! La bile me monte à la gorge. Samy y va aussi finalement et il a proposé de nous emmener ? Je ne sais plus quoi penser, en tout cas il est hors de question que je sois de la partie.

— Mais attends, tu es sûre que…. Enfin, il t'a parlé de moi ?

— Oui, on discutait de comment faire avec Mika et il s'est proposé de nous emmener, nous trois et Mélissa.

— Mélissa ? répété-je les yeux écarquillés.

— Ouais tu sais, la belle blonde à la compta.

Oh oui je vois très bien, cette pétasse qui passe ses journées à lui faire les yeux doux. Je n'y crois pas ! J'ai envie de débarquer dans son bureau et de lui hurler dessus, mais je sais que ça ne serait pas une bonne idée. Tout est fini entre nous après tout, j'ai encore moins le droit qu'avant de lui faire une scène. À cette seule pensée, la bile me prend. Je me sens mal.

Il n'est plus du tout question de chercher une excuse à présent. Je sais déjà que ça va être dur de passer deux jours près de lui, mais je n'ai pas le choix. Je ne peux pas le laisser avec cette Mélissa.

Ma colère a réussi à dépasser ma tristesse, ce qui n'est pas plus mal. Je retourne à mon bureau et pour une fois depuis quelques jours, mes pensées ne tournent plus autour de cette scène où Sam me quitte, mais plutôt de Sam et Mélissa. *Et si elle avait pris ma place ?* Cette idée me donne la nausée et je tente, sans grande réussite, de la chasser de mon esprit.

Chapitre 46

En arrivant chez moi, je me mets en jogging pour passer ma soirée devant la télé quand je reçois un appel de Fanny. Je n'aime pas lui faire ça, mais je décide de l'ignorer alors elle m'envoie un message quelques minutes plus tard :

Salut Emy, désolée je suis un peu en retard, je serai là dans une heure, à toute.

Je fais un bond de mon canapé. Quoi ? Non ! Je m'apprête à composer son numéro afin d'annuler, mais je me souviens alors que l'on avait prévu de se retrouver chez Mina qui est sortie de l'hôpital.

Mina ! Je me tape la main contre le front quand je me rends compte que je n'ai pris aucune nouvelle depuis son accouchement.

Je balance violemment mon téléphone sur le canapé.

Et merde, quelle conne ! Impossible d'annuler ce soir. Je fonce me préparer, à contrecœur.

***

— Il est vraiment adorable Mina, murmuré-je.

Je regarde le doux visage d'Adam dans mes bras en me disant que finalement, j'ai bien fait de venir.

— Oui, il me donne beaucoup de bonheur même si ce n'est pas facile tous les jours.

— Oh, comment ça ?

— C'est fatiguant un bébé…

Elle regarde Fanny comme pour avoir son approbation.

— Oui, mais tu verras, ça ne dure qu'un temps ! la rassure-t-elle aussitôt.

Mina baisse les yeux. J'ai remarqué en rentrant qu'elle avait le visage marqué et fatigué, mais je n'avais pas vu cette tristesse que je peux ressentir maintenant.

— Mina, ça va ? demandé-je, inquiète.

— Oui euh… en plus de toute cette fatigue, ce n'est pas facile d'avoir un bébé quand on est un jeune couple qui vient de se marier.

Elle tente de sourire, mais les larmes qui emplissent ses yeux la trahissent.

— Oh non Mina, qu'est-ce qui ne va pas avec Mehdi ?

— Je sais ce que tu vas dire Emy, je t'avais prévenue de ne pas te marier si vite…

— Mais non voyons !

C'est vrai que je l'ai pensé quand Mina nous a annoncé qu'elle se mariait alors qu'elle le connaissait à peine, mais maintenant je comprends mieux. Je comprends qu'on puisse faire des choses vides de sens par amour.

— Mina, la rassure Fanny. Peu importe ce qu'on ait pu te conseiller ou penser. Aujourd'hui nous ne sommes pas là pour te dire qu'on avait raison ou pas. On est là pour t'aider à aller mieux.

Fanny a toujours eu les mots qu'il faut. Mais comment fait-elle ça ? Elle hésite une seconde puis se décide à nous raconter :

— En fait, ça fait quelque temps que c'est difficile. Le fait de me soumettre à lui en tout point, de ne plus travailler, de le laisser prendre toute décision à ma place… Tout ça était difficile étant donné que je n'avais pas l'habitude, mais avec l'arrivée du bébé c'est encore plus dur à accepter, vous comprenez ?

Nous acquiesçons d'un hochement de tête. Je ne peux m'empêcher de penser que Sam avait raison. Si une musulmane comme Mina a du mal à accepter tout ça, comment quelqu'un comme moi pourrait le faire ?

— C'est pourtant ce que j'ai toujours voulu, reprend-elle. Je pense que le problème vient du fait que mes parents ne m'ont pas habituée à tout ça.

— Comment ça ? demandé-je intriguée.

— Vous savez bien, mon père est musulman, mais pas ma mère donc l'éducation n'est pas la même. Ma mère n'a jamais vraiment été soumise à mon père.

J'ouvre grand les yeux. Je sais pertinemment que les parents de Mina sont un couple mixte, mais ça ne m'a jamais autant intéressée qu'à cet instant. Un petit espoir, ridicule certes, naît en moi.

— Comment ton père a pu épouser une non-musulmane ?

Elles lèvent toutes les deux un regard étonné vers moi.

— Euh je veux dire, tu nous as toujours dit que ce n'était pas possible, non ?

Mina baisse de nouveau les yeux, mais Fanny me fixe sérieusement et je hausse les épaules.

— L'Islam n'interdit pas qu'un homme musulman épouse une femme qui ne l'est pas, Emy…

— Mais alors pourquoi… ?

Je m'arrête net en me rendant compte que je m'éloigne du sujet. Fanny me fait les gros yeux, mais Mina continue sans remarquer nos échanges silencieux.

— Dieu sait que c'est difficile un mariage mixte, j'en ai vécu l'expérience !

— Mais c'est possible, n'est-ce pas ?

Je ne prête plus aucune attention aux regards assassins de Fanny et me concentre sur la réponse de Mina.

— Oui, difficile certes, mais possible. Emy, pourquoi tu me demandes tout ça ?

J'aimerais lui raconter, je n'ai plus envie de lui cacher cette partie de ma vie, mais ce n'est pas le moment. Mina me fixe en attendant une réponse de ma part et je jette un regard à Fanny comme pour lui demander de l'aide.

— Non, c'est juste qu'on essaie de mieux comprendre, par rapport à Mehdi et toi…

Mina détourne le visage et semble passer à autre chose, ouf ! Je remercie Fanny du regard même si j'ai l'impression qu'elle me mettrait bien son poing dans la figure.

— Ne vous inquiétez pas, dit Mina. Il faut juste que je m'habitue à tout ça. On ne s'est pas vraiment laissé le temps avec le mariage puis la grossesse…

Fanny la rassure en lui parlant du fameux baby blues et de son effet passager. Je passe le reste de la soirée assez silencieuse à les écouter parler de tout et de rien et à admirer ce magnifique cadeau de la vie. Je me peux m'empêcher de penser encore une fois à Sam et son souhait d'avoir des enfants.

Après tout, c'est peut-être ce que je veux moi aussi.

Chapitre 47

J'en suis déjà à ma troisième clope en à peine une demi-heure. Assise sur le banc de l'entrée, mon sac de voyage à mes pieds, j'écoute Stella et Mika raconter leur soirée de la veille. Mon angoisse est tellement forte que j'en fais trembler volontairement mes jambes.

— Ça va Emy ? demande Mika en coupant la parole de Stella.

— Oui très bien, c'est juste que... C'est sûr qu'il va venir ?

Mika regarde sa montre.

— Oui ne t'inquiète pas, il ne va pas tarder il n'est même pas encore huit heures.

Je n'arrive pas à croire que je vais le revoir et monter dans sa voiture sans même pouvoir lui parler ou le toucher... Je ferme les yeux en tentant de canaliser mes nerfs quand j'entends une voiture s'arrêter. *Ça y est, il est là !* Mon cœur s'emballe encore plus quand je vois Mélissa assise côté passager.

C'est une putain de blague ?!

Je suis à deux doigts de hurler et de faire un scandale, mais je me retiens de toutes mes forces. Je sais que ce n'est pas la bonne solution et que je passerais pour une folle. Je respire profondément et me répète en boucle dans ma tête : *Calme-toi Emy.*

Samy sort de sa voiture en nous saluant tous d'un geste de la main et ouvre son coffre afin que nous installions nos affaires. Je ne peux m'empêcher de le reluquer. Il est vêtu d'un jean foncé et d'un polo bleu. Il est tellement beau que c'est encore plus difficile pour moi de ne pas l'imaginer en train de m'embrasser, de me toucher… mais la façon qu'il a de m'ignorer délibérément me vaut un brusque retour à la réalité.

Mika nous aide, Stella et moi, à ranger nos affaires pendant que nous nous installons toutes les deux à l'arrière de la voiture.

— Bonjour, dis-je sèchement.

Mélissa se retourne pour me saluer, un large sourire aux lèvres.

Avant de regagner sa place, Samy ouvre la portière de Mélissa.

— Si ça ne te dérange pas, Mika va passer devant. Vous serez entre filles derrière.

Mélissa acquiesce et nous rejoint à l'arrière sans rien dire, mais je peux lire sa déception sur son visage.

Bien fait pour toi !

Pour une fois, je suis heureuse de voir que Samy est toujours aussi macho.

Je me décale derrière le siège de Samy et Stella se rapproche de moi de façon à être au milieu. Heureusement, je ne serai pas à côté de cette pétasse !

Samy règle le GPS qui nous informe que nous arriverons dans un peu moins de trois heures. Je reste silencieuse tandis que Stella et Mélissa parlent boulot. Samy et Mika parlent football, eux.

Au bout d'environ une heure, le silence s'installe et Samy propose d'écouter de la musique. Il branche son téléphone et je ferme les yeux en écoutant ses fameuses musiques jouées uniquement à la guitare. Je n'arrive pas, malgré ma colère, à imaginer autre chose que lui et moi.

C'est la seule pensée qui me fasse du bien alors je ne tente pas de la supprimer.

Sa playlist s'arrête et il cherche une chanson dans son téléphone. J'ouvre grand les yeux en entendant les paroles de *I miss you*, (« Tu me manques ») de The Henningsens.

Je jette un œil dans son rétroviseur et mon cœur manque un battement quand je remarque qu'il me fixe également. C'est la première fois depuis ce matin que je croise son regard.

Il observe de nouveau la route avant de reposer ses yeux sur moi durant les paroles : « Les discussions simples me manquent ». C'est sûr, il veut me faire passer un message. Un espoir renaît en moi et je le désire plus que jamais.

Samy récupère son téléphone pour répondre à un appel et Mika s'apprête à brancher le sien, mais une idée me vient alors à l'esprit.

— Tiens Mika, dis-je en lui tendant portable. Tu peux passer cette chanson s'il te plaît ?

Il acquiesce et lance la musique que j'ai sélectionnée. Sam raccroche et me jette un rapide coup d'œil en haussant un sourcil avant de refixer la route.

La musique démarre et personne ne semble connaître le début, joué à la guitare. Quand je vois qu'il n'a aucune réaction, je me doute qu'il ne la connaît pas du tout. Moi aussi je veux lui passer un message, avec cette chanson qui me fait tant penser à lui : College & Electric Youth – A real hero.

Quand les paroles commencent : « Un véritable être humain, et un vrai héros », il lève rapidement la tête pour me regarder. Il me fixe quelques secondes et je lui souris légèrement en me pinçant la lèvre. Son regard est tellement profond que j'en perds tous mes sens.

Heureusement, personne ne remarque ces simples échanges si intenses que nous partageons durant tout le trajet.

Arrivés à l'hôtel, Edward et d'autres responsables sont déjà présents et nous proposent de nous installer tranquillement avant d'aller déjeuner en ville. Nous récupérons la clé de nos chambres à l'accueil et je bous de l'intérieur dès que Mélissa adresse la parole à Sam.

J'essaie de capter son attention, mais impossible de croiser son regard. Il faut absolument que je lui parle avant d'aller déjeuner. Je dois savoir ce qu'il s'est passé dans sa voiture ! Est-ce que je lui manque vraiment ?

Le temps que je récupère ma clé, Samy est déjà monté dans sa chambre.

Alors ça y est, il m'évite à nouveau ?

Je fonce à la mienne pour y déposer rapidement mes affaires avant de redescendre dans le hall d'accueil pour me commander un verre. Je m'assois dans un canapé très confortable près de l'entrée pour savourer mon petit remontant.

— Hey Emy, déjà là ? On a eu la même idée !

Mika rigole avant de se diriger vers le bar à son tour.

Je ne peux m'empêcher de retenir ma respiration quand les portes de l'ascenseur s'ouvrent. Samy s'avance lentement vers moi sans rien dire.

— Tu ne veux pas t'asseoir ? demandé-je.

— Non.

— Tout va bien ?

— Oui, répond-il froidement.

Bon sang, je ne comprends plus rien ! Il reste debout devant l'entrée, les mains dans les poches. Apparemment, sa raison est revenue aussi vite qu'elle n'avait disparu.

Putain de raison de merde!

En fait, il est mi-figue mi-raison ! Je souris à ma petite blague intérieure, mais il s'efface quand Stella et Melissa nous rejoignent. Cette dernière n'arrête pas de le regarder et ça me rend complètement folle !

Petit à petit, d'autres collègues nous rejoignent et il est alors l'heure de partir au centre-ville pour déjeuner. Je suis tout le monde vers la sortie, mais Samy me rattrape par le bras. Ce simple rapprochement suffit pour que mon cœur se mette à battre la chamade.

— Emilie, tu as vu le programme de cette après-midi ?

Sa phrase sonne comme un reproche, je hausse les épaules en l'interrogeant du regard.

— On visite le vieux Lille.

— Oui et… ? demandé-je les sourcils levés.

— Prends ton appareil photo !

— Oh !

Je lui souris en guise de remerciement avant de remonter rapidement dans ma chambre pour aller le récupérer. Je sens une légère excitation monter en moi. Est-ce le fait de reparler à Samy ou de photographier une vieille ville ? Sûrement un mélange des deux, mais ce que je sais c'est que si je me sens mieux, c'est encore une fois grâce à lui.

Après un déjeuner sur une jolie terrasse en hauteur, nous passons l'après-midi à visiter le vieux Lille. L'indifférence de Samy m'agace, mais je suis tellement séduite par cette architecture flamboyante que j'arrive à passer outre. Je suis fascinée par le total dépaysement à seulement quelques heures de Paris. Les maisons sont toutes identiques, hautes et étroites. Les façades sont toutes en briques et en pierre. Je prends de nombreuses photos au fur et à mesure que nous avançons. Sans m'en rendre compte, je suis déjà loin devant le groupe, ce qui fait sourire Edward qui se rapproche de moi à grands pas.

— Parfait Emilie, nous aurons de bons souvenirs grâce à vous !

Samy me regarde enfin en esquissant un petit sourire satisfait, ce qui me motive à continuer.

Nous terminons la journée dans une grande salle de conférence de l'hôtel, avec de nombreux discours sur les différents projets à venir. Tout le monde a l'air épuisé tant nous avons marché aujourd'hui.

C'est au tour de Samy de prendre la parole et ma respiration se bloque. Je le trouve si impressionnant ! En jetant un œil autour de moi, je me rends compte que je ne suis pas la seule à le penser. Mélissa le mange du regard, admirative, tout en mordillant son stylo. Une rage incontrôlable s'empare de moi.

J'ai envie de la gifler ! Et au passage, je me foutrais bien des gifles à moi aussi.

Soudain, une peur me traverse l'esprit : et si Samy changeait de partenaire sexuelle, car je n'ai pas respecté les règles ? Je secoue la tête. Rien que de l'imaginer avec elle me rend malade.

Une fois la conférence terminée, j'attends discrètement que Samy remonte pour pouvoir le suivre. Il faut que je lui parle de ce qu'il s'est passé ce matin !

Nous rentrons à plusieurs dans l'ascenseur et Martin, un collègue que je connais à peine, me demande à quel étage je vais.

Merde ! Je ne sais pas où se situe la chambre de Sam.

— Cinquième étage, s'il vous plaît.

Samy sourit légèrement, un brin moqueur. Se rendrait-il compte de ma déception ?

Je suis à peine entrée dans ma chambre que mon téléphone sonne. C'est un message de Samy.

Chambre 312.

Je souris en posant mon portable sur ma poitrine et fonce le rejoindre sans réfléchir à ce que ce message implique. Quand je frappe à la porte, je suis à la fois surprise et folle de rage. C'est Mélissa qui m'ouvre, je n'y crois pas ! Comment a-t-il pu ? Je suis au bord de l'explosion, mais je me retiens de toutes mes forces pour qu'elle ne le remarque pas.

— Euh excuse moi je me suis trompée, je cherchais Mika !

— Pas de problème, il est à l'étage d'en dessous, je crois.

Bien qu'elle me sourit gentiment, je lui tourne le dos sans la remercier. Elle referme la porte tandis que je suis au bord des larmes en les imaginant tous les deux : Samy concluant avec elle le même accord et la prenant sur son lit… Mon téléphone sonne de nouveau en me sortant de ce cauchemar atroce.

Oups, c'est la chambre 315, juste en face...

Quoi ? Je ne sais pas si je dois être rassurée ou en colère. Je retourne sur mes pas pour frapper violemment à la porte d'en face. Cette fois, c'est bien Samy qui m'ouvre en me faisant rapidement entrer afin que personne ne nous voie. Il referme la porte avant de s'adosser contre celle-ci en rigolant.

— Tu es ridicule, lâche-t-il.

— Ah, c'est moi qui suis ridicule ? Pourquoi tu as fait ça ?

— Emy, franchement…

— Ça te fait rire de me faire du mal ?

Immédiatement, il s'arrête de rire.

— Excuse-moi, souffle-t-il. Ce n'était pas mon intention.

Je soupire avant d'aller m'asseoir sur le bord de son lit.

— Tu sais que tu n'as aucune raison d'être jalouse, je pensais avoir été clair.

— Je ne sais pas, je me suis dit que… étant donné que je n'ai pas respecté les règles… que tu voulais une autre… compagne de jeu.

— Une compagne de jeux, tu es sérieuse ?

Il semble de nouveau en colère et se passe la main dans ses cheveux avant de poursuivre :

— Emy, je pense t'avoir suffisamment prouvé que tu n'étais pas mon objet sexuel ! Et je t'ai dit que tu étais la seule à qui j'avais fait cette proposition, mais enfin tu me prends pour qui ?

— Je ne sais pas, j'ai cru…

— Non Emy, je ne suis pas de ce genre-là ! Je t'ai fait cette proposition, car c'était la seule façon d'avoir une relation avec toi. Je m'en fiche de toutes les autres filles.

Il vient vraiment de dire ça ?

Il traverse la chambre pour regarder par la fenêtre. Je rêve ou c'est lui qui est fâché ?

— Franchement, après tout ce que je t'ai dit l'autre soir, je ne comprends pas que tu puisses penser ainsi…

Ma colère dissipée, je me lève pour le rejoindre et j'entoure sa taille avec mes bras en collant mon visage contre son dos. Il attrape mes mains pour les retirer.

— Non Emy… arrête.

— S'il te plaît Sam, j'en ai besoin. Nous en avons besoin.

Il laisse ses mains sur les miennes et je reste comme ça quelques secondes collée à lui, à savourer son odeur.

— Sam, je te promets de changer.

Il se détache de moi afin de se retourner pour me faire face. Je ne devrais sans doute pas faire ça, pas dire ça, mais il m'est insupportable de vivre sans lui. C'est comme si mon âme se déchirait.

— Comment ça ?

— Je vais respecter toutes les règles à la lettre, je te le promets.

— Voyons Emy, ce n'est pas ce que tu veux.

— Mais si, c'est toi que je veux.

Il secoue la tête et part s'asseoir sur un fauteuil à l'autre bout de la pièce, comme pour me fuir.

— Tu ne veux pas d'une relation comme ça Emy et moi non plus…

Je réfléchis quelques secondes. Il a raison, cette relation ne me convient pas, mais je l'accepte uniquement pour être avec lui.

— OK, alors est-ce que tu es sûr qu'il n'y a pas d'autre solution ?

Il lève la tête pour me regarder dans les yeux.

— Non aucune, on en a déjà parlé.

— Sam, j'ai parlé avec mon amie Mina et elle…

— Attends, ne me dis pas que tu leur as raconté pour nous ?

— Non, bien sûr que non.

Je pense à Fanny qui est au courant de tout, mais je décide de ne pas le lui avouer, surtout pas maintenant.

— Ce que je veux dire, c'est qu'on a parlé de sa vie de couple et on en est venu à parler de ses parents. Son père est musulman, mais pas sa mère !

— Et alors ?

— Mina m'a dit qu'un musulman pouvait épouser une non-musulmane !

— Emy, lâche-t-il dans un soupir, excédé.

Tout en réfléchissant, il tente de reprendre son calme avant de parler.

— J'aimerais te parler de trois points.

J'acquiesce avec un hochement de tête, complètement hypnotisée. Il pourrait me dire que le ciel est rose ou que la terre est plate que je le croirais sans hésitation, je le sais, j'en suis consciente.

— Premièrement, et tu redemanderas confirmation à ton amie, mais sa mère est sûrement chrétienne ou juive.

— Euh, je ne sais pas, mais qu'est-ce que ça peut faire ?

— Le Coran interdit le mariage avec une athée. Elle le permet uniquement avec une femme qui croit en Dieu.

— Oh je vois, dis-je en baissant les yeux au sol.

— Emy, même comme ça ce n'est pas ce que je veux. La deuxième chose que je voulais te dire est que je souhaite un mariage solide avec une femme qui partage la même religion que moi, tu comprends ?

Je souffle.

— Et le troisième ? demandé-je, déçue.

— Même si je faisais abstraction de ces deux points… tu ne veux pas te marier à ce que je sache ?

Euh…

— Oui, mais…

Je continue de fixer le sol, n'osant même plus le regarder. C'est vrai que j'ai toujours été contre le mariage. Je suis restée avec cette image négative depuis le divorce de mes parents, mais depuis que je connais Samy, beaucoup de choses ont changé. Le mariage ne me semble plus si terrible que ça…

— Je ne suis plus si contre, tu sais…

Ma petite réponse dûment réfléchie le fait sourire.

— Je suis content pour toi, le mariage est quelque chose de merveilleux.

Je m'approche doucement de lui, mais il reste assis sans rien dire.

— Emy, tu devrais y aller.

— Je sais. Mais je n'en ai pas envie.

Il se frotte la nuque.

— Sam, tu m'as fait comprendre que je te manquais…

— Oui et c'est vrai Emilie.

— Alors pourquoi me rejettes-tu maintenant ?

Il se lève pour se mettre face à moi.

— Je voulais que tu le saches. Je n'aurais pas dû, je suis désolé, mais c'est plus fort que moi quand je te vois. Que tu me manques ne changera rien à la situation.

— Très bien.

Je sors de sa chambre en espérant de toutes mes forces qu'il me retienne, mais il ne le fait pas.

***

J'hésite à rejoindre le groupe ce soir, mais tout le monde se poserait trop de questions alors je fais un effort et me prépare comme il se doit. Je mets ma petite robe rouge assez courte. Je l'avais mise dans ma valise dans l'espoir de rendre Samy fou de rage, mais je n'avais pas imaginé avoir toute cette conversation avec lui avant. Il souffre aussi de cette situation et même si je lui en veux au fond, je sais qu'il ne veut pas me faire de mal.

Le repas de ce soir se passe dans le restaurant de l'hôtel et j'arrive la dernière à table, ce qui me vaut le regard de tous, super ! Je m'assois honteusement près de Mika, Stella et deux autres collègues que je connais vaguement.

Durant le repas, je fais tout pour l'ignorer en discutant ou plutôt en écoutant mes collègues discuter. Je ne peux m'empêcher de le regarder de temps à autre et ça me rend dingue de m'être mise dans une telle situation. Si folle d'un homme que je ne peux pas avoir…

Nous décidons tous, à mon grand soulagement, de nous coucher tôt ce soir, car nous devons nous lever de bonne heure demain matin pour assister à une réunion — eh oui, encore ! — puis une visite de la cathédrale Notre-Dame-de-Treille de Lille avant de repartir.

Je remonte dans ma chambre et commence à descendre la fermeture de ma robe quand je reçois un message.

Tu as oublié quelque chose dans ma chambre.

Tiens ? Je regarde vaguement autour de moi. Il me semble n'avoir rien oublié. Je le rejoins à contrecœur cette fois, bien décidée à éviter tout contact avec lui. Il faut que je l'oublie !

Je n'ai même pas le temps de frapper à sa porte, qu'il l'a déjà ouverte et je fais tout pour éviter son regard avant de me ridiculiser à nouveau.

— Alors qu'est-ce que j'ai oublié ?

Sans que je m'en rende compte, il m'attrape vivement le bras pour me faire pénétrer dans la pièce et se colle à moi après l'avoir refermée.

— Tu as oublié ça.

Ses lèvres se posent sur les miennes avant de descendre délicatement dans mon cou.

— Hum…

Toutes les parcelles de mon corps se mettent à vibrer. Je ne comprends pas pourquoi ce changement soudain, mais impossible de le rejeter. Je ne lui demande pas non plus d'explication de peur qu'il ne change d'avis. Je me contente de savourer ce moment. Il pose ses mains sur mes hanches qu'il serre fermement avant de reculer jusqu'à son lit tout en m'entraînant avec lui. Et le reste n'est que pur bonheur. Tendresse et avidité. Passion et complicité. Tant de choses exprimées dans quelques caresses et baisers si éphémères. Tant d'émotions que nous ne pouvons dévoiler à haute voix.

***

Mon amant me caresse une mèche de cheveux, ce qui me rappelle ses paroles d'il y a quelques jours : « J'aime tes cheveux ».

— Toi aussi tu m'as manqué, dis-je tout bas.

Samy me positionne délicatement sur le côté et se met dans la même position face à moi en approchant son visage du mien.

— Alors je suis ton héros, hein ?

Il me caresse le bras au niveau de mon tatouage et je serre mon étreinte.

— Je n'ai rien d'un héros, Emy. Si j'étais vraiment quelqu'un de bien, je te laisserais tranquille.

— Mais je ne veux pas que tu me laisses tranquille ! J'ai besoin de toi.

Il secoue la tête pour montrer son désaccord, mais je lui attrape le menton pour l'arrêter.

— Sam, je me suis remise à ma passion, j'ai carrément eu l'opportunité d'être photographe d'un mariage ! J'ai regagné confiance en moi. J'ai connu ce que c'est d'être… amoureuse.

Il écarquille les yeux et se relève pour s'asseoir.

— Oh non Emy, ne fais surtout pas ça.

— Non Sam, ne t'inquiète pas. C'est très bien. Je ne comprenais pas pourquoi les gens se mariaient ou sacrifiaient leur vie pour leur conjoint. Maintenant, je comprends et c'est une bonne chose je trouve. J'ai une autre idée de l'amour.

— Ne parle pas d'amour Emy, s'il te plaît ! lâche-t-il en grimaçant presque.

Je ne veux surtout pas le brusquer alors je n'insiste pas, bien que j'aimerais lui dire ce que je ressens pour lui. J'aimerais lui dire que je l'aime, mais c'est impossible, il ne l'accepterait pas.

— Et il n'y a pas que ça, continué-je. Tu m'as aussi beaucoup appris sur ta religion et ta culture. Tu sais, j'avais beaucoup d'a priori.

— Comme tout le monde.

Il sourit, ouf, il est calmé.

— Mais tu en as toujours.

— Bien sûr, mais ce n'est plus comme avant. Je comprends mieux certaines choses maintenant.

— Comme quoi ? me teste-t-il.

— Tu respectes ton Dieu en ne disant jamais de gros mots. Tu ne bois pas et ne fumes pas. Toutes ces choses font que tu es quelqu'un de bien. Et je dois avouer que je parle beaucoup mieux depuis que nous… enfin depuis que je te connais.

— Ça, c'est un excellent point.

Il se penche sur le côté pour me déposer un baiser sur le coin de la bouche. Je me mets à ricaner.

— Quoi ?

— Tu es macho et romantique à la fois.

— Je ne suis pas romantique, crois-moi.

J'attrape l'oreiller dans mes bras et pose ma tête dessus en le regardant.

— Si tu l'es, à ta façon.

Il se rallonge près de moi et ferme les yeux. Je suis rassurée qu'il me laisse passer la nuit avec lui. Je le regarde quelques minutes avant de m'endormir paisiblement comme ça ne m'était pas arrivé depuis un moment.

Chapitre 48

— Emilie, j'aimerais organiser un diaporama avec les photos de ce week-end, vous pouvez vous en occuper ?

— Bien sûr Edward, avec plaisir.

Je sors de son bureau avec enthousiasme. J'adore les projets comme ça, surtout de pouvoir ressortir les photos que j'ai faites ce week-end. Je passe devant le bureau de Samy avant de retourner au mien, mais sa porte est fermée.

On n'a pas pu reparler de ce qu'il s'était passé. Nous avons passé la journée du dimanche avec tous les collègues et il nous a déposés comme convenu en fin de journée afin de récupérer nos voitures. Je ne sais pas vraiment où on en est et je n'ai pas voulu le lui demander par texto. Est-ce qu'il sera d'accord pour continuer comme on le faisait ? C'est vrai que ce n'est pas la relation dont je rêvais, mais je n'ai pas le choix si je veux continuer à le voir.

Arrivée à mon bureau, je lui envoie un message via notre logiciel en ligne.

*Dis-moi quand je peux passer te voir.

Je suis surprise d'avoir une réponse instantanée :

*Maintenant.

Sans attendre une minute de plus, je file le rejoindre.

— Salut…

— Bonjour Emy.

Il me dévisage comme s'il attendait une explication sur ma présence.

— J'aimerais qu'on discute.

— Ce n'est ni le moment ni l'endroit. On se voit ce soir.

Je me pince les lèvres et lâche un ricanement avant de répondre :

— Je dois aller chez ma mère ce soir, impossible que j'annule.

— Qu'est-ce qui te fait rire ?

— C'est mon anniversaire aujourd'hui.

Je m'attends à ce qu'il me souhaite un joyeux anniversaire, mais il n'en fait rien.

— Pas de problème, on se verra après dans ce cas.

— OK, je partirai tôt.

— Non Emy, prends ton temps avec ta mère, j'ai des choses de prévues moi aussi.

— D'accord.

Je me retourne une dernière fois avant de sortir.

— Samy...

Il lève les yeux de son bureau.

— Oui ?

— Dis-moi que ce n'est pas fini. Je veux dire, dis-moi qu'on va continuer à se voir.

Il relève la tête pour la poser contre le dossier de son siège et soupire.

— Est-ce qu'on a le choix ?

Son léger sourire me serre le cœur. Mais je le lui rends tout de même avant de sortir, tout en me demandant s'il existe un chemin à cette route sans issue que nous avons tous les deux empruntée.

Chapitre 49

— Joyeux anniversaire ma chérie !

Je souris quand ma mère me dépose mon paquet sur la table basse du salon. Je pose mon verre pour l'ouvrir d'un grand coup sec et reste bouche bée en apercevant un objectif d'appareil photo.

— Maman… c'est beaucoup trop !

— Ça me fait plaisir. J'espère qu'à toi aussi.

— Bien sûr ! Viens là.

Je la serre rapidement dans mes bras avant de tester mon cadeau sur mon appareil photo.

— Je suis contente que tu te sois remise à la photo Emy et j'aimerais que cette fois tu ne t'arrêtes jamais.

— Oui, je vais essayer.

— En tout cas je vois que tu ne le quittes plus.

— Oui, je trouve toujours un truc à photographier dernièrement. J'adore ça, ton cadeau tombe vraiment bien.

Je lui souris chaleureusement et décide de partager quelque chose avec elle.

— Je ne t'ai pas dit, j'ai été photographe d'un mariage il y a quelques semaines.

— Ce n'est pas vrai ? Comment ça se fait ?

— Un collègue dont le frère se mariait. Sa photographe l'a planté quelques jours avant.

— C'est super, tout s'est bien passé ? Ça n'a pas été trop dur ?

— Si, épuisant… Mais carrément génial !

— Je serais ravie que tu me montres…

J'acquiesce d'un hochement de tête, mais je sais que je ne lui montrerai jamais. Je n'ai pas envie d'écouter toutes ses critiques sur les mariages orientaux. Surtout que là, il ne s'agit pas de mon amie, elle n'irait pas de main morte.

— Tu sais… dernièrement je pense beaucoup à en faire mon métier.

Je continue de régler l'objectif à mon appareil afin d'éviter son regard.

— C'est une bonne idée Emy, si c'est ce que tu aimes. Je n'ai jamais compris pourquoi tu avais arrêté d'ailleurs.

Je lève les yeux vers elle.

— Tu rigoles là ? Tu ne sais pas pourquoi j'ai arrêté ?

Elle hausse les épaules. Non, elle ne se souvient pas. Je prends une profonde inspiration avant de parler de lui.

— Papa m'avait dit que je n'étais pas douée.

Maman secoue vivement la tête.

— Oh Emy… quand il s'agit de ton père, tu as toujours eu tendance à tout prendre au pied de la lettre.

— Qu'est-ce que ça veut dire ?

— Tu voulais arrêter tes études pour faire de la photo. Tu ne voulais même plus aller au lycée à cette époque. On se doutait tous les deux que notre divorce était lié à ça, mais… on ne savait plus quoi faire. Ton père t'avait dit ça pour que tu n'abandonnes pas tes études. C'était pour ton bien Emy.

Je fixe ma mère durant quelques secondes afin d'assimiler tout ce qu'elle vient de me dire. Je ne comprendrai jamais pourquoi elle prend toujours sa défense après ce qu'il lui a fait.

— Oui, enfin peu importe.

— Emy, tu es trop dure avec ton père.

— Maman ! Je n'ai pas envie qu'on se fâche… pas aujourd'hui.

— Je n'ai pas l'intention de me disputer avec toi. Je pense que tu serais une femme plus épanouie si…

Elle s'arrête quand je la fusille du regard.

— Très bien et si on testait ton nouveau jouet ?

— Ça, c'est une excellente idée !

Nous prenons quelques photos d'elle et moi en train de sourire puis de grimacer et nous éclatons de rire en voyant le résultat.

— Merci encore, maman.

Chapitre 50

J'arrive chez Samy avec le sourire. Je suis satisfaite de la soirée passée avec ma mère. J'ai réellement apprécié son cadeau et je trouve qu'elle fait beaucoup d'efforts avec moi dernièrement. Il ne manque plus qu'un agréable moment en compagnie de mon amant pour terminer cet anniversaire en beauté. J'essaie de calmer mon enthousiasme en frappant à sa porte. Avec Sam, je ne sais jamais à quoi m'attendre.

— Bonsoir bébé.

Il me sourit tendrement et j'entre avant de le prendre dans mes bras pour lui déposer un baiser sur la joue.

— J'adore… euh j'aime quand tu m'appelles comme ça, avoué-je en me mordant le coin de la lèvre.

Il sort de mon étreinte pour me regarder dans les yeux.

— Pourquoi tu t'es reprise ?

— J'ai vu la dernière fois que ça ne t'avait pas plu alors disons que… je me suis renseignée.

Je lui adresse un petit clin d'œil, ce qui le fait sourire. Nous nous dirigeons dans le salon et il s'installe sur son fauteuil en me faisant signe de m'asseoir sur le canapé d'en face.

— Dis-moi ce que tu as appris.

Le fait que je me sois renseignée sur sa religion à l'air de lui faire plaisir.

— Juste que vous n'adorez que Dieu.

— Et tu en penses quoi ?

— Honnêtement, je trouve certains aspects de votre religion un peu… extrêmes.

J'espère ne pas l'avoir froissé en disant cela, mais il fallait que je sois honnête.

— Emy, tu sais ce que veut dire le mot adorer ?

— Aimer très fort, je suppose, réponds-je en haussant les épaules.

— Non, ce mot veut dire « vouer un culte ».

— Oh...

Effectivement je commence à mieux comprendre. Il m'explique plus en détail et bizarrement, ça m'intéresse particulièrement. Je n'ai jamais aimé parler religion, mais avec lui tout est différent. Tout parait beaucoup plus clair et... logique ?

Il en profite pour m'expliquer pourquoi il ne fête pas les anniversaires. Ah oui, c'est vrai, encore un truc étrange...

— Ne t'inquiète pas, je ne suis pas venue pour qu'on fête mon anniversaire, dis-je en lui faisant un sourire coquin.

— Oui, je sais...

Il se lève et part chercher quelque chose dans sa chambre. Quand il revient, il pose une enveloppe sur le canapé à côté de moi.

— Mais il se pourrait bien que j'aie encore fait une exception pour toi...

— Sam, qu'est-ce que...

— Ouvre, me coupe-t-il.

Je ne sais pas quoi penser de tout ça. S'agit-il encore d'argent gagné au mariage de son frère ?

Quand j'ouvre l'enveloppe, je reste bouche bée et mes yeux se remplissent de larmes en découvrant... deux billets d'avion pour Rome !

Je couvre ma bouche de la main en hoquetant alors que des larmes que je n'arrive pas à contenir dévalent sur mes joues. Il s'approche doucement avant de poser sa main derrière ma tête pour approcher mon visage du sien et me faire un bisou sur le front.

— Je ne sais pas quoi dire, c'est merveilleux.

Honnêtement, je ne comprends plus rien. Tout se bouscule dans ma tête. Pourquoi me fait-il un tel cadeau alors qu'il m'a dit clairement que rien n'était possible entre nous ? Je me contente juste d'apprécier ce moment sans poser de question.

— Tu vas pouvoir réaliser ton rêve, faire ton book.

Je pose l'enveloppe sur la table basse afin de l'attraper fermement. Je lui embrasse les joues, le cou, le visage comme une hystérique.

— Du calme, dit-il en s'éclaffant.

— Merci, Samy, c'est le plus beau cadeau qu'on m'ait fait.

Je pose mes lèvres sur les siennes.

— C'est même le plus bel anniversaire que j'aie jamais eu.

Je le serre encore plus fort. Je peux sentir ce mélange de bonheur qu'il a de me voir si heureuse, et de tristesse quand il repense à sa raison. Cette raison qui ne cesse de le rattraper.

***

— Je ne voudrais pas trop t'en demander, mais il y a autre chose que j'aurais aimé pour mon anniversaire.

Il se soulève légèrement du matelas pour regarder son réveil.

— Il est déjà deux heures du matin, ce n'est plus ton anniversaire.

Totalement nu, il sort de son lit et j'en profite pour admirer ses jolies fesses musclées. *Il y a-t-il une chose qui ne soit pas parfaite chez lui ?*

— Mais dis quand même, qu'est-ce tu voudrais ?

Je me lève en enroulant le drap autour de moi et sors la guitare de mon père de sous le lit.

— Tu es sûre ?

Il sourit et une petite excitation monte en moi. Il en a envie, ça se voit. Il commence à se rhabiller, mais je l'en empêche.

— Qu'est-ce que tu dirais de... jouer nu ?

Il éclate de rire avant de plisser les yeux.

— OK, mais juste parce que c'est ton anniversaire.

S'asseyant sur la chaise en face du lit, il commence à jouer un morceau que je ne connais pas, mais qui me donne immédiatement des frissons dans tout le corps. Il est de bonne humeur ce soir et je compte bien en profiter. La tête dans les mains, allongée sur le ventre, je le contemple jouer de la guitare dans le plus simple appareil. C'est magnifique.

Je me lève pour attraper mon appareil photo et j'attends de voir sa réaction avant d'appuyer sur le bouton. Je prends quelques clichés de lui pendant qu'il joue et c'est sans doute les plus belles que j'aie faites jusqu'à maintenant. La guitare cache son sexe et met en avant son beau torse bronzé et ses jambes de footballeur.

Je m'assois sur le bord du lit et continue de l'écouter tout en l'admirant. S'il savait ce que je ressens pour lui à cet instant même.

Non, non ! Il ne doit pas savoir.

Jamais.

Chapitre 51

— Emy, attends !

Je me retourne avec mon café à la main. *Merde, c'est Ethan !* Je l'ai carrément planté la dernière fois et j'ai tout fait pour ne pas le croiser depuis.

— Salut, Ethan, excuse-moi, j'ai pas mal de boulot ces derniers temps.

— Pas de problème, on se fait une petite pause cigarette ?

— C'est que j'en reviens à l'instant… une prochaine fois ?

— OK, répond-il. Et, tu viens au pub ce soir ?

— Euh… je ne sais pas encore.

Je n'ai même pas réfléchi à la question. Cela va dépendre de Sam encore une fois…

— Je pourrais passer te prendre et te ramener après ? propose-t-il.

Je me gratte la tête, ne sachant pas quoi répondre. C'est de ma faute s'il cherche à me revoir, on a quand même un peu flirté l'autre soir et je ne lui ai jamais dit que ce n'était pas possible entre lui et moi. Je devrais sûrement être franche avec lui, mais pas ici, pas maintenant.

— Écoute Ethan, je ne sais pas encore à quelle heure j'irai si jamais je décide d'y aller, alors je te propose qu'on se rejoigne là-bas.

— Ça marche !

— OK, alors à ce soir.

Je lui souris et retourne à mon bureau. Il faudra que je prenne le temps de lui parler ce soir. Mais pour lui dire quoi ? Ethan est beau, intelligent, sympa et moi je suis censée être célibataire. Il faut que je trouve une raison valable.

Je passe devant le bureau de Samy et sa porte est ouverte, alors j'en profite pour y passer ma tête. Il est concentré sur ses documents et bon sang ce que j'ai envie de lui sauter dessus !

— Salut.

Il lève les yeux vers moi.

— Bonjour Emilie.

— Je ne te dérange pas ?

— Si un peu.

Il sourit tout de même.

— C'est juste pour savoir si tu es libre ce soir ?

— Je t'appelle si je peux passer, dit-il en replongeant dans ses documents.

— C'est que… je ne serai pas chez moi.

Il lève les yeux en fronçant les sourcils.

— Alors pas de problème.

— Sam, il y a une soirée au pub et j'aimerais que tu viennes.

— Pourquoi ?

— Je voudrais qu'on s'amuse ensemble, avec les autres.

— Non, ça ne me dit pas.

— Allez, s'il te plaît ! J'ai envie de danser.

— Emy, tu peux y aller sans problème.

— Je veux danser avec toi.

Il ricane.

— Je ne danse pas Emilie.

Son visage se renferme et je décide de ne pas insister.

— OK, si tu changes d'avis tu sais où me trouver !

Je sors vivement de son bureau et tombe nez à nez avec Edward.

— Bonjour Emilie.

— Bonjour Edward.

— Vous tombez bien ! Avez-vous une minute ?

— Bien sûr.

Je le suis dans son bureau et il me fait signe de m'asseoir sur la chaise en face de lui.

— Emilie, j'ai reçu les photos du projet ainsi que votre montage sur notre week-end à Lille.

Il marque une pause.

— Bravo, Emilie, vous m'avez impressionné.

Je souris timidement.

— Merci Edward.

— Il est donc temps de vous annoncer une bonne nouvelle. Cette évolution que vous attendiez tant...

Il me sourit en attendant une réaction de ma part. Une réaction à laquelle il ne s'attendait sans doute pas.

— Merci encore, mais...

Son sourire s'efface, mais je poursuis tout de même.

— Je n'ai plus vraiment les mêmes projets professionnels depuis quelque temps.

— Attendez Emilie je... je suis dubitatif. Cela fait des mois que vous me tannez avec ça !

Sa manière de me parler et son ton autoritaire m'étonnent un peu, mais je reste sur ma position. En fait, plus j'y réfléchis et plus je me dis qu'on a qu'une vie et qu'il faut la vivre pleinement. Il est temps que je prenne ma vie en main. Que je fasse quelque chose qui me rend pleinement heureuse.

— Oui et je vous en remercie, mais... Edward, je vais être franche avec vous, je pense changer de métier.

Il se rassoit derrière son bureau en croisant les mains.

— Et c'est maintenant que votre carrière évolue que vous souhaitez partir ?

— Oui, je me suis rendu compte que j'avais envie, enfin surtout que je pouvais, faire quelque chose que j'aime.

— Hum… la photographie, c'est ça ?

— C'est ça.

En l'avouant haut et fort, je suis un peu plus sûre de moi.

— Très bien Emilie. Je dois avouer que vous avez un don pour ça. Je suis déçu que vous partiez, mais vous souhaite beaucoup de réussite dans ce milieu.

— Merci Edward.

Je sors de son bureau avec soulagement et le sourire aux lèvres. Je suis fière et heureuse de mon choix.

J'ai comme l'impression qu'une nouvelle vie m'attend…

Chapitre 52

Je me prépare en pensant à Samy, ce soir. Je ne pense pas qu'il vienne, mais on ne sait jamais. Je mets mon jean slim avec un haut simple noir et surtout pas décolleté. Je ne me trouve pas super sexy, mais en passant mes stilettos en velours noires, ma tenue devient beaucoup plus classe.

J'envoie un message à Mika pour lui dire de ne pas passer me prendre. Je préfère y aller en voiture ce soir au cas où Sam m'appellerait pour me voir. Je pourrai partir quand je veux sans avoir d'explications à donner.

Je ne me lisse pas les cheveux et me passe juste un peu de gloss sur les lèvres. Finalement, ça ne me déplaît pas de me voir comme ça, plus naturelle.

***

— Non ça ira pour moi, merci.

Je lève la main pour refuser le verre d'alcool que me propose Mika.

— Bah alors, Emy, ça ne va pas ? se moque-t-il.

Je ricane.

— Tu veux danser ? me propose Ethan.

Ce dernier a passé la soirée à me regarder sans trop oser me parler. Je meurs d'envie de danser, mais je n'ai pas envie de lui donner encore plus de faux espoirs.

— Après, si tu veux bien.

— Bien sûr.

Rassuré que je ne lui dise pas non, il m'adresse un large sourire. Je jette un œil à la porte d'entrée qui s'ouvre, comme je n'arrête pas de faire depuis que je suis arrivée. Et cette fois, je frissonne quand je vois Samy entrer. Je me lève pour aller le voir, mais je me rends compte que les autres sont allés danser et que j'étais seule avec Ethan.

Oh non, Sam va être furax, mais je ne peux pas planter Ethan comme ça.

— Tout va bien Emy ?

Ethan se retourne vers la porte pour voir ce qui me met dans cet état, mais je l'en empêche en lui attrapant le bras.

— On va danser alors ?

— Euh ouais.

Je l'emmène rapidement sur la piste sans qu'il comprenne réellement ce qu'il se passe. Il se positionne en face de moi et je tente de me mélanger aux autres afin de pouvoir m'éclipser. Nous dansons tous ensemble au rythme de la musique et je cherche Samy du regard. Je le trouve enfin assis au bar en train de boire un soda et de me fixer. Je lève la main pour le saluer et tente de le rejoindre discrètement, mais Ethan m'attrape la main.

— Tu veux qu'on aille boire un verre ?

— Je vais saluer un collègue, je reviens tout de suite.

Je me pince la lèvre en allant vers Sam.

Dans quelle situation je me suis encore mise ?!

— Bonsoir Emilie.

Tiens, il n'a pas l'air fâché.

— Salut, Sam, je suis contente que tu sois venu.

Il sourit, mais je sens qu'il se force.

— Écoute Sam, je vais t'expliquer pour Ethan, ce n'est pas ce que tu crois.

— Non Emy, il n'y a pas de problème.

Je le regarde avec étonnement.

— Je t'assure, va t'amuser, on se voit après.

— Mais…

— Emy, ton copain n'arrête pas de regarder par ici, c'est mieux si tu y vas.

— Tu ne comptes pas partir ? l'interrogé-je avec crainte.

Il me sourit, mais encore une fois, il n'a pas l'air naturel.

— Non, j'attends David pour boire un verre. On se voit après.

Je n'insiste pas et retourne sur la piste à contrecœur. Je danse sur plusieurs musiques d'affilée en jetant de nombreux regards vers Sam pour être sûre qu'il soit toujours là.

Ethan tente de s'approcher de moi à plusieurs reprises, mais je le repousse gentiment en continuant de danser. Tout à coup, il se penche vers moi.

— Ça te dit d'aller prendre l'air ?

— OK.

Il faut que je sois franche avec lui et on sera bien mieux au calme. Nous sortons tous les deux dehors et il me tend une cigarette.

— Merci.

Je tire une taffe en réfléchissant à ce que je vais lui dire quand il me surprend en se rapprochant un peu trop près de moi. Il est si timide que je suis surprise de cette tentative. Je pose ma main sur son torse pour l'empêcher de s'approcher plus.

— Désolée Ethan…

Il recule d'un pas, carrément gêné.

— Tu as déjà quelqu'un, c'est ça ?

— On peut dire ça… Disons que c'est compliqué.

Il baisse les yeux au sol.

— Tu es quelqu'un de super, vraiment…, dis-je mal à l'aise.

— Écoute Emilie, tu me plais et je suis prêt à t'attendre.

Je souris, un peu gênée.

— Ethan, je préfère qu'on reste simplement amis.

— Pour l'instant ?

— Je ne sais pas, mais en tout cas je ne peux rien te promettre.

— Du moment que j'ai un petit espoir, ça me va, lâche-t-il timidement.

— Ethan, je…

— Pas de soucis Emy, me coupe-t-il en souriant. On est amis et c'est tout. J'ai bien compris.

Ethan et si gentil et compréhensif, il ne m'en veut même pas de mon attitude plus qu'étrange. Nous finissons notre cigarette avant de rejoindre les autres et je passe le reste de la soirée à danser et boire des verres avec mes collègues. Samy est toujours avec David et je n'ose pas les interrompre, surtout après ce qu'il s'est passé la dernière fois.

Quand son chef finit enfin par partir, j'arrête de danser pour me précipiter près de lui.

— Enfin seuls ! m'exclamé-je.

Il rit.

— Tu t'es bien amusée ?

— Oui, mais j'aurais préféré que tu danses avec moi…

Il me sourit avant de boire une gorgée de son soda.

— Tu ne bois pas du tout d'alcool ? L'interrogé-je alors.

— Pas une goutte.

— Jamais ?

— Jamais.

Je sais parfaitement que les musulmans ne boivent pas d'alcool, mais je n'ai jamais cherché à comprendre pourquoi. Je m'assois sur une chaise près de lui.

— Tu veux bien m'expliquer ?

— L'alcool n'est pas bon pour la santé, mais ça, je ne te l'apprends sûrement pas.

— Oui, mais si on en abuse. Si tu bois un verre, ça ne te fera pas de mal.

— Avec un verre, on peut être tentés d'en vouloir plus, alors que si tu n'en bois pas du tout tu ne seras jamais tenté d'être soûl.

— L'islam décrit clairement tout ça ?

— Oui Emy, mais j'aimerais parler de ça plus tard si tu veux bien. Ce n'est pas un endroit pour parler de Dieu.

— Je comprends…

Mika et les autres passent nous dire au revoir avant de partir et je me rends alors compte qu'il est déjà trois heures du matin.

— Il n'y a plus personne que l'on connaît, l'informé-je.

Je lui fais un sourire coquin et il se mord la lèvre. Je me penche pour lui poser un baiser sur la bouche et lui chuchote à l'oreille :

— Danse avec moi.

Je prends son sourire pour un oui et lui attrape la main pour l'emmener sur la piste. La musique est forte et dynamique, mais Sam ne semble pas très à l'aise avec ce style. Il sort des écouteurs de sa poche et se rapproche de moi.

— Laisse-moi faire, murmure-t-il.

Il me place les écouteurs sur les oreilles et la chanson de James Blunt *Beautiful* démarre. Je lève les yeux pour le regarder. Est-ce encore un message qu'il me fait passer ?

Samy ne m'a jamais vraiment fait de compliment. Est-ce qu'il me trouve belle ce soir, car je suis plus naturelle et moins… vulgaire ?

Je colle mon corps au sien et passe mes bras derrière sa nuque. Il pose ses mains sur ma taille et nous dansons lentement au rythme de la musique que j'entends. Ça me rappelle cette scène ridicule du film *La Boum* où la fille danse un slow avec son copain, le casque aux oreilles, alors que tout le monde s'agite autour. Cette scène me parait beaucoup moins ridicule aujourd'hui. Elle est même romantique. Magnifique et sensuelle. Je resserre mon étreinte et nous terminons notre danse collés l'un à l'autre.

***

— Tu viens à la maison ? demandé-je une fois dans le parking.

— Non Emy il est tard, je vais rentrer.

Je n'insiste pas. Je suis déjà contente qu'il soit venu me rejoindre et qu'il m'ait accordé cette merveilleuse danse.

— Samy écoute… pour Ethan je veux que tu saches que…

— Non Emy attends. Tu fais ce que tu veux. Tu as mal compris la dernière fois. Le jour où tu as quelqu'un, je veux que tu me le dises et on arrêtera là, mais en attendant, c'est normal que tu rencontres d'autres personnes.

— Mais je n'ai pas envie de…

— Emy, me coupe-t-il. On sait tous les deux que toi et moi ce n'est pas sérieux. Je ne veux pas t'empêcher de faire ta vie.

Je baisse tristement les yeux. Dieu ce que ça fait mal d'entendre ça.

— Sam, est-ce que tu es sûr qu'il n'y a vraiment aucune chance pour nous deux ?

Il recule en soupirant et pose ses mains sur la tête.

— Voyons Emy, mais de quoi est-ce que tu parles ? Tu connais cette réponse !

— Non je sais très bien, mais quelle serait la solution ? Et si je me convertissais ?

Je pose ma main sur ma bouche en me rendant compte que j'ai parlé trop vite. Sam lui, est carrément choqué.

— Qu'est-ce que tu dis ?

— Je n'ai pas dit que je comptais le faire, mais est-ce que ce serait une solution ?

— Non Emilie, on ne se convertit pas pour quelqu'un !

Son regard se durcit tandis qu'il se met carrément à crier :

— Tu crois vraiment que je voudrais d'une femme qui se force à être ce qu'elle n'est pas ? Emy, je veux une femme qui partage mes croyances !

— Je sais Samy, je sais. C'est juste que…

— Emilie…

Il se rapproche de moi et pose ses mains sur mes épaules.

— Je ne sais pas pourquoi tu t'attaches autant à moi, mais tu devrais arrêter.

Je ne réponds pas. Il me relâche avant de se diriger vers sa voiture.

— Bonne nuit Emy.

Alors qu'il s'apprête à partir sans même m'embrasser, je le rattrape.

— Sam… attends s'il te plaît.

Il se retourne, exaspéré.

— Je n'ai pas envie de me convertir, je ne peux juste pas imaginer mon avenir sans toi. Tu as changé ma vie ! Je ne t'ai pas dit, mais… j'ai dit à Edward que je démissionnais.

Son visage se radoucit.

— C'est vrai ?

— Oui.

— Je suis content pour toi Emilie, tu vas être plus heureuse en faisant un métier que tu aimes.

— Tout ça pour en venir au fait que tu m'as changée, Samy.

— Emilie, soupire-t-il. Tu penses que je suis ton héros, mais en réalité, tu tentes de remplacer ton père.

— Non, je t'assure que non.

Je me rapproche de lui et il dévie son regard du mien.

— Sam… je… je t'aime.

Il me regarde fixement durant quelques secondes.

— Emy non… tu ne viens pas de dire ça ?

Je l'attrape par le col de sa veste pour l'attirer vers moi avant de planter mon regard dans le sien. Il m'est impossible de le garder pour moi une minute de plus. Il faut que je le lui dise.

— Je t'aime Samy.

Il frémit, comme s'il souffrait physiquement, avant de fermer les yeux et de poser son front sur le mien.

Quand il les rouvre, je m'attends vraiment à ce qu'il me repousse. Encore.

Mais au lieu de ça, il passe une de ses mains sur le bas de mon dos et l'autre derrière ma nuque.

— Embrasse-moi, souffle-t-il.

Ai-je bien entendu ?

Alors que je suis en train de me demander s'il tient vraiment à briser cette stupide règle, Samy est déjà dans ma bouche. Menthe, épices, fruit parfumé… il a aussi bon goût que dans mon imagination.

Sa bouche est tellement bonne et possessive qu'il envahit tout mon être.

Bon sang, je vais mourir de plaisir!

Lorsqu'il se détache pour reprendre son souffle, je le ramène vers ma bouche.

Non pas encore, ne t'arrête pas, je t'en prie.

Sa langue est si chaude et si douce que j'aimerais la caresser toute la nuit.

Il s'exécute et m'embrasse encore. Profondément. Entièrement. Quand il s'arrête, c'est pour passer sa langue sur mes lèvres avant de la rentrer de nouveau dans ma bouche pour l'enrouler autour de la mienne. Il me goute, me savoure. Il m'envahit encore. Totalement.

Mon cœur tambourine à une vitesse insoutenable et mes jambes tiennent à peine toutes seules.

Quand notre baiser se termine, j'ai du mal à ouvrir les yeux et je suis à bout de souffle. Il continue de me tenir le visage en me caressant la joue du bout de ses doigts.

— Emy… je suis tellement désolé.

Mes paupières s'ouvrent quand il me relâche.

— J'ai enfreint toutes les règles, dit-il en s'essuyant la bouche.

Le regard viré au sol, il est parti dans ses pensées et c'est la première fois que je le vois aussi désorienté.

— Emilie, dit-il en se raclant la gorge. Il est tard, je… je t'appelle demain.

Il est si vulnérable que je ne sais pas quoi faire ou dire.

— Sam… est-ce que… est-ce que ça va ?

— On se voit demain, OK ?

Sans me regarder, il inspire profondément avant de reculer doucement.

— Très bien, j'attendrai ton appel.

Il attend que je sois dans ma voiture avant de repartir. Je pose ma tête sur le siège et ferme les yeux en repensant au plus beau baiser que j'ai jamais eu.

Chapitre 53

Je me réveille avec les images de Samy et moi en train de s'embrasser et tout mon corps se raidit de plaisir. J'attrape mon téléphone pour vérifier qu'il ne m'a pas appelée.

Mon estomac est si noué que je n'arrive pas à avaler quoi que ce soit. Alors je décide de vider mon appareil photo sur mon ordinateur. J'en profite pour faire un tri et admirer toutes celles de Samy. Il n'y en a aucune qui ne me plaît pas de lui. Je n'en supprime pas une seule et décide de toutes les garder. Il est tellement beau.

Mon téléphone sonne en fin d'après-midi et je me précipite sur lui. Enfin un message de Samy ! Je sautille sur place de bonheur. Après le baiser que nous avons échangé, j'ai hâte de le voir seul à seul. Je ne pense qu'à recommencer...

Tu me fais confiance ?

Mon cœur s'emballe déjà. Toutes les fois où il m'a dit ça, c'était pour me faire vivre quelque chose d'intense. Je réponds oui sans réfléchir.

Je t'attends dehors.

La vache ! Je sens mon cœur battre plus fort rien qu'à l'idée de le voir. J'attrape mon appareil photo et ma veste avant de descendre rapidement.

— Bonsoir, dis-je en grimpant dans sa voiture.

Il ne répond pas et à l'air très nerveux.

— Tout va bien ? demandé-je alors.

Il s'efforce de sourire.

— Oui. Et toi ?

— Ouais.

Il a carrément la tête ailleurs, mais je décide de ne pas le questionner.

Vas-y montre-moi ta surprise, chéri !

Au bout de quelques kilomètres, il se gare dans un endroit qui m'est familier. Il serre son volant et parait de plus en plus nerveux.

— Sam qu'est-ce qu'il y a ? Où est-ce qu'on est ?

Je me sens nerveuse à mon tour sans réellement savoir pourquoi.

— Emy, je veux que tu saches que si je fais ça c'est pour toi. Uniquement pour toi.

— Quoi ?

Je regarde à nouveau autour de moi un peu paniquée et pose ma main sur mon front qui commence à perler. *Mince, pourquoi cet endroit me dit-il autant quelque chose ?*

Le rythme de ma respiration s'accélère et je tente de me calmer par tous les moyens. Je fronce les sourcils en fixant Sam qui regarde en direction d'une personne qui sort d'une boutique. L'homme est en train de sortir les poubelles de sa chocolaterie.

Putain de merde ! C'est… c'est mon père.

Affolée, je pose mes mains sur le pare-brise comme pour me rattraper d'une chute.

— Sam, qu'est-ce que…

Il me prend la main que je dégage d'un grand coup sec.

— Lâche-moi ! hurlé-je.

Je tente d'ouvrir la portière pour fuir, mais elle est bloquée et je tire dessus comme une hystérique.

— Emilie arrête !

Il m'attrape les bras afin que je ne puisse plus bouger, mais je me débats autant que possible.

— Comment oses-tu ?

J'ai tellement hurlé que ma voix s'est brisée.

— Emy calme toi, écoute-moi. Il ne sait pas que tu es ici. Tu n'es pas obligée d'aller le voir.

Il me parle doucement, mais impossible de me calmer pour autant. Je continue de me débattre pour qu'il me lâche, mais il double sa force pour me bloquer.

— Tu souffres à cause de lui Emy. Tu ne lui as jamais pardonné et tu n'arriveras jamais à passer à autre chose. Tu dois me faire confiance. Que les choses se passent bien ou mal, tu as besoin de lui parler.

— Non !

À présent, les larmes coulent sur mon visage.

— Je sais qu'il t'a fait souffrir. Ce qu'il a fait est très moche. Mais pas au point de ne plus voir la personne qui compte le plus pour lui.

J'arrête de me débattre pour le fusiller du regard.

— Tu ne sais pas de quoi tu parles !

— Je te demande de me faire confiance.

— Je ne peux pas !

Il me relâche enfin.

— Pourquoi tu me fais ça ? sangloté-je.

— Emy… regarde-moi. S'il te plaît.

Difficilement, je m'exécute.

— Pardon d'avoir laissé les choses aller aussi loin.

— Non Sam, ne fais pas ça, tenté-je de l'arrêter en comprenant son intention.

— Tu penses m'aimer, car je ressemble à quelqu'un qui te manque.

— Mais non ! hurlé-je de nouveau.

Je me sens pitoyable et grotesque à crier comme ça.

— Emilie, je te remercie pour tout ce que tu m'as apporté, car crois-moi, tu m'as apporté bien plus que ce que j'ai pu t'apporter.

Mes larmes m'empêchent de rajouter quoi que ce soit. Je suis bloquée par la présence de mon père et en même temps que ce soit terminé avec Samy. Car j'ai bien compris que cette fois c'est vraiment fini. Je l'ai vu hier dans ses yeux. J'ai vu qu'il ne pourrait plus continuer comme ça.

Et je le vois encore plus maintenant.

— Je ne vais pas y arriver sans toi Sam.

— Tu as besoin de ton père Emy. Tu m'associes à lui et tu penses m'aimer…

— Mais je t'aime !

Je recommence à hurler et ma déclaration semble lui faire mal, car son visage se crispe comme s'il souffrait physiquement.

— Emy. S'il te plaît. Ne rends pas les choses plus difficiles.

— Alors c'est fini, cette fois c'est sûr ?

— Oui, je suis désolé.

— Et notre voyage à Rome ?

— C'est un cadeau, vas-y avec qui tu veux.

Je tourne la tête vers la vitre en soufflant.

— Mais c'est avec toi que je voulais y aller.

— J'aurais dû te préciser que je ne comptais pas y aller, mais tu étais si heureuse et je ne voulais pas te peiner le jour de ton anniversaire.

— Qu'est-ce que ça peut te foutre, tu ne fêtes pas les anniversaires !

Son visage se durcit et il écarquille les yeux.

— Laisse tomber Sam, je peux parler comme je veux maintenant !

Il respire profondément, sûrement pour se concentrer à ne pas me hurler dessus.

— Je vais te ramener chez toi maintenant.

Je continue de regarder par la fenêtre, les bras croisés sur ma poitrine.

— Oui merci, lâché-je durement.

— Avant d'y aller je vais te demander une chose Emy, une seule.

Je me tourne vers lui, le regard assassin.

— Regarde dans cette boutique Emilie.

Je reste plusieurs secondes les bras croisés, refusant de faire ce qu'il me dit.

— Je ne partirai pas tant que tu n'auras pas fait ce que je t'ai demandé.

Je sais qu'il ne cédera pas alors je détourne le regard vers la boutique de mon père en faisant mine d'être indifférente. Je le vois alors en train de ranger des choses derrière le comptoir. Je suis surprise de voir qu'il a autant de cheveux blancs. C'est normal, après toutes ces années. Il aura fini par l'avoir cette boutique de chocolat qu'il voulait tant. Mon père a toujours aimé le chocolat et il disait qu'un jour il ouvrirait sa boutique dans Paris. J'essaie de ne pas sourire en y repensant, mais presque malgré moi, les coins de ma bouche se relèvent légèrement. Je ne peux pas dire que ça me fait du bien de le voir tant mon cœur est brisé, mais disons que ça ne me fait pas aussi mal que je l'avais imaginé. Je détourne le regard pour que Sam ne voie pas les larmes revenir.

— Ramène-moi maintenant.

Nous ne nous adressons pas la parole de tout le trajet et c'est une fois arrivés devant chez moi, qu'il rompt le silence :

— Ta guitare est dans le coffre.

J'ouvre la portière et me tourne vers lui.

— Alors tu ne m'as jamais aimée ?

Sa respiration se bloque. Je l'ai entendu. Je l'ai senti.

— Emilie… tu as bien vu ce que je ressentais pour toi. Mais il faut que tu saches une chose…

Il inspire profondément en me regardant fixement dans les yeux.

— Je ne laisserai jamais mes sentiments aller au-delà de ma raison. Jamais.

— Mi-figue mi-raison, dis-je calmement.

Sans rien dire, nous nous contemplons durant quelques secondes. Complètement stoïque, il ne réagit plus. Ni physiquement ni verbalement. Rien.

Son regard est vide.

Je pourrais éclater en sanglots devant lui, mais je ne veux pas qu'il me voie tomber.

Car une chose est sûre, je suis carrément en train de sombrer.

— Sois heureuse Emilie.

Sans rien dire, je m'extirpe lentement de sa voiture puis le regarde partir. Mais une fois qu'elle a disparu et lui avec, je m'assois sur le trottoir et m'effondre en larmes.

Chapitre 54

J'éteins mon téléphone et augmente le son de la télé. Déjà une semaine que je ne vais pas au travail sans donner signe de vie. Enfin si, j'ai envoyé un message à Edward pour lui dire que je ne pourrai pas venir. Depuis, il m'appelle tous les jours ainsi que Stella, Mika et Ethan. J'ai également reçu quelques messages de ma mère, Mina et Fanny. Il faudrait que je me motive et réponde avant qu'elles ne débarquent ici. Je n'ai vraiment aucune envie de voir qui que ce soit.

Je regarde autour de moi et mon appartement est un vrai bazar. Il y a des vêtements, des livres et des photos un peu partout. Des boîtes de repas préparés s'accumulent dans la cuisine. J'ai honte, mais je n'ai aucune motivation. Je me sens tellement seule et triste… Je ne veux même pas prononcer son nom dans ma tête. J'ai une migraine permanente depuis une semaine à force de pleurer.

Je sais que je ne peux pas continuer comme ça. Je devrais commencer par démissionner. Je ne pourrai pas retourner au boulot et craindre de le croiser à longueur de journée. Je prends mon ordinateur pour rédiger ma lettre de démission, mais quand je l'allume, la photo de lui et moi apparaît sur l'écran d'accueil. Une photo de nous chez moi au lever de soleil. Je referme immédiatement l'écran. Ça me fait tellement mal de le voir. Je n'arrive pas à le chasser de mon esprit tant il me manque. J'ai l'impression de ne plus avoir de raison de vivre.

Quelle idiote! Je n'aurais jamais pensé être accro à quelqu'un à ce point-là. C'est vrai, qui l'aurait cru il y a quelques mois?

Évidemment, il n'est pas question de me laisser aller de cette façon pour un mec. Je me suis donné une semaine pour faire mon deuil comme il se doit. Je suis une femme forte et je refuse de déprimer durant des mois tout comme maman…

Je me lève, décidée, et range mon appartement puis fais le ménage. Je reste un long moment sous la douche en réfléchissant. J'aurai beau faire ce que je peux, je n'oublierai jamais cet homme. Il est gravé en moi à vie. J'attrape mon pendentif dans la main et me remets à pleurer.

En sortant de la douche, je me sens un tout petit peu mieux. Je reprends mon ordinateur portable, décidée à écrire cette lettre. Une fois le courrier imprimé, quelqu'un frappe à la porte.

Oh non! Je n'aime pas faire ça, mais je décide d'ignorer. Je baisse le son de la télé et ne bouge plus, mais ça frappe encore plus fort et j'entends crier au loin.

— Emy c'est nous, on ne partira pas d'ici tant que tu n'auras pas ouvert cette porte!

C'est Fanny et Mina. Je n'ai pas la moindre envie de discuter, mais je suis rassurée que ce soient elles et non pas ma mère. Je m'approche de la porte et hésite encore à ouvrir.

— Emy, on va défoncer cette porte si tu n'ouvres pas!

J'ouvre immédiatement, je sais qu'elles en sont capables.

Après m'avoir forcé à finir tout le repas japonais qu'elles m'ont apporté, je finis par tout leur raconter en détail. Elles sont tellement bouches bée, qu'elles ne savent pas quoi me dire. Surtout Mina qui n'était au courant de rien.

— Donc tu as revu ton père ?

Fanny n'en revient toujours pas.

— Oui, mais enfin c'est tout ce que tu retiens ?

Elles hochent instinctivement la tête.

— Écoutez les filles, je suis consciente que je n'aurais jamais dû accepter une telle relation, mais je n'ai pas réussi. Cet homme m'a tellement apporté.

— Oui on voit ça, mais il t'a apporté beaucoup de mauvais aussi, regarde-toi !

Je fixe Mina qui ne dit rien depuis qu'elle est arrivée.

— Je te déçois...

— Je suis surtout déçue de ce genre de personne...

— Comment ça ?

— Il se dit croyant et pratiquant, mais profite d'une française pour passer du bon temps ! proteste-t-elle, indignée.

— S'il te plaît Mina. Je sais que ça semble tordu, mais notre relation n'était pas ce qu'elle semble être.

Elles se regardent, pas très convaincues.

— Mais enfin, constatez vous-mêmes ! Je me suis remise à la photo, je vais démissionner pour en faire mon métier. La relation avec ma mère s'est améliorée et... je ne déteste plus mon père. Il m'a également appris à respecter la religion. Je n'ai plus du tout le même point de vue sur tout ça. Je comprends mieux votre dévouement.

Je me rends compte que malgré ma peine, cet homme m'a apporté que du bien.

Mina semble calmée, mais reste sur sa position.

— Je suis contente pour toi Emy, vraiment. Mais pour moi, cet homme n'est pas un bon musulman. Il devrait avoir honte.

— Mais enfin Mina, dis Fanny. S'il est amoureux d'elle...

— Non Fanny, je ne suis pas d'accord ! Il n'aurait jamais dû tomber amoureux d'elle. Il aurait dû couper court tout de suite.

Tandis que je les fixe les yeux écarquillés et la bouche grande ouverte, elles arrêtent leur dispute pour me contempler.

— Emy ça va ?

— Vous avez dit amoureux ?

— Bien sûr qu'il est amoureux, répond Fanny sûre d'elle. Tu crois qu'il a fait tout ça pour quelle raison ?

Je regarde Mina, partage-t-elle son avis ?

— Même si je ne suis pas du tout d'accord avec ce qu'il t'a fait, je dois avouer qu'il était sûrement fou de toi pour faire tout ça.

Un léger sourire se dessine sur mes lèvres et Mina le remarque la première.

— Ça ne veut pas dire que c'est un mec bien, Emy ! Tu dois passer à autre chose.

Je secoue la tête pour reprendre mes esprits.

— Je sais très bien. Et je n'ai pas le choix de toute façon. Il ne veut plus de moi.

Fanny se lève pour ranger toutes les photos de lui étalées sur la table du salon. Les seules choses que je n'ai pas osé ranger.

— Tu vas te ressaisir maintenant et vivre une vie meilleure ! Tu vas chercher un nouvel emploi puis tu démissionneras.

Je souris de son enthousiasme. Il a l'air contagieux et ça me fait du bien.

— J'ai déjà écrit mon courrier, j'allais l'envoyer.

J'attrape la lettre de l'imprimante et la lui tends.

— Quoi ? Tu ne peux pas faire ça Emy !

— Comment ça ?

— Tu ne vas pas démissionner sans rien avoir derrière.

Elle a raison, je n'avais pas pensé à ça. Comment je vais faire pour payer mon loyer et mes factures si je ne trouve pas de boulot tout de suite ? J'enfouis violemment mon visage dans l'oreiller du canapé.

— Oh non, je ne peux pas retourner au travail !

— Calme-toi Emy.

Fanny me relève pour m'asseoir face à elles.

— Tu vas appeler ton chef pour lui expliquer que tu prends quelques jours. Tu en profiteras pour chercher du boulot et tu y verras un peu plus clair ensuite.

Je regarde Mina qui hoche la tête pour montrer qu'elle est d'accord.

— Très bien.

Je leur souris et elles ont l'air contentes de ma décision.

— Je vous ai déjà dit que je vous aimais ?

J'ouvre les bras et elles s'approchent de moi en riant.

Chapitre 55

Je suis motivée à reprendre ma vie en main. Je ne peux pas tout gâcher pour un mec tout de même ! La visite de mes amies m'a fait beaucoup de bien, comme toujours. Je me mets à rechercher des offres d'emploi de photographe, mais ça a l'air tellement compliqué. Ils demandent tous un diplôme ou une formation.

Je rallume mon portable pour passer un coup de fil à Edward et je constate plusieurs messages dont un de Mika qui m'invite à passer la soirée avec eux. Ma première pensée est de dire non, mais ça me ferait du bien de sortir un peu et il faut que je me ressaisisse. Je lui réponds que je suis partante et il me propose de passer me prendre. Je continue à regarder les offres d'emploi avant de me préparer, mais sans aucun succès.

À peine rentrée dans la voiture de Mika, qu'il me mitraille de questions.

— Ça va ma belle ? Pourquoi tu ne viens plus au boulot ? Qu'est-ce qu'il ne va pas ?

— Des problèmes de famille…

— Oh, avec ta mère ?

— Je n'ai pas trop envie d'en parler, désolée…

Il ne dit plus rien et je le sens vexé. Je lui ai toujours tout raconté de ma vie et il ne doit sûrement pas comprendre. Je ne veux pas qu'il pense que c'est à cause de ce qu'il s'est passé entre nous.

— Tu sais, je me pose beaucoup de questions sur mon avenir… je ne sais plus où j'en suis professionnellement. Je pense que je vais démissionner.

— Sérieux ? Pour faire quoi ?

— De la photo.

— Oh !

Il continue de regarder la route tristement.

— Tu ne penses pas que ce soit une bonne idée ?

— Si bien sûr, tu es douée ! J'ai vu la communication sur notre week-end à Lille. T'as assuré Emy ! C'est juste que… ça va faire bizarre de ne plus te voir au boulot.

— On continuera de se voir en dehors.

— Ouais, je ne sais pas.

— Pourquoi tu dis ça ?

— Disons que tu t'es beaucoup éloignée ces derniers temps. Je comprends tout à fait, ne t'inquiète pas. J'ai été tellement con…

— Non Mika, ce n'est pas de ta faute je t'assure. Je… Je vais mettre de l'ordre dans ma vie et bientôt l'ancienne Emy sera de retour.

— Mais non ! La nouvelle Emy est tellement plus sûre d'elle et… épanouie.

Il a raison. Je souffre peut-être d'un chagrin d'amour à cause de Samy, mais il m'a tellement changée. Je suis contente de m'être forcée à sortir, car rien que de parler avec Mika me fait un bien fou.

Nous arrivons les derniers au pub. Stella, Ethan et les autres sont déjà installés à une table. Je regarde autour de moi en espérant qu'il ne soit pas là, même si je sais qu'au fond de moi j'aimerais qu'il le soit. Je me décontracte au fil des verres que je descends. L'alcool est un excellent moyen de lutter contre la déprime. Je me sens plus sereine et moins triste. Même si cette douleur profonde ne me quitte pas, je me sens un peu mieux. Le groupe se lève pour aller danser, mais je n'en ai pas du tout envie.

— Je vous rejoins après.

Ethan se rassoit près de moi.

— Ça te dérange si je te tiens compagnie ?

— Pas du tout.

— Alors comme ça, tu disais que tu allais changer de métier ?

— Oui, j'aimerais être photographe.

— Tu as raison, j'ai vu tes photos et elles sont excellentes.

Je souris largement. Ça me fait du bien d'entendre que mon travail a plu.

— Et tu voudrais faire quoi exactement ?

— Écoute, je ne sais pas trop. J'ai regardé des offres, mais elles demandent toutes une formation minimum. Je t'avoue que je suis un peu perdue.

— Tu sais, ma mère travaille pour un photographe.

— Sérieux ?

— Oui, enfin elle est juste assistante, mais je peux peut-être lui en toucher deux mots ?

— Tu ferais ça pour moi ?

— Bien sûr, si je peux aider une amie.

Il m'adresse un clin d'œil et je lui souris gentiment.

— Je te remercie.

Ethan est vraiment super. Je l'ai planté à plusieurs reprises et il me propose son aide. Je le fixe attentivement. Il est vraiment très mignon comme garçon. Après tout, il faut que je passe à autre chose…

— Et si on allait danser ?

Il hoche la tête et nous partons rejoindre les autres sur la piste de danse. Je me défoule au rythme de la musique en riant avec les amis. Je m'arrête de temps en temps pour regarder autour de moi dans l'espoir qu'il soit là.

Arrête Emy, tu dois passer à autre chose !

Je me rapproche d'Ethan et danse en face de lui. Après m'être épuisée sur la piste, j'accepte sans hésiter sa proposition de me ramener chez moi.

Je salue toute l'équipe et j'éclate de rire en voyant Stella et Mika me faire un sourire coquin. Je dois avouer que l'alcool me fait rire pour rien ce soir.

En arrivant chez moi, Ethan sort rapidement de sa voiture pour venir m'ouvrir la portière, tel un vrai gentleman. Waouh, je n'étais pas habituée à ça dernièrement.

— Merci de m'avoir raccompagnée Ethan.

J'attends quelques minutes en pensant réellement qu'il va m'embrasser, mais il n'en fait rien.

— Bonne nuit Emy…

Il m'adresse un large sourire avant de me tourner le dos.

— Ethan…

Il se retourne légèrement.

— Ça serait cool si on se revoyait, je veux dire toi et moi.

— Avec plaisir.

— Super, à plus.

Il repart et je m'assois quelques minutes pour réfléchir. Ai-je vraiment envie d'aller plus loin avec lui ? Est-ce que j'avais vraiment envie qu'il m'embrasse ? Je ne saurais répondre à cette question, mais tout ce que je sais, c'est que je veux oublier Samy. Je veux reboucher ce trou dans mon cœur qui me fait si mal.

Chapitre 56

Je suis allongée sur mon canapé, un verre d'aspirine à la main. Ça faisait longtemps que je ne subissais plus les effets de la gueule de bois. Faut dire que ça faisait longtemps que je n'avais pas autant bu. Je me frotte les tempes en pensant à ce que m'a dit Sam sur l'alcool. Après tout, il a peut-être raison. On ne connaît pas nos limites et on est tentés de boire encore plus dès lors que l'on a commencé. Mon téléphone sonne et je m'apprête à rejeter l'appel comme je fais ces derniers jours, mais il vient de ma mère et je ne lui ai donné aucune nouvelle depuis mon anniversaire.

— Salut maman.

— Bonjour chérie, est-ce que tout va bien ? Tu ne m'as pas rappelée…

— Oui maman, tout va bien. J'ai fait la fête hier et je suis un peu fatiguée.

— Ah, je vois.

Je sais que ma mère n'aime pas que je sorte autant. Elle aimerait que je me pose avec quelqu'un comme la plupart des filles de mon âge, selon elle.

— Tu comptes passer bientôt ?

— J'ai pas mal de choses à faire ces prochains jours, je te tiens au courant.

— Très bien. Alors, prends soin de toi, à bientôt.

Je la sens vexée, mais elle raccroche sans insister. Je repose à peine mon téléphone que je reçois un autre appel. C'est Ethan.

— Salut Ethan.

— Salut Emy ! Tu es disponible ce soir ?

— Euh… je ne sais pas je…

— J'ai une super nouvelle à t'annoncer, j'ai parlé à ma mère.

Je me relève pour m'asseoir sur mon canapé.

— C'est vrai ?

— Oui, elle a parlé à son patron et il est intéressé. Je t'explique tout ce soir si ça te dit ?

— Bien sûr ! Tu… tu veux passer à la maison ?

— Et si on allait manger une pizza plutôt ?

— OK, avec plaisir.

— Ça te va si je passe à vingt heures ?

— Très bien, à ce soir.

Je raccroche le sourire aux lèvres. J'ai tellement envie de changer de métier, de voir autre chose et surtout de changer de vie.

Je range l'appartement et me précipite à la douche. Puis, je me lisse les cheveux et me maquille légèrement. Mon processus de changement de vie commence aujourd'hui. Un nouveau boulot et peut-être un nouveau petit ami avec une relation normale.

Après tout, c'est ça la vie ! Une relation banale et monotone comme je connais bien. C'est comme ça que vivent les gens normaux. Ils sortent ensemble, passent de bons moments, se marient. Pas besoin de ressentir des sensations fortes et improbables. Je veux une vie simple comme tout le monde !

***

— Donc, le patron de ma mère est d'accord pour te prendre à l'essai et si tout se passe bien il te paie une formation en cours du soir.

— C'est vraiment génial Ethan, je ne te remercierai jamais assez.

— Ne t'inquiète pas pour ça. Je te laisse son numéro afin que tu voies toutes les formalités avec lui. Il voudrait que tu commences le plus tôt possible.

— OK, alors il faut que j'appelle Edward. Je suis tellement contente, merci encore !

— Je n'ai rien fait Emy.

Je croque une part de pizza.

— Bon et sinon… est-ce que c'est toujours aussi compliqué avec le garçon dont tu m'avais parlé ?

Je perds de nouveau l'appétit tout à coup. Une boule se forme dans mon estomac rien que d'y repenser. Je ne veux plus y songer, je ne veux plus souffrir. Je dois passer à autre chose !

— C'est terminé, je ne veux plus de complications.

Je lui souris chaleureusement.

— J'en suis ravi, dit-il en esquissant un sourire.

Nous finissons notre repas dans la bonne humeur en discutant de tout et de rien. Ça fait du bien de passer un moment normal avec un homme, sans autorité, sans sautes d'humeur.

Quand nous sortons de la pizzeria, Ethan se positionne face à moi.

— Tu es si belle Emy…

Ça aussi ça fait du bien… un compliment ! Ça fait longtemps que je n'ai pas entendu quelque chose d'aussi gentil de la part d'un homme. Je baisse timidement les yeux et il s'approche de moi pour m'embrasser. Je le laisse faire et passe mes mains autour de son cou. J'ai beau m'efforcer pour me concentrer, mais je ne ressens aucune sensation, aucun battement de cœur, aucun frisson. Ethan tente d'introduire sa langue dans ma bouche, mais je l'arrête et le relâche aussitôt en reculant d'un pas.

Embrasser avec la langue rime avec amour...

J'écarquille les yeux en passant ma main sur mes lèvres.

— Je suis désolée Ethan, je ne peux pas.

Il me fixe surpris sans savoir quoi dire. Je suis horrifiée de constater que malgré tous mes efforts, je n'arrive pas à sortir Samy de ma tête.

— Tout va bien ?

— Je crois que je ne suis pas encore prête…

— Ce n'est pas grave Emy.

— Écoute, je comprendrais que tu ne veuilles plus m'aider pour le travail, mais…

— Non, je ne l'ai pas fait pour ça.

— Moi non plus, je te le promets. J'ai vraiment envie de passer à autre chose, j'aurais aimé que ça marche entre nous.

Tout ce que je viens de lui dire est vrai. J'aurais réellement aimé que tout soit plus facile. Des larmes me montent aux yeux et cela semble l'attrister.

— Ne t'inquiète pas Emy. Ça ne change rien pour le boulot. Et quant à toi et moi, je vais te laisser le temps qu'il faudra.

Je me force à sourire pour le remercier.

— Je vais te ramener…

— Non, je vais rentrer seule. J'ai besoin de marcher.

— Tu es sûre ?

— Oui certaine, ça va me faire du bien. Encore désolée et merci pour tout.

Il acquiesce et je ne peux m'empêcher de penser que Sam ne m'aurait jamais laissée rentrer seule à une heure si tardive.

Voilà que son autorité me manque aussi maintenant !

Je lui tourne le dos et pars rapidement avant de fondre à nouveau en larmes. Je n'ai plus d'autres choix que d'affronter ma tristesse.

Chapitre 57

Je ne suis pas sûre de pouvoir y arriver, mais je n'ai pas vraiment le choix. Je dois récupérer toutes mes affaires à mon bureau et Edward a insisté pour que je passe lui donner ma lettre en mains propres. Il veut également me faire signer une fin de contrat afin que je n'effectue pas de préavis, ce qui m'arrange étant donné que je commence mon nouveau boulot dans deux semaines. Je souris à cette idée. J'ai hâte de démarrer dans le monde de la photo. Je vais également avoir une formation gratuite, ce qui va me permettre d'évoluer plus rapidement, mais aussi d'occuper mes soirées au lieu de les passer à me morfondre.

Allez c'est parti, je suis prête.

Je me suis habillée très simplement avec un pantalon à pince beige et un chemisier noir. Je ne me suis pas lissé les cheveux ni trop maquillée, mais je commence à me plaire comme ça.

Je fonce tête baissée dans le bureau d'Edward afin d'éviter mes collègues, enfin surtout afin de l'éviter lui.

— C'est une grande perte pour moi Emilie, mais je suis content que vous continuiez dans une voie qui vous convienne.

— Merci Edward.

Il signe la lettre de rupture avant de me tendre une copie.

Ça y est, c'est fait.

Edward me souhaite une bonne continuation et je sors de son bureau avec le sourire aux lèvres. Un sourire qui s'évanouit quand je tombe nez à nez avec lui. Sam est là, debout à quelques mètres de moi. Mon cœur se met à battre comme il ne l'avait pas fait depuis un bon moment. Une boule d'angoisse empare la totalité de mon estomac.

Il a l'air aussi surpris que moi, pourtant rien d'extraordinaire de se croiser sur nos lieux de travail. Enfin, mon ancien lieu de travail, maintenant. Je baisse la tête et continue mon chemin, mais quand j'arrive à son niveau, il me salue d'une voix douce.

— Bonjour Emilie.

— Bonjour.

Je continue de fixer le sol. Je ne veux pas prendre le risque de pleurer, vu que dernièrement c'est devenu une de mes grandes habitudes.

— J'ai appris que tu partais.

Je hoche la tête.

— Tu as trouvé autre chose ?

— Oui, je commence dans deux semaines. Je vais être l'assistante d'un photographe pour démarrer et je serai formée en même temps.

— C'est bien, je suis content pour toi. Vraiment.

J'ose enfin le regarder dans les yeux. *Dieu ce qu'il est beau*. Il porte une chemise rose qui lui va merveilleusement bien. J'ai envie de l'embrasser. Ou le serrer fort dans mes bras. Ou les deux ! Juste une dernière fois…

Non Emy, arrête ça tout de suite !

— Bon et bien j'y vais.

— Je te souhaite beaucoup de réussite Emilie.

— Merci.

Je pars précipitamment avant de dire une bêtise. J'aurais espéré qu'il me retienne, qu'il me dise qu'il m'aime. Mais évidemment, il n'en fait rien.

Je regarde autour de moi et respire un bon coup d'avant de sortir de l'établissement.

C'est parti pour une nouvelle vie.

Chapitre 58

J'ai toujours pensé que les rencontres que nous faisions étaient le pur fruit du hasard. Qu'elles soient amicales ou amoureuses, bonnes ou mauvaises, elles ont inévitablement un impact sur notre avenir. Certaines sont tellement bénéfiques, qu'on souhaiterait qu'elles ne nous quittent jamais. Quand d'autres, à l'inverse, sont si nuisibles qu'elles peuvent détruire notre vie.

Moi, j'ai fait ces deux types de rencontres, mais avec une seule et même personne. Je n'aurais jamais imaginé qu'un unique être puisse changer notre perception des choses au point d'en modifier le déroulement de notre vie.

Et pourtant… Je suis là ce soir.

Je rallume une dernière cigarette avant de sortir de ma voiture. Malgré la tonne de nicotine que j'ai dans le sang, la peur ne diminue pas.

Quand j'ouvre la portière, je tremble davantage en sentant le vent glacial fouetter mon visage. Bon, il faut dire que je ne suis pas assez couverte pour la saison. Je porte une robe noire en satin avec une petite veste en cuir.

Lentement, je m'approche afin d'être dans son champ de vision et quand son regard finit par se poser sur ma personne, mon cœur cesse de battre. Je reconnais bien son expression à la fois surpris et complètement bouleversé. Et non, je n'ai pas réussi à l'oublier malgré tous mes efforts.

D'un coup de talon, j'écrase mon mégot au sol et prends une profonde inspiration.

Cette fois ça y est, je ne peux plus faire marche arrière. J'avance lentement vers lui en tentant désespérément d'empêcher mes larmes de couler.

Il s'approche de moi hésitant.

— Emilie, dit-il la voix tremblante.

— Bonsoir… papa.

Chapitre 59

Je ne saurais pas dire depuis combien de temps nous sommes assis l'un en face de l'autre sans oser nous regarder dans les yeux. Je me contente de touiller ma tasse à café vide. Mon père décide enfin de rompre le silence :

— Emilie… tu… tu n'as pas changé.

Je jette un regard rapide vers lui, ses yeux sont brillants. Je le connais assez bien pour savoir qu'il est très ému.

— Toi, tu as beaucoup changé par contre.

Il sourit en se touchant les cheveux et je hoche la tête avant de rire doucement.

— Je ne sais pas pourquoi je suis venue, je suis désolée…

— Non Emy, ne le sois pas. Peu importe la raison. Je suis tellement heureux de te voir.

— Moi aussi.

C'est vrai. Je n'aurais jamais pensé que cette scène soit possible, mais je suis heureuse de le revoir. Je ne sais pas du tout comment va évoluer notre relation, je ne sais même pas si je lui ai pardonné, mais ce que je sais c'est que je veux qu'il refasse partie de ma vie.

— Alors…dis-je en regardant autour de moi. Tu as réussi à ouvrir ta chocolaterie.

— Oui, c'est très plaisant de faire ce que l'on aime. Et toi, ton boulot dans la communication se passe bien ?

Je lève mon regard vers lui, surprise.

— Je… je demande de tes nouvelles à ta mère de temps à temps, s'explique-t-il.

Évidemment.

— Je viens de démissionner.

— Oh ?

— Oui, j'ai trouvé un travail dans la photo.

— C'est bien Emy. Tu photographies toujours aussi bien ?

— Aussi bien ?

J'ai envie de lui rappeler la fois où il m'a dit que je n'étais pas si douée, mais je me ravise.

— Eh bien je pense que oui.

Je souris.

— Et ce voyage à Rome, tu l'as fait ?

— Comment sais-tu que…

— Je ne sais pas, c'était ton rêve, je me doute que tu y es déjà allée depuis tout ce temps.

Il me parle avec hésitation, comme s'il prenait des pincettes.

— Ah. Non pas encore, mais peut-être bientôt.

Je me souviens tout à coup de ce voyage qui est censé se faire le week-end prochain. Je n'avais pas vraiment réfléchi au fait d'y aller sans Samy et je baisse les yeux à cette triste pensée.

— Tout va bien ?

— Oui, excuse-moi.

Le bruit d'une cloche sonne et nous nous retournons tous les deux. Une femme métisse rentre dans la boutique et je la reconnais immédiatement. C'est elle. La femme avec qui mon père a trompé ma mère. Cette femme qui a détruit notre famille. Ma colère réapparaît et une douleur très forte ressurgit. Elle comprend immédiatement qui je suis, vu la détresse de mon père.

— Euh excusez-moi, je vais repasser.

— Non, j'allais partir.

Je me lève et attrape mes affaires.

— Attends Emilie… on va se revoir, n'est-ce pas ?

Je m'arrête sur le seuil de la porte et me retourne vers lui. Son expression est remplie d'espoir et il me supplie du regard.

— Bien sûr papa.

Son visage se radoucit et il me sourit tendrement.

Il est très beau.

— Alors à bientôt.

Ce simple échange avec mon père m'a soulevé les tripes. Je lui en veux encore d'avoir fait subir tout ça à ma famille, mais je suis tellement heureuse et soulagée de le retrouver. Je sais que je dois y aller doucement, mais je veux renouer avec lui.

J'en ai besoin pour avancer.

Chapitre 60

Je tente désespérément de camoufler le manque de sommeil qui se lit clairement sur mon visage. J'insiste un peu plus sur le maquillage ce matin, comme ce n'était pas arrivé depuis un certain temps.

Je secoue la tête pour ne pas me remettre à penser à lui. Il occupe toutes mes pensées au point de ne pas me laisser dormir ne serait-ce que quelques heures d'affilée. Mais aujourd'hui, il faut que mon cerveau fasse une pause. Je relie mes mains entre elles comme pour prier.

Là c'est sûr je suis vraiment épuisée, mais au point où j'en suis... Et après tout, s'il existe un Dieu quelque part, il pourrait m'aider, pour une fois que je fais appel à lui. Je le supplie de m'aider à ne pas penser à Samy, juste aujourd'hui. C'est mon premier jour de travail et j'aimerais qu'il soit réussi. Cette pensée positive me fait du bien. Je vais enfin faire quelque chose que j'aime.

***

J'ai droit à un accueil très chaleureux de la part de mes nouveaux collègues avec un petit déjeuner d'équipe. Je me force à manger un croissant avec difficulté pour ne pas faire mauvaise impression, mais j'ai l'estomac complètement noué.

Mon responsable, un homme âgé d'une trentaine d'années avec un look très décontracté, me fait faire le tour des lieux. J'adhère totalement à la décoration à moitié vintage et classe des bureaux. Des photos de tout style sont accrochées aux murs. Certains couloirs sont colorés avec des photos en noir et blanc, d'autres sont plus sobres avec des photos en couleur. Je m'y arrête quelques minutes pour admirer des clichés de monuments. Léon, mon nouveau manager, remarque mon intérêt soudain.

— Toutes ces photos sont prises par nos équipes lors de nos voyages, qu'ils soient professionnels ou personnels.

Je jette un rapide coup d'œil sur tout le mur.

— Il n'y a pas de photos de Rome, fais-je remarquer

— Effectivement.

Il me sourit et je baisse timidement les yeux.

— Excusez-moi, c'est que c'est une ville qui me fascine.

— Oh, je comprends. Vous y êtes déjà allée ?

— Non, justement je…

Et voilà que je me remets à penser à Sam. Ça faisait au moins dix bonnes minutes que mon cœur ne me faisait pas souffrir.

— Tout va bien Emilie ?

— Oui euh… c'est que je devais y aller ce week-end, mais…

— Si vous avez l'occasion d'y aller Emilie, ne vous privez pas de cette chance. Rome est un endroit exceptionnel.

— Vous y êtes allé ?

— Oui, il y a plusieurs années maintenant. Je ne photographiais pas encore.

Il se gratte le menton en ne me lâchant pas du regard.

— J'ai une idée Emilie. Je comptais vous demander de photographier un endroit particulier cette semaine afin de voir ce que vous valez. Peut-être pourrons-nous profiter de vos photos de Rome ? Et si elles sont réussies, vous aurez peut-être droit à une place sur ce mur…

— Euh...

J'ai envie de lui expliquer que je ne pensais pas y aller, mais il est si enthousiaste que je n'ai pas envie de le décevoir. Et puis, j'ai mon billet d'avion et l'hôtel réservé, finalement ça serait dommage de ne pas en profiter. Je regarde à nouveau le mur et j'avoue que je serais flattée d'y voir l'une de mes œuvres. D'un autre côté, je ne sais pas si je serai capable d'y aller sans lui...

— Emilie ?

— Oui, excusez-moi... d'accord, ce sera avec plaisir !

— Parfait ! Maintenant je vais vous montrer votre bureau et vous laisser avec Anna, mon assistante. Elle va vous expliquer notre fonctionnement et vos tâches quotidiennes.

Léon me désigne mon bureau, situé dans une petite pièce très colorée, avant de me laisser pour un shooting au sud de Paris.

En face de mon bureau se trouve celui d'Anna, une jolie femme brune aux yeux bleus. Je me rends tout à coup compte qu'il s'agit de la mère d'Ethan.

— Anna, merci encore d'avoir transmis ma candidature.

— C'est avec plaisir Emilie. Ethan semble beaucoup tenir à vous.

Aïe, ça va être dur de travailler tous les jours avec elle, mais je tente de ne pas repenser à cette soirée ratée avec son fils.

— Bon et bien tes tâches seront de trier le travail de Léon. Je m'occupe de son agenda et de vider ses appareils photo et ensuite tu devras faire un tri, améliorer les images, faire des albums, etc. Ce n'est peut-être pas hyper passionnant, mais Léon a dit que si tu t'en sortais bien, tu l'accompagnerais de temps en temps à ses shootings.

— Vous rigolez ?

Je n'arrive pas à m'arrêter de sourire tellement je suis excitée.

— C'est vraiment génial ! m'exclamé-je.

Elle me sourit.

— C'est vraiment votre passion on dirait.

Je hoche vigoureusement la tête.

— Je pourrais passer des heures uniquement à regarder des photos !

— C'est parfait. De la passion, c'est ce que l'on veut ici. J'ai une seule chose à vous demander Emilie.

— Oui ?

— On se tutoie, si tu veux bien ?

— Avec plaisir, alors appelle-moi Emy.

Elle acquiesce en me souriant largement. Elle a vraiment l'air adorable, même si je ne peux m'empêcher de penser que ça va être compliqué d'avoir la mère d'un ami qui a le béguin pour moi, en face de mon bureau.

J'appuie ma tête contre la chaise en regardant autour de moi. Je sens que je vais me plaire ici. Je suis vraiment contente de cette nouvelle étape dans ma vie. Je me mets également à penser à mes anciens collègues qui vont beaucoup me manquer, surtout mes pauses clopes avec Mika et Stella. Je tente de repousser l'image de Samy derrière son bureau. Non c'est sûr, je vais me plaire ici.

Chapitre 61

En arrivant sur place, je décide de passer un coup de fil à ma mère. Elle décroche au bout de la deuxième sonnerie.

— Bonjour ma chérie.

— Bonjour maman.

Ma voix se fait tremblante malgré moi.

— Tout va bien ?

— Oui, je suis à l'aéroport.

— Oh génial ! Tu dois être contente.

Sa phrase sonne comme une question.

— Oui.

— C'est ton rêve qui se réalise !

Elle me crie cette phrase pour me booster, mais c'est comme si des milliers d'aiguilles me transperçaient le cœur. C'était effectivement censé être le plus beau voyage de ma vie, mais il va finalement être le pire. J'ai le cœur lourd et je me sens très mal. Je ne sais même pas si j'arriverai à prendre la moindre photo.

— Oui maman, je t'envoie un message en arrivant.

— OK ma belle, bon voyage.

Je raccroche rapidement et envoie un message à Fanny et Mina pour leur dire que je décolle dans peu de temps. Je peux sentir leur excitation juste dans leurs réponses. Tout le monde semble heureux pour moi, sauf moi. J'essaie pourtant. J'essaie tellement.

J'arrive dans la file d'attente pour embarquer et je ne peux m'empêcher de regarder autour de moi. Et s'il avait changé d'avis et partait avec moi ? Je l'imagine arriver près de moi en me disant qu'il m'aime, comme dans ce film que nous avons regardé ensemble.

Puis, je nous imagine tous les deux devant cette fontaine…

L'hôtesse me sort de ma rêverie en me demandant ma carte d'embarquement. Je regarde une dernière fois derrière moi avant de rire de moi-même.

Non, mais sérieusement, que croyais-tu ?

Je m'installe dans mon siège avec mon téléphone et mes écouteurs.

Quand l'avion décolle, le petit espoir que j'avais s'évanouit totalement et me brise le cœur. Je n'arrive pas à croire que je vais faire ce voyage sans lui.

Par le hublot, j'observe l'aéroport qui s'éloigne de plus en plus, alors je serre très fort mon collier dans ma main, puis ferme les yeux. Les larmes dévalent mes joues sans que je puisse les arrêter.

Je passe sa playlist de musiques jouées à la guitare durant les deux heures de vol tout en l'imaginant jouer pour moi.

Chapitre 62

J'arrive à l'hôtel assez tard, mais je ne peux pas aller me coucher maintenant. Je n'arriverai pas à dormir avec cette sensation de solitude. Je dois également avouer que maintenant que je suis à Rome, je meurs d'envie d'aller voir cette fontaine.

Est-elle comme dans mon imagination ? Lumineuse et magnifique ? Je décide d'aller manger un morceau avant de partir, je n'ai rien avalé de la journée et je me sens très faible. Je range le peu d'affaires que j'ai et descends au restaurant de l'hôtel.

Avant de sortir, je demande mon chemin à l'hôtesse d'accueil. Je pose mes mains sur mon visage et respire un bon coup avant de remonter dans ma chambre récupérer mon appareil photo que j'avais volontairement laissé.

Durant le trajet dans le bus, je suis impressionnée par le paysage. Les rues sont aussi belles que dans mon imagination. Entendre les gens rire, parler fort et italien, les voir vivre la nuit comme en plein jour, tout ça me détend incroyablement. Je me sens dépaysée et ça me convient totalement. Je m'en veux d'avoir oublié mon téléphone dans la chambre, un peu de musique aurait rendu ce moment encore plus beau. Le soleil s'est couché durant le trajet et la nuit est totalement tombée.

Je continue ma balade à pied sans prendre la moindre photo. Quand je remarque une petite foule au bout de la rue, je comprends tout de suite. Elle est là. C'est la fontaine de Trevi.

Je me place pile en face pour l'admirer. Elle est si énorme que je peux l'apercevoir d'où je suis malgré les touristes venus l'admirer eux aussi. Elle est lumineuse et… magique !

Au centre du monument, une grande niche encadrée de colonnes abrite le dieu de l'Océan qui conduit un char en forme de coquillage tiré par deux chevaux marins ailés. J'ai lu que l'un des chevaux est paisible tandis que l'autre semble agité, afin de symboliser les deux aspects que peut nous offrir la mer. Cela me fait penser à ce que je ressentais avec lui, inévitablement. Deux aspects bien différents d'une relation.

Je regarde autour de moi et remarque qu'il y a beaucoup de couples. Certains se tiennent la main en admirant, d'autres s'embrassent. Je soupire avant de sortir mon appareil photo. Je tente à plusieurs reprises d'en prendre, mais je n'y arrive pas. J'ai l'impression que tout le monde me regarde même si ce n'est pas du tout le cas.

J'essaie de me reprendre en main, je dois immortaliser ce moment. Cette première fois où je vois cette magnifique œuvre. J'en ai tellement rêvé ! Je lève mon appareil photo afin de placer mon œil devant l'objectif pour bien cadrer ma première photo.

Je me concentre pour ne plus penser à lui, mais c'est impossible. Je n'arrête pas de me dire que je suis là pour le travail, que je dois absolument réussir ces clichés pour Léon, mais… je me sens mal.

Je continue de fixer l'objectif durant quelques minutes quand je sens quelque chose se poser sur mes oreilles. Je sursaute avant de me retourner.

Non, je dois être en train de rêver ?!

Samy est là ! Il me fixe, la tête penchée sur le côté. Mes jambes tremblent et je n'arrive pas à contrôler mes émotions. Je n'arrive pas à penser ni à parler.

Doucement, il descend le casque en le posant sur ma nuque, mais je peux continuer d'entendre la chanson, *notre* chanson.

— Tu avais oublié ça, dit-il un léger sourire aux lèvres.

— Sam...

Mes yeux se remplissent de larmes.

— Je trouvais le fait de te rejoindre à l'aéroport assez prévisible, alors...

Il ne finit pas sa phrase pour laisser la chanson parler à sa place : « *Je ne te laisserai jamais partir* ».

Je me mords la lèvre, incapable de dire quoi que ce soit. J'en viens même à me demander si je n'hallucine pas. Mais non, il est bien là, en chair et en os. Des cernes autour des yeux, mais tout de même beau à en mourir.

— Je t'ai appelée, dit-il.

Sans répondre, je regrette encore plus d'avoir laissé mon téléphone à l'hôtel.

— Je savais que ce serait la première chose que tu ferais en arrivant.

Son sourire s'efface et ses yeux brillent. Je crois que je ne l'ai jamais vu comme ça. Je n'arrive pas à décrire la sensation brûlante que je ressens au plus profond de moi. Je ne vis peut-être pas un conte de fées avec cet homme, mais ce que je sais, c'est que personne n'a jamais ressenti ce que je ressens aujourd'hui. Il me fait peut-être énormément souffrir, mais me fait vivre des choses tellement intenses et uniques.

Non, je ne regretterai jamais de l'avoir rencontré.

Il se met à fixer la fontaine avec insistance.

— Je comprends mieux ta fascination. Cette fontaine est plus belle que dans mes souvenirs.

J'arrive enfin à ouvrir la bouche :

— Sam, je… Je ne comprends pas…

— Moi non plus Emy.

Je continue de le fixer sans savoir quoi dire. Sam me prend la main pour la poser contre sa poitrine.

— Quand je t'ai imaginée ici sans moi, je crois que… mon cœur a dépassé ma raison.

Je ferme les yeux afin d'enregistrer ce qu'il vient de me dire. Il pose une main sur ma joue pour essuyer une larme qui coule. Il s'approche de moi et pose ses lèvres sur les miennes. Je suis incapable de le repousser tellement ce baiser me fait du bien. J'ai l'impression que ma souffrance s'est dissipée. J'ai l'impression de respirer à nouveau !

— Si tu es d'accord, profitons juste de ce moment, sans se soucier du reste.

Je hoche la tête sans hésitation. Même si je sais que notre amour est impossible, je ne m'imagine pas vivre cet instant sans lui.

Avant de me replacer le casque sur les oreilles, il se penche vers moi et me murmure tout doucement :

— Photographie cette merveille pour moi Emy…

À suivre...

Vous avez aimé votre lecture ?
Découvrez les autres romans des éditions So Romance
disponibles en format papier et numérique.

Calypso
Tome 1 : L'île aux orchidées

Calypso, la sirène, pensait avoir trouvé l'amour de sa vie en cet humain… Alejandro. Jamais elle n'aurait imaginé qu'il puisse la trahir. C'est pourtant ce qu'il a fait... En se vengeant, elle déchaîne sur elle la colère des Dieux. Joséphine est fascinée par l'histoire de la sirène maudite et rencontre, au cours d'une croisière sur l'île de Calypso, Itzel qui semble lire en elle comme dans un livre ouvert. Deux femmes extrêmement différentes dont les destins semblent pourtant étroitement liés...

L'Interne
Tome 1 : Première Année

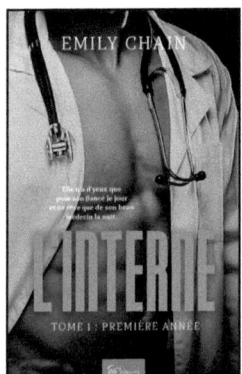

Devoir déménager pour accompagner son fiancé, jeune avocat à l'avenir prometteur ? Pas facile. Mais que dire quand, en plus, on apprend que l'on est stérile ? Le cauchemar pour Julia, qui avait déjà imaginé sa vie de famille... Elle décide donc de reprendre ses études et de se lancer à corps perdu dans son internat dans l'un des plus grands hôpitaux de Los Angeles. Le petit bémol ? Ce beau médecin, Dean, rencontré par hasard quelques jours avant, qui hante ses rêves les plus chauds... Tant que ce ne sont que des rêves, ça va... non ?

Le Souhait de Gwen
Tome 1 : La Neige éternelle

Faire le deuil de sa meilleure amie, Gwen, découvrir que son petit-ami la trompe avec persévérance... Rien à dire, Victoria n'est pas gâtée pour ces fêtes de fin d'année ! C'est donc sans remords qu'elle part à Samoens exaucer la dernière volonté de Gwen : grimper la montagne pour aller répandre ses cendres sur la neige éternelle. La tâche pourrait paraître difficile quand on n'est pas une grande sportive dans l'âme, mais que dire si, en plus, on est affublé d'un accompagnateur aussi mignon que grognon ? Noël n'a pas fini de nous surprendre!

U.S. Marines
Tome 5 : Au risque de se perdre

Dès qu'Alexeï Lenkov aperçoit Xénia Protasova, danseuse étoile de la troupe Mariinsky, il tombe irrémédiablement sous son charme. À son plus grand bonheur, l'instructeur militaire des U.S. Marines se rend compte que cette attirance si forte est réciproque... Mais leur union est impossible. Xénia n'est autre que l'épouse de Dimitri Bondarev, un puissant homme d'affaires russes, et est surprotégé par son frère, Sergueï Protasov, ancien militaire du FSB, le service fédéral de la Fédération de Russie...

Pour en savoir plus

www.soromance.com